Michael Hopp

Lübbings Varusschlacht

...

Für einen Dreijährigen war die naturbelassene Umgebung der Siedlung „Hinter dem Felde" ein Paradies. Alles Aufpassen hatte nichts genützt: Felix war schon um die Kurve verschwunden, hinter der das Icker Loch lag. Eindringlich rief die junge Mutter ihren Sohn. Felix kam auch brav zurück, zeigte in Richtung des Gewässers und plapperte: „Felix auch baden."

Die Mutter erklärte: „Felix, darin kann man nicht baden. Das ist zu kalt und dreckig. Heute Nachmittag fährt Papa wieder mit dir schwimmen."

Das junge Energiebündel stampfte wütend mit dem Fuß auf und krähte mit Nachdruck: „Felix aber jetzt baden. Wie der Onkel."

„Felix, du flunkerst, da badet doch kein Onkel."

Mittlerweile waren sie um die Kurve herum, und ein Blick sagte Marita Sperling, dass Felix irgendwie doch Recht hatte. Im Icker Loch „badete" jemand. Es war eindeutig ein menschlicher Körper, der da bäuchlings auf dem Wasser trieb. Über seinen Kopf und den Oberkörper war ein Sack gestülpt.

Markus Theis war wieder aufgetaucht.

Der Autor

Michael Hopp, Jahrgang 1955, geboren vor den Toren Osnabrücks, absolvierte zunächst eine Ausbildung als Verlagskaufmann und arbeitete danach fast zwei Jahrzehnte in der Musikbranche. Eine Tätigkeit, die ihn quer durch Deutschland führte. Seit einigen Jahren wieder in seiner Heimatstadt ansässig, ist der Musik-, Literatur- und Fußballfan mittlerweile zum bekennenden „Provinzler" geworden. „Lübbings Varusschlacht" ist sein zweiter Kriminalroman.

Michael Hopp

Lübbings Varusschlacht

Kriminalroman

Prolibris Verlag

Handlung und Figuren entspringen der Phantasie. Darum sind eventuelle Übereinstimmungen mit lebenden oder verstorbenen Personen zufällig und nicht beabsichtigt.

Originalausgabe 3. Auflage 2006

Tel.: 0561/602 70 71, Fax: 0561/666 45

Lektorat: Anette Kleszcz-Wagner
Titelfoto: Fototeam Hans-Jürgen und Peter Lohse
Druck: Thiele & Schwarz, Kassel
ISBN: 3-935263-34-1

www.prolibris-verlag.de

Visioning on the vacant air
Helmed legionaries, who proudly rear
The eagle, as they pace again.

Thomas Hardy

Prolog

Die Germanen kannten das Gelände. Es war ihnen vertraut, hier waren sie heimisch. Als die römische Kriegskolonne in lang gestreckter Formation in den Engpass zwischen Sumpf und Berg einzog - den goldenen Adler in der Mitte der Legionen stolz erhoben- hatte sie die Schlacht praktisch schon verloren.

Die germanischen Krieger der vereinigten Stämme brachen brüllend aus ihrer Deckung hinter einem mit Baumstämmen und Ästen getarnten Wall und aus den bewaldeten Abhängen hervor und ließen selbst den erfahrenen römischen Kämpfern keine Chance. Steine wurden geschleudert. Speere schwirrten durch die Luft. Schwerter blitzten. In den Morast sinkende Helme zeigten, wie viele Römer schon im Kampf gefallen waren.

In dem Gelände, in dem später der Ort Kalkriese entstanden war, richteten die Germanen ein schreckliches Gemetzel unter den kilometerlangen Kolonnen der drei Legionen, ihren Hilfstruppen und dem Tross an. Noch wehte die Standarte des Oberbefehlshabers Publius Quinctilius Varus, aber ihr Schwanken zeigte an, dass auch seine Leibgarde Schwierigkeiten hatte, sich den ungestümen Angreifern zu widersetzen. Der heftige Dauerregen behinderte die römischen Legionäre mehr, als die germanischen Gefolgsleute des Cheruskerfürsten Arminius. Sie hatten kein Marschgepäck und waren auch dank ihrer leichten Bewaffnung in diesem schwierigen Gelände sehr viel wendiger. Immer mehr Römer sanken zu Boden, immer mehr Germanen kletterten, wild auf Kampf und Beute, über den erhöhten Wall und stürzten sich auf Legionäre.

In der Mitte der Szenerie scharte sich die Leibgarde des Varus um ihren Feldherrn und den vergoldeten Adler der Legion. Der Feldherr feuerte noch minutenlang seine Männer dramatisch an. Als er erkannte, dass es aus dieser Falle keinen Ausweg mehr gab, verrieten seine Gesten, dass er sich in sein eigenes Schwert stürzen würde. Varus, durch den Rom seine Ehre verloren hatte, würde sich selbst richten.

In diesem Augenblick krachte der größte Teil des Walls ein, hinter dem die Angreifer hervorgebrochen waren. Die Germanen, die gerade auf der Schräge zum letzten Sturm ansetzten, purzelten den verdutzten Römern im Morast vor die Füße.

Hinter dem Wall wurden weitere Menschen sichtbar. Die meisten trugen Jeans, Regenjacken und Gummistiefel. Sie hatten den „Germanen" bisher gezeigt, an welchen Stellen die „Römer" angegriffen werden sollten. Nun standen sich die feindlichen Heere ziemlich ratlos gegenüber.

Eine hysterische Stimme, verstärkt durch ein Megaphon, kreischte: „Stopp, stopp, aus! Szene abbrechen! Was ist denn das wieder für eine Scheiße? Wer ist für den Bau des Walls verantwortlich?" Und dann, nach einer Pause: „Die Feuerwehr soll endlich den verdammten Regen abstellen!"

Lübbing hatte, wohl beschirmt, neben dem Regisseur des Schauspiels gesessen und das Desaster der Inszenierung miterlebt. Der Mann sank gottergeben auf seinen Stuhl zurück und schüttelte verzweifelt den Kopf: „Es geht alles schief, total schief. Das kriege ich bis zur Premiere niemals hin. Alles Amateure!"

Dann schaute er Lübbing an, der sich ein Grinsen kaum verkneifen konnte.

„Lübbing, du magst zwar mein Freund sein. Aber hör mit diesem infernalischen Kichern auf oder ich kenne dich nicht mehr!" Dann fügte er, als Theatermann dramatisch Julius Cäsar zitierend, hinzu: „Auch du, mein Sohn Brutus, auch du!", und ging empört in das verharrende Schlachtgetümmel, um bei den Komparsen für Ordnung zu sorgen.

Lübbing sagte sich, dass es besser wäre, seinen alten Freund nicht weiter zu reizen und beschloss, in der nahen Gastronomie des Museumsparks ein Bier zu trinken. Lachen könnte er auch dort noch.

Die Generalprobe für die große Aufführung zu den Römertagen in Kalkriese war soeben gründlich daneben gegangen.

Kapitel 1

Markus Theis schaute sich in der Osnabrücker Bahnhofshalle um, blickte dann auf die große Uhr über dem Aufgang zu den Bahnsteigen. Die Zeit passte, vielleicht hatte er Glück und es biss schnell ein Kunde an. Als Stricher trieb er sich nicht gern in der Halle herum, wegen der Bahnpolizei. Der erste Kontakt fand meistens auf dem Vorplatz statt oder in einer der Kneipen rund um den Bahnhof. Theis fühlte sich unbehaglich, das hier war gar nicht sein Ding. Er lebte größtenteils von Stammkunden, die ihn hier abholten und schnell mit ihm nach Hause fuhren oder in das nahe gelegene Brachgelände des Haseparks. Hier zu stehen, gefiel ihm nicht. Aber er war pleite und brauchte dringend einen Schuss. Als erfahrener Stricher wusste er, dass um diese Zeit der Berufspendlerverkehr einsetzte. Da war die Chance groß, dass jemand spontan Lust auf einen blondgelockten Jüngling hatte, bevor er in das traute Heim zurückkehrte. Zudem war bei der Bahnpolizei um 17 Uhr Schichtwechsel, da konnte man auch schon mal ohne großes Risiko eine schnelle Nummer auf der Toilette schieben.

Markus Theis war 22 und hatte so ziemlich alle Formen staatlicher Fürsorge und Erziehungshilfe erlebt. Als Heimkind aufgewachsen, war er mit 14 auf die Straße gegangen. Immer noch besser als die ständigen Repressalien im Heim, hatte er damals gedacht. Schon früh hatte er erkannt, dass ihm der körperliche Kontakt mit Jungen, und davon gab es in den Heimen reichlich, lieber war als der mit Mädchen. Als er mit 16 an die Nadel kam, machte er aus seiner Neigung ein Geschäft. Mit 18 und nach zwei erfolglosen Therapien wurde ihm klar, dass er nicht so ohne Weiteres ohne seinen Stoff leben konnte. Intelligent wie er war, zog er das Ganze nun professioneller auf. Er wollte nicht wie so viele Jungen, die er gekannt hatte, zwischen Mülltonnen in irgendeinem Hinterhof enden. Seine „Kollegen" ließ er nun links liegen, achtete mehr auf sein Äußeres. Zwar war sein Körper vom Rauschgift etwas ausgemergelt, aber mit seinen fast 1,80, den blonden Haaren und der schlanken Figur war er immer noch vielen der anderen Stricher im Aussehen um Längen voraus. Er baute sich im Laufe der Zeit einen festen Kreis von Stammkunden auf. Darüber hinaus bediente er selten jemand anders. Sein Rauschgift besorgte er sich dezent bei zuverlässigen Lieferanten und mied, bis auf wenige Personen, die Szene ansonsten wie die Pest.

„Na, so allein auf weiter Flur", erklang eine Stimme in seinem Rücken. Theis drehte sich um und musterte den Sprecher. „Durchschnittstyp", dachte er, als er den Mann im dunklen Anzug musterte. Etwas zuviel Brillantine im dunklen Haar. Er sah, dass sein Gegenüber lächelte. Etwas irritierte ihn – die blauen Augen, sie blickten ihn scharf prüfend an und konterkarierten das Lächeln.

„Ich suche jemanden."

„Vielleicht haben Sie ihn schon gefunden", antwortete Markus Theis kokett.

„Nein, nein, das meine ich nicht", der Mann winkte verächtlich mit der rechten Hand ab, auf seinem Gesicht zeigte sich Verärgerung. „Ich suche jemanden für ein sauberes, kleines Geschäft. Hast du einen Führerschein?"

„Einen ... einen was?", stotterte Markus Theis verdutzt.

„Einen Führerschein, hast du einen?", wiederholte der Mann die Frage.

„Ja", antwortete der Stricher wahrheitsgemäß, „aber warum?"

„Pass auf. Du kommst mit deinem Führerschein morgen um 7.30 Uhr zur Ecke Schlagvorder Straße/Eisenbahnstraße. Ist nur eine Minute von hier. Weißt du, wo das ist?"

„Ja, ja, weiß ich." Markus Theis war irritiert, fügte aber schnell die Frage an: „Und was dann?"

„Dann wirst du mit deinem Führerschein zu dieser Autovermietung am Berliner Platz gehen und einen Van mieten. Die haben da mehrere stehen. Ich werde an der Ecke auf dich warten, und wenn du mit dem Wagen kommst, machen wir eine kleine Spritztour, liefern etwas ab und fahren wieder zurück. Das war es. Ach so, und für deine Mühe gibt es 500 Euro, bar auf die Hand. Interessiert?"

Markus Theis überlegte. Dass an der Sache etwas nicht legal war, kam ihm sofort in den Sinn. Allerdings, 500 Euro, damit käme er schon einige Tage hin. Und was er hier am Bahnhof trieb, entsprach auch nicht den gültigen Gesetzen. „500 Euro“, dachte er. Dann schoss ihm eine Frage durch den Kopf: „Warum leihen Sie den Wagen nicht selbst?“

„Das geht dich nichts an“, kam die ungehaltene Antwort, „also machst du es, oder soll ich mir jemand anders suchen?“

„Nein, nein, das geht in Ordnung. Morgen früh 7.30 Uhr. Geht klar“, beeilte sich Markus Theis zu versichern. Dann hakte er nach: „Was ist mit einem Vorschuss?“

Der Mann schaute ihn mit harten Augen an: „Sehe ich wirklich so blöd aus? Geld gibt es erst, wenn die Sache abgewickelt ist.“ Dann wurde sein Gesichtsausdruck milder. Er trat näher und schob Markus Theis unauffällig ein kleines Päckchen mit weißem Pulver in die Hand: „Damit du morgen früh fit bist.“ Er drehte sich um und ging zügig zum Ausgang.

Markus Theis war immer noch verwirrt. „Komische Geschichte“, dachte er, „aber 500 Euro sind 500 Euro.“ Er blickte verstohlen auf das Plastiktütchen in seiner linken Hand. Die Portion allein würde schon für zwei Tage reichen. Zufrieden ging er nach Hause.

*

Er war auch am nächsten Morgen, als er vom Goethering in die Schlagvorder Straße einbog, immer noch bester Laune. Der Stoff, den sein seltsamer Auftraggeber ihm geschenkt hatte, war von allerbester Güte gewesen. Den konnte er sogar auf drei Portionen strecken. Wie vereinbart wartete der Fremde an der Ecke Eisenbahnstraße in einem unauffälligen, dunklen Audi auf ihn. Er kurbelte die Scheibe herunter und streckte ihm ein Bündel Geldscheine entgegen. „Das ist für den Leihwagen. Du kriegst dein Geld später. Die Vermietung hat zwei Peugeot 806 auf dem Platz stehen. Nimm den dunkelblau lackierten mit den getönten Scheiben. Ich warte hier auf dich.“

Die Anmietung des Wagens erwies sich als nicht ganz so einfach, wie Theis es sich vorgestellt hatte. Die Angestellte schaute ihn zweifelnd an, als er in bar bezahlen wollte und fragte nach einer Kreditkarte. Schließlich gab sie sich mit seiner Erklärung zufrieden, dass die im Moment abgelaufen sei. Allerdings wollte sie nicht nur seinen Führerschein sehen, sondern kopierte auch noch seinen Personalausweis. „Kann mir eigentlich egal sein", dachte Theis, „spätestens am Mittag steht der Wagen wahrscheinlich wieder hier auf dem Gelände." Er erhielt die Schlüssel, stieg ein und fuhr das kurze Stück bis zur Ecke zurück.

Der Mann wartete unverändert in dem Audi. Als Markus Theis ausgestiegen war, um zu fragen, wohin es gehen solle, gab er nur eine knappe Antwort: „Fahr einfach hinter mir her."

Sie fuhren rechts abbiegend auf den Goethering, folgten ein Stück dem Erich-Maria-Remarque-Ring, um dann in den Nonnenpfad einzubiegen. Markus Theis konnte durch die Rückscheibe des Audis sehen, dass der Mann häufiger auf einen Zettel blickte. Er wusste wahrscheinlich, wo er hinwollte, schien sich aber über den Weg nicht sicher zu sein.

Weiter ging es über die Knollstraße, dann an den britischen Kasernen vorbei bis zum Erholungsgebiet Nettetal. Der Ponyhof, am Wochenende immer ein beliebtes Ausflugsziel, lag an diesem frühen Donnerstagmorgen völlig verlassen da. Auch auf den Erdbeerfeldern zeigte sich um diese Zeit noch keine Seele. Vielleicht hatte die Saison auch noch nicht begonnen, Theis war sich da nicht so sicher.

Der Audi fuhr auf den Parkplatz am Staatsforst Palsterkamp, bog dann in einen kleinen Wirtschaftsweg ein. Theis immer dicht hinter ihm. Der Fremde stieg aus und öffnete den Kofferraum. Als der Stricher näher kam, deutete er auf eine große Reisetasche und sagte kurz: „Umladen."

Markus Theis störte zwar der Befehlston, dachte sich aber: „Was tut man nicht alles für 500 Euro."

Die Tasche war ziemlich schwer. Der Mann öffnete die Seitentür des Peugeot und trat ein wenig zur Seite. Theis wuchtete das Gepäckstück hinein, richtete sich auf und, schließlich wollte er seinen Begleiter merken lassen, wie schwer er gearbeitet hatte, stemmte beide Hände leicht stöhnend ins Kreuz. Dann drehte er sich um.

Der brutale Schlag überraschte ihn völlig. Er hatte ihn nicht kommen sehen und damit auch überhaupt nicht gerechnet. Der ummantelte, bleierne Schlagstock traf ihn mit voller Wucht an der vorderen linken Stirnseite und hinterließ eine klaffende Wunde, die sich bis in den Haaransatz hineinzog. Er sackte augenblicklich bewusstlos zusammen. Blut färbte seine blonden Haare rot.

Der Schläger schaute kurz prüfend auf Theis hinab, als wolle er sich vergewissern, dass er gut getroffen hatte. Dann rückte er sein Jackett, das bei dem heftigen Schlag verrutscht war, am Revers wieder zurecht und blickte abwartend in die Runde.

Aus dem Schatten des Waldrandes trat ein Mann mit einem Sack in der Hand. Relativ klein aber untersetzt, mit dichten schwarzen Locken. Er schaute ebenfalls prüfend auf den am Boden Liegenden, dann nickte er anerkennend zu dem Schläger hin. Ohne ein weiteres Wort stüpte er den Sack über den Kopf des jungen Mannes und zog den Stoff bis zu dessen Taille herunter, band dann ein Seil in Gürtelhöhe stramm um die Hüfte, ein zweites um seine Beine. Ohne Schwierigkeiten hob er Markus Theis auf, öffnete die Heckklappe des Peugeots und legte ihn in den Rückraum des Vans.

Der andere fragte: „Was willst du mit ihm machen?"

„Weiter oben, großes Loch mit tiefem Wasser", sagte er in gebrochenem Deutsch mit kehligem Akzent. Dann deutete er auf die Reisetasche: „Alles drin?"

„Alles wie gewünscht, und der Wagen ist auf den Namen von dem Jungen gemietet."

Der andere nickte zustimmend. „Und was machst du jetzt ?"

Der Schläger reckte sich wie nach vollbrachter Arbeit. „Ich? Ich fahre zurück in meinen geliebten Kohlenpott, Ponyhöfe und Erdbeerfelder sind doch nicht das Richtige für mich. – Ja, dann noch frohes Schaffen", setzte er fast schon beschwingt hinzu.

Der andere nickte wieder, aber es sah nicht so aus, als ob er etwas verstanden hätte.

Während sich der Schläger auf den Weg zur nächsten Autobahnauffahrt machte, blickte der andere Mann ihm nach. Dann schloss er die Heckklappe des Vans und wollte gerade zur Fahrertür gehen, als er ein gefaltetes Stück Papier am Boden bemerkte. Neugierig hob er es auf und faltete es auseinander. Es war die Fotokopie eines Ausschnitts aus einer Straßenkarte. Stirnrunzelnd betrachtete er sie. Die konnte nur der Mann, der jetzt schon auf dem Heimweg war, verloren haben. Er beschloss, sich später eingehender damit zu beschäftigen, und steckte das Blatt wieder zusammengefaltet in seine Brusttasche. Dann fuhr er mit Markus Theis im Heck und der schweren Reisetasche auf dem Rücksitz in nördlicher Richtung davon. Es ging etwa zwei Kilometer bergauf durch die dicht bewaldete Bramheide. Als der Fahrer den Kamm erreicht hatte, wurde das Gelände offener, und die vor ihm liegende Senke zeigte Wiesen und Felder.

Am Ortseingang der Belmer Siedlung „Hinter dem Felde", befand sich das Icker Loch, von den Wohnhäusern nicht einzusehen, da es hinter einer Kurve lag. Entstanden war es durch einen Erdfall. Tiefer im Boden gelegene Hohlräume hatten die Erdoberfläche wegbrechen lassen, und der entstandene Krater hatte sich mit Grundwasser gefüllt. Natürlich war das Icker Loch sagenumwoben. In früheren Zeiten sollten hier nicht gottesfürchtige Menschen von den Fluten verschlungen worden sein, und von seltsamen behaarten Wesen war die Rede, die hier auf einer kleinen Insel in dem Gewässer gelebt hatten.

Von all dem wusste der Mann nichts, als er Markus Theis in das dunkle Wasser warf, denn seine Heimat lag fast sechshundert Kilometer weiter im Osten Europas. Außerdem wäre es ihm auch egal gewesen, er hatte in den nächsten Tagen noch genug Arbeit, und Theis war für ihn nichts als ein gefährlicher Mitwisser. Jetzt kam dem ertrinkenden jungen Mann das zweifelhafte Privileg zu, eventuell einmal als Stoff für eine neue Sage herhalten zu müssen.

Kapitel 2

Stocksauer saß Lübbing am frühen Nachmittag im „Palazzo“ und wartete auf seine Bestellung. Sein Gemütszustand ließ schon seit einigen Tagen zu wünschen übrig, und auch der bisherige Tag war eine einzige Katastrophe gewesen. Er hatte sich am Tag vorher von Patrick Bensmann überreden lassen, ausnahmsweise mal wieder einen Auftrag von der regionalen Tageszeitung zu übernehmen.

„Lübbing, ich bin da wirklich in der Klemme. Es geht um eine Sonderseite über die Renovierung und den Ausbau eines Hotels für das Wittlager Kreisblatt. Du hast schon früher für den Kunden Artikel geschrieben und Fotos gemacht. Jetzt hat sich dein Nachfolger mit ihm angelegt, und der Kunde besteht darauf, dass du kommst, sonst ist die ganze Seite gestorben.“ Bensmanns Stimme gab den Stress wieder, unter dem er stand. „Passiert das, muss ich den Mist ausbaden“, fügte er hinzu.

Lübbing konnte schlecht nein sagen, obwohl er nach der unseligen Geschichte mit dem vermissten Mädchen in Belm entschieden hatte, nicht mehr für die Zeitung tätig zu sein, weil man ihn einige unbequeme Wahrheiten nicht hatte schreiben lassen. Aber Patrick Bensmann hatte ihn damals unterstützt. Er hatte den Kontakt zu dem überregionalen Wochenmagazin hergestellt, für das Lübbing nun viel arbeitete. Lübbing seufzte ergeben: „Also gut, Patrick, wann?“

„Morgen zehn Uhr – und danke, Lübbing“, Bensmann legte auf.

Der Auftrag hatte sich als mittelschweres Desaster erwiesen. Zunächst musste Lübbing die gut 20 Kilometer zu dem abseits gelegenen Landhotel bei strömendem Regen auf seiner führerscheinfreien Piaggio zurücklegen, die auf 25 km/h gedrosselt war. Dann hatte der Inhaber des Hotels sich noch einmal ausführlich über Lübbings Kollegen beschwert. Nachdem sie endlich den Textteil der Seite besprochen hatten, wollte Lübbing die renovierten Räumlichkeiten fotografieren – mit dem Resultat, dass sich einige Gäste, die noch spät frühstückten, darüber aufregten. Er konnte nur hoffen, dass die wenigen Aufnahmen, die er gemacht hatte, etwas geworden waren. Vorsichtshalber hatte er das Gebäude auch noch von außen aufgenommen, obwohl es eigentlich um das Innere des Hauses ging.

Der krönende Abschluss kam dann in der Redaktion. Patrick Bensmann erklärte ihm: „Tut mir Leid, Lübbing, ich bin vor zehn Minuten informiert worden, dass die Seite gestorben ist. Sind nicht genug Anzeigen zusammengekommen." Bensmann beeilte sich, ihm zu versichern: „Du bekommst aber 50 Euro Ausfallhonorar."

Lübbing musste sich zwingen, nicht wutentbrannt aus dem Gebäude zu stürmen. Jetzt saß er im „Palazzo", versuchte sich zu beruhigen und überlegte gleichzeitig, ob er nicht im Vorgriff auf das Ausfallhonorar für 50 Euro Alkoholika bestellen sollte. Die Pleite mit dem Auftrag verdüsterte seine Stimmung, die sowieso schon am Nullpunkt pendelte, noch mehr.

Er war sich klar darüber, dass er auf einen depressiven Höhepunkt zusteuerte, und das so kurz vor dem Wochenende. Wenn er nicht bald etwas dagegen unternahm, würde es mal wieder in einem mittelschweren Exzess mit zuviel Alkohol und morgendlichem Aspirin enden. Er kannte diese Phasen an sich und wusste eigentlich, wie er reagieren müsste.

Lübbing seufzte, hier war ihm eigentlich alles zu hektisch und zu laut. Zwar gehörte der Eiskaffee zu den besten, die man in der Stadt bekommen konnte. Aber er vermisste sein früheres Stammcafé, dessen schmucker, hölzerner Pavillon einem protzigen, auf Hochglanz getrimmten Einkaufszentrum hatte weichen müssen. Dieses ständiges Gerenne und Stühlerücken, Kommen und Gehen! Und, obwohl Musikfan, empfand er die Dauerberieselung aus den Lautsprechern als sehr störend. Zudem waren es meist zuckersüße Schnulzen à la Eros Ramazotti oder Angelo Branduardi. Seine Gedanken schweiften einen Augenblick ab. Hatte er überhaupt italienische CDs in seiner umfangreichen Sammlung? Doch, es gab da was von Milva, er konnte sich an den Titel „Bandiere rossa" erinnern, dann waren da noch einige Aufnahmen von Gianna Nannini – ach ja, und das legendäre „Una festa sui prati" von Adriano Celentano. Warum spielten die dann, verdammt noch mal, hier solch einen Mist?

Genauso missfiel ihm der Großbildfernseher an der rückwärtigen Wand, der zwar ohne Ton lief, aber fast immer nur Sportkanäle zeigte. Meistens drehte Michael Schumacher in einem Ferrari die Runden und polierte den italienischen Nationalstolz auf. Lübbing, der Autos größtenteils für ein globales Unglück hielt, konnte beim besten Willen nicht verstehen, wie erwachsene Männer dümmlich Runde um Runde fuhren, mit ihrem röhrenden Motorenlärm für Ohrenschmerzen sorgten, die Umwelt verpesteten, dafür Millionen kassierten und von den Massen geliebt wurden. Und wäre Michael Schumacher etwas kleiner, würde er in seinem roten Overall wie der Clown Charlie Rivel aussehen und würde die Zuschauer wenigstens zum Lachen bringen.

Lübbings Gesicht erhellte sich, als er Rosa mit seiner Bestellung kommen sah. Sie war, neben dem exzellenten Eiskaffee, ein weiteres Argument, trotz allem das „Palazzo" zu besuchen. Zwar trug sie das gleiche einfallslose Outfit wie alle anderen Bedienungen im Lokal, schwarze Hose, weiße Bluse, aber ihr stand es wirklich. Ein frisches, offenes Gesicht, grüne Augen, nur dezent geschminkt, und dunkelblondes Haar, das hinten zu einem langen Pferdeschwanz gebunden war, rundeten den netten Anblick perfekt ab. Sie servierte, wie immer, mit ihrem freundlichen, leicht schüchternen Lächeln. Lübbing schaute sie an, klaubte seine mageren Italienischkenntnisse zusammen und sagte: „L'attesa è lunga, il mio sogno di te non è finito." (*Welch langes Warten, mein Traum von dir währt immer noch.*)

Sie errötete: „Herr Lübbing, hören Sie auf", aber man sah, dass sie sich freute.

„Rosa, ich habe damit selbstverständlich nur meinen Eiskaffee gemeint", antwortete Lübbing mit treuherzigem Augenaufschlag.

Jetzt wurde Rosas Lächeln breiter. Sie drohte ihm scherzhaft mit dem erhobenen Zeigefinger: „Sie sind ein Filou. Aber nette Sachen können sie auf Italienisch sagen." Schwungvoll drehte sie sich um, wohlwissend, dass Lübbing ihr nachsah. Rosa Giangrasso, eine einfache Frau aus dem sizilianischen Paterno, aufgewachsen zwischen Olivenhainen und Zypressen, fühlte sich wirklich geschmeichelt. Sie konnte nicht wissen, dass Lübbing lediglich aus Giacomo Puccinis „Madame Butterfly" zitiert hatte.

„Ein liebes Mädchen", dachte Lübbing.

Bald kämen die „Einsamkeitsvögel" zurück, das war ihm klar. In letzter Zeit stellten sie sich immer häufiger ein. Dabei hatte sich nichts Bewegendes in seinem Umfeld getan. Der Job lief routinemäßig, sein näherer Bekanntenkreis war zwar klein, aber stabil, seine Freundschaft mit Helen wunderbar wie seit Jahren. „Es ist das Alter", dachte er. „Das Alter und der bevorstehende Geburtstag."

Anscheinend wollte jeder mit ihm feiern, nur weil er dieses Mal fünfzig wurde, ein sogenannter runder Geburtstag. Er wusste, es wurden Pläne geschmiedet, ihn mit irgendetwas zu überraschen, und man erwartete eine Party oder Ähnliches. Er hasste derartige Veranstaltungen. „Zum Teufel mit allen", murmelte er und überlegte, ob er dem Eiskaffee einen „Irish Coffee" mit doppelt Whisky folgen lassen sollte.

Dann kam ihm die Eingebung. Mit Helen einfach wegfahren. Er wusste, wenn es irgendwie ginge, sie wäre sofort dabei, mochte sie doch durchorganisierte Familien- und Freundesfeste genauso wenig wie er. Er würde sie später am Tage anrufen. Vielleicht Irland, das wäre es. Helen würde er gern mitnehmen, obwohl er seine Urlaube an der irischen Westküste bisher immer gehütet hatte wie eine kleine, persönliche Schatzkammer. Lübbing fühlte sich augenblicklich besser. Sollte doch, wer immer es wollte, seinen fünfzigsten Geburtstag feiern, aber bitte ohne ihn.

„Na, Waldemar, sind Sie mal wieder in Gedanken versunken?", erklang eine Stimme in seinem Rücken.

Lübbing schreckte hoch, es gab nur wenige Leute, die seinen, ihm verhassten, Vornamen benutzten. Er drehte sich um, und ein freudiges Lächeln ging über sein Gesicht. Da stand Dr. Habermann, sein früherer Klassenlehrer, ohne den er wahrscheinlich nie einen Schulabschluss geschafft hätte. Habermann lächelte ebenfalls. Der Doktor war noch einen Kopf kleiner als Lübbing, der es auch nur auf knapp über 1,75 brachte. Deshalb hielt sich der Pädagoge immer besonders gerade, eine Eigenart, über die in der Schule früher viel gelästert worden war.

Seine wallenden Haare hatten sich immer noch nicht zähmen lassen, und mit dem imposanten Schnurrbart sah er aus wie ein ergrauter Albert Einstein. Neben ihm stand seine Frau Luise. Lübbing stand auf und ergriff ihre ausgestreckte Hand, fabrizierte so etwas wie einen Diener.

„Wissen Sie eigentlich noch, Waldemar, wie Sie damals das Weltbild unseres verehrten Rektors auf das Schlimmste erschüttert haben?", fragte Dr. Habermann fröhlich.

Lübbing wurde verlegen, während der Doktor, wahrscheinlich nicht zum ersten Mal, seiner Frau erzählte: „Der Rektor war gleichzeitig Waldemars Chemielehrer, und ihn ärgerte Lübbings praktische Nichtteilnahme an seinem Unterricht. Physisch war er zwar zugegen, geistig nicht. Auf die Frage des Rektors, wieso ihn der Unterricht nicht im mindesten interessiere, erklärte dieser Musterschüler hier vor dir, weil ihm die Reaktionen von Menschen wichtiger seien als die in einem Reagenzglas. Damit war er natürlich bei allen naturwissenschaftlichen Mitgliedern des Lehrerkollegiums unten durch, und", mit dem Zeigefinger drohend, fügte er hinzu, „ ich durfte das dann wieder mal für Sie hinbiegen."

Luise Habermann ergriff die erhobene Hand ihres Mannes und drückte sie hinunter. „Wie Sie sehen, hat Ludger immer noch diese Lehrerposen verinnerlicht, entschuldigen Sie." Zu ihrem Mann sagte sie gespielt streng: „Etwas mehr Altersweisheit würde dir auch ganz gut stehen."

„Wollen Sie sich nicht setzen?" Lübbing wies auf die freien Plätze an seinem Tisch.

Der Doktor hob abwehrend die Hände: „Nein, leider haben wir keine Zeit mehr. Schade, wir haben Sie erst gesehen, als wir das Café verlassen wollten. Wir hatten nur ein paar kleinere Einkäufe zu erledigen und sind praktisch schon auf dem Weg in den Wochenendurlaub."

„Geht es wieder nach Schwagstorf?"

„Ja, wir waren gerade ein paar Tage in Prag. Eine wunderschöne Kulturstadt, aber jetzt brauchen wir wieder Ruhe und Natur."

Dr. Habermann griff in die Innenseite seines Jacketts. „Ich gebe Ihnen noch mal meine Visitenkarte. Auf der Rückseite steht eine zweite Nummer, falls ich auf der anderen nicht erreichbar bin. Melden Sie sich, wenn Sie Zeit haben, und kommen Sie vorbei. Ich würde mich freuen, wieder einmal mit Ihnen etwas länger zu reden."

„Auf jeden Fall, Herr Doktor, das mach ich gerne."

„Kommen Sie aber auch wirklich", bat Frau Habermann, während sie sich zum Abschied die Hand schüttelten. „Meinem Mann fehlen seine Schüler immer noch. Es wäre sehr schön."

Lübbing sah den beiden alten Leuten hinterher. Sie mussten mittlerweile fast 80 Jahre alt sein. Trotzdem strahlten sie noch Lebensfreude und reges Interesse an ihrer Umwelt aus, und sie gingen Hand in Hand die Möserstraße hinunter in Richtung Haarmannsbrunnen. Ein Liebespaar.

Er setzte sich wieder, und die Gedanken an seine Schulzeit kamen zurück. Sie war alles andere als schön gewesen. Er hatte sich immer gedrängt gefühlt, etwas zu tun, was er nicht wollte und was ihn nicht interessierte. Sprachen mochte er, und Geschichte. Die naturwissenschaftlichen Fächer waren ihm egal, Mathematik verhasst. Sportlich war er eine ziemliche Niete. Nur einmal war er, zu seiner eigenen Überraschung, nominiert worden für den Wettkampf über 50 Meter Brust beim Jahnschwimmen, so etwas wie eine Schülerstadtmeisterschaft. Damit wurde sogar Ehrgeiz in ihm geweckt, er trainierte nachmittags mit den anderen Schwimmern für das große Ereignis. Drei Tage vor dem Start entzündete sich sein Blinddarm. Er nahm dies als Zeichen und verabschiedete sich endgültig vom aktiven Sportlerleben, wurde stattdessen aktiver Fußballfan.

Anfangs hatte er noch versucht, sein Desinteresse an vielen Fächern zu vertuschen, sich praktisch in diesen Unterrichtsstunden unsichtbar zu machen. Als es nicht klappte, hatte er mit offener Ablehnung reagiert. Besonders schlimm waren die Musikstunden. Gerade weil er Musik liebte, waren sie für ihn eine Tortur. Lehrer

Hollmann war eigentlich mehr die Karikatur eines Pädagogen. Ähnlich denen in den Lausbubenfilmen der 50er und 60er Jahre. Er zerfloss vor Eigenstolz und Gerührtheit, wenn er am Klavier saß und die Klasse mit „herrlichem, deutschem Liedgut", wie er es nannte, malträtierte. „Sie war so schön, so schön wie Milch und Blut, im Herzen war sie einem Räuber gut", dröhnte er mit leicht dissonanter Bassstimme, während seine feuchte Aussprache die Krawatte und die Tastatur des Klaviers nässte. Immer nur deutsches Liedgut, kein einziges Mal moderne Musik oder beliebte Klassiker wie „Die vier Jahreszeiten" von Vivaldi, geschweige denn Symphonien. Als ein Mitschüler schüchtern nach Dvoraks „Aus der neuen Welt" gefragt hatte, sie war damals gerade in den aktuellen Spielplan des Osnabrücker Symphonieorchesters aufgenommen worden, hatte Hollmann nur gedröhnt: „Neue Welt, neue Welt, wenn ich das schon höre. Edel und bescheiden sei die Musik, wie der deutsche Mensch!" Ähnlich unappetitlich war die Arbeitsgemeinschaft „Volkstanz", die von Hollmanns Frau geleitet wurde. Das ständige „Reigen, Polka, eins, zwei, drei" war ihm noch heute in schlechter Erinnerung - und die stabilen Korsettstangen, die man durch Frau Hollmanns Kleider fühlen konnte, wenn man ihr Tanzpartner war. Außerdem roch sie immer nach Kernseife.

Eines Tages war es dann soweit, dass sich die Zeugniskonferenz fast einig war. Lübbing würde erstens mal wieder das Klassenziel nicht erreichen und sei zweitens ohnehin für die Schule nicht mehr tragbar. Einzig Dr. Habermann hatte sich für ihn in die Bresche geworfen, und es war ihm gelungen, einige Kollegen zu leichten Korrekturen ihrer Zensuren zu veranlassen, so dass es für Lübbing zumindest noch zu einem Wechsel auf eine Handelsschule reichte. Hier hatte er seine Mittlere Reife innerhalb von zwei Jahren mit Bravour erworben. Keine Naturwissenschaften mehr, kein Sport, kein „Am Brunnen vor dem Tore", das war nach dem Geschmack des rebellischen, pubertierenden Schülers. Deutsch hatte er mit links mal eben so mitgenommen, der Englischunterricht hatte ihn regelrecht begeistert. Der junge Lehrer aus London hatte auch schon mal Artikel aus dem „Rolling Stone" übersetzen lassen. Und was die Musik anbelangte, da hatte er mittlerweile seine eigene Band gegründet und träumte von einer großen Schlagzeugerkarriere.

Stühlerücken am Nebentisch ließ ihn aus seiner rückwärtsgewandten Gedankenwanderung in die Wirklichkeit zurückkehren. Er sah auf die Uhr: Zeit, gemütlich nach Hause zu schlendern und Helen anzurufen.

Noch einmal dachte er kurz an seine Schulzeit. Mit dem Abstand der Jahrzehnte erschien sie ihm doch nicht mehr so dramatisch wie damals. Zu Klassentreffen ging er aber nach wie vor nicht, er konnte dieses „Weißt-du-noch"-Gesülze einfach nicht leiden. „Außerdem, Lübbing", dachte er ironisch, „du hast so oft die Klassen gewechselt, da wärst du wahrscheinlich jedes Wochenende ausgebucht."

Auf der Großen Straße kam er wieder einmal nicht an seiner Stammbuchhandlung vorbei. Er stöberte erst am Eingang in den gebrauchten, antiquarischen Büchern herum, hier hatte er schon manches Schnäppchen gefunden, ging dann in das Untergeschoss zu den Taschenbüchern, fragte nach den neuen Titeln von Kate Munger und Earlene Fowler, die aber beide noch nicht erschienen waren.. „Schade", dachte er, „für einen kurzfristigen Urlaub wären es genau die richtigen Bücher gewesen." Die beiden Autorinnen gehörten zur neueren Garde der „Sisters-in-crime"-Generation. Spannende Unterhaltungskost, in flottem Stil geschrieben, mit originellen Pointen und manchem Seitenhieb auf die sogenannte Krone des menschlichen Geschlechts, die Männer. Eben intelligente, entspannende Lektüre.

*

Mit einem kühlen Jever setzte er sich vor das Telefon und wählte Helens Nummer. Nach einigen Ruftönen hörte er ihre rauchige Stimme: „Ja?" Sie meldete sich immer nur mit einem Ja.

„Lübbing hier, was hältst du von Last-Minute?"

„Was ist das?", kam ihre Gegenfrage, er konnte sie leicht lachen hören: „Ein Quickie oder so etwas wie Torschlusspanik?"

Lübbing stimmte kurz in ihr Lachen ein. „Guter Konter. Aber mal ehrlich, Helen, ich will weg. Diese ganze Geburtstagsgeschichte, die da auf mich zukommt, kotzt mich an. Eine Woche raus, bist du dabei?"

„Wo soll es denn hingehen? Last-Minute kann alles Mögliche sein."

„Das war nur ein Spruch. Ich möchte mal wieder nach Irland, nach Galway und wenn es nur ein paar Tage sind." Er machte eine Pause. Dann sprach er sehr ernsthaft: „Ich wäre froh, wenn du mitkämst."

Am anderen Ende herrschte einen Moment Schweigen, dann ein Überraschungspfiff. Helen fragte: „Lübbing, hast du mich eben gebeten, mit dir nach Irland zu fliegen? Hast du mich das wirklich gefragt?"

„Ja."

„Und du meinst tatsächlich diese Ecke in Irland, die du sonst immer eifersüchtig für dich allein reklamierst, deine ureigenste Domäne sozusagen?"

„Ja, Helen. Ich möchte, dass du mit mir nach Westirland fliegst."

„Na dann, was soll ich sagen? Natürlich bin ich dabei."

Lübbing entspannte sich, eine Absage hätte ihm wehgetan: „Helen, ich bin morgen früh sofort im Reisebüro und kümmere mich um alles. Dann ruf ich dich gegen Mittag an. Bis dann", er wollte auflegen.

Helen kam ihm zuvor: „Halt, Lübbing, einen Moment noch."

„Was ist?"

„Du scheinst mich wirklich zu mögen."

Jetzt brach, wie immer, Lübbings Scheu durch, über seine Gefühle zu sprechen. „Kann schon sein", sagte er betont knurrig.

Helen lachte.

*

Ein Besuch bei seiner Bank zeigte ihm am nächsten Morgen, dass sein Konto im Augenblick ganz passabel aussah, was oft genug nicht der Fall war. Im Reisebüro fand er schon für den nächsten

Tag eine passende Flugverbindung, und auch die Buchung in seinem Stammhotel in Galway, dem „Imperial“ verlief ohne Probleme. Für Helen bezahlte er erst einmal mit. Sie würde ihm das Geld mit Sicherheit wiedergeben wollen, obwohl er sie auch eingeladen hätte, damit sie überhaupt mitkam. Da hatte Helen aber ihren eigenen Kopf, sie hatte ihm schon einmal in ihrer saloppen Art erklärt: „Kommt gar nicht in Frage, dass du für mich bezahlst. Ich habe dich sehr gern und bin sicherlich in einem gewissen Grad von dir gefühlsmäßig abhängig, aber Geld bleibt außen vor. Im Übrigen habe ich so viel Kohle, dass ich mir noch einen silbernen Rollstuhl leisten kann, wenn ich achtzig bin, und für dich ist auch noch einer drin.“

Helen hatte nach dem tragischen Autounfall ihrer Eltern ein kleines Vermögen geerbt. Die Leitung der elterlichen Fabrik hatte sie ihrem Bruder überlassen und ihr Geld überraschend konservativ, aber ohne Risiko angelegt. Sie hängte ihr Psychologiestudium an den Nagel und stürzte sich in ihr, wie sie es nannte, „neues“ Leben mit zahlreichen Aktivitäten in der Frauenbewegung, im Lesbenforum und vielen anderen alternativen Plattformen.

Lübbing hatte sie auf einer Demonstration kennen gelernt, über die er für ein Stadtmagazin berichten sollte. Dabei war ihm eine kleine Frau mit Bubikopf, in Parka und Jeans aufgefallen, die sich lautstark mit einem Polizeibeamten anlegte und offensichtlich im Begriff war, ihm vor das Schienbein zu treten. Ohne nachzudenken hatte er seinen Presseausweis gezückt und die Frau zu seiner Praktikantin erklärt. So waren sie zusammen durch die Polizeikette geschlüpft.

Statt eines Dankes hatte sie mit blitzenden Augen protestiert: „Das war wirklich nicht nötig, ich wäre damit auch allein klar gekommen.“

„Ja, aber nur nach einer Nacht in der Zelle.“

Sie hatte ihn mit schiefem Blick angeschaut, war dann weitergegangen. Lübbing hinterher.

Plötzlich hatte sie sich umgedreht: „Also okay, danke.“

„Wenn jetzt alles klar ist, können wir dann ein Bier trinken gehen?“

„Was?"

„Ob wir ein Bier trinken gehen? Ich bin schon etwas älter als du, da ist solch eine Aufregung nicht gut. Bier ist Nervennahrung."

Sie hatte schmunzeln müssen: „Okay, gehen wir ein Bier trinken. Aber wenn das eine Anmache ist, sage ich dir gleich, da läuft nichts, ich bin lesbisch", und nach einer kurzen Pause, „ich hoffe, das stört dich nicht."

„Nicht im geringsten, schließlich schlafe ich auch gern mit Frauen."

Lachend hatte sie ihre Hand ausgestreckt: „Übrigens, ich bin Helen, Helen Westphal."

„Angenehm, Lübbing."

„Einfach nur Lübbing? Kein Vorname?"

„Ja."

„Schön, das ist wenigstens leicht zu merken."

Aus dem Bier war ein erstes gemeinsames Besäufnis geworden – und eine feste, tiefe Freundschaft.

*

Kaum in seiner Wohnung angekommen, rief Lübbing Helen an und instruierte sie. Den Rest des Nachmittags und den Abend wollte er gemütlich und in Vorfreude auf Westirland verbringen. Er brühte sich einen Tee auf, den er mit einem ordentlichen Schuss „Jameson" veredelte. Kurze Bedenken, dass es für Alkohol noch zu früh am Tag sei, wischte er beiseite. „Ich bin praktisch schon im Urlaub", dachte er und gab noch einen Schuss Whisky in den Tee. Dann räkelte er sich mit den „Traumpfaden" von Bruce Chatwin gemütlich auf die Couch. Ein schönes Buch, das hatte er schon nach den ersten Kapiteln bemerkt. Aber irgendwie war es ihm zu poetisch für seine Stimmung. Hochstimmung, endlich ging es mal wieder los, und das mit Helen.

„Tut mir Leid, Bruce", murmelte er und legte den Chatwin an die Seite. Ein Blick die Reihen seiner Bücher entlang, beim Buchstaben O wurde er fündig, Flann O'Brien „Durst und andere wichtige Dinge", genau das Richtige zur Einstimmung auf den irischen Urlaub. Aus seiner CD-Sammlung wählte er Thin Lizzy aus, erhöhte die Lautstärke, und während Phil Lynott verkündete „The boys are back in town", schüttete Lübbing sich noch einen Whisky in die Tasse. Den Tee ließ er dieses Mal weg.

Kapitel 3

Der Kronensee, zwischen Wiehengebirge und Venner Moor, mit dem großen Gelände, mit seinen zahlreichen Bade- und Wassersportangeboten, aber auch mit seinen Angelmöglichkeiten zog natürlich vor allem im Sommer erholungs- und vergnügungssüchtige Familien an. In Scharen fielen sie in Schwagstorf ein, das durch seine Nähe zum Museumspark Kalkriese aber auch für Geschichtsinteressierte und Kulturbeflissene attraktiv war. Um diese Jahreszeit aber und nach dem Ende der Osterferien in Niedersachsen und Nordrhein-Westfalen, waren die Dauergäste auf dem Campingplatz weitgehend unter sich.

Um zwei Uhr früh am Sonntagmorgen lag der Park ruhig und friedlich da. Die wenigen Camper lagen in ihren Schlafkojen oder, bei etwas komfortablerer Ausstattung der Wagen, in ihren Betten. Fast alle waren in dem Alter, in dem sie keine nächtelangen Lagerfeuerfeten mehr brauchten, sondern Ruhe und Erholung suchten.

Die vier Männer, die seit zwanzig Minuten am Rande eines Waldstücks nordöstlich des Campingplatzes geduckt hockten, wollten sich vergewissern, dass wirklich niemand mehr über den Platz lief oder in einem Wagen noch Licht war. Ihr dunkler Van war noch ein Stück weiter, verdeckt von Bäumen, geparkt. Auch ihre Anfahrt über die Hunteburger und die Langelager Straße hatte ihr Anführer so gewählt, dass sie möglichst nicht gesehen wurden.

Alle vier Männer waren gleich gekleidet. Schwarzer Rollkragenpullover, schwarze Lederhandschuhe, schwarze Jeans, schwarze, hoch geschnürte Stiefel, lediglich einer trug zusätzlich einen Seesack auf dem Rücken.

Der Anführer war nun endgültig überzeugt, dass alle Bewohner des Campingplatzes in tiefem Schlaf lagen. Ohne ein Wort zu sagen, deutete er auf einen etwas abseits stehenden Wagen, zog sich eine schwarze Sturmmaske über den Kopf; die anderen taten es ihm sofort nach, dann gab er das Zeichen zum Aufbruch. Man merkte den Männern an, dass sie gewohnt waren, sich in offenem

Gelände in gebückter Haltung schnell und geschickt zu bewegen. In weniger als einer Minute hatten sie geräuschlos die 150 Meter bis zu ihrem Ziel zurückgelegt. Der Anführer gab dem Mann mit dem Seesack einen Wink. Der nahm ein Werkzeug aus dem Sack, das wie eine kleine Bohrmaschine aussah, drückte es seinem Nachbarn in die Hand, der kurz das Schloss des Wohnwagens begutachtete und dann einen Vorsatz auf das Gerät setzte. Er brauchte keine 30 Sekunden, um das einfache Schloss zu öffnen. Man hörte nur ein leises Sirren und Knirschen, dann ein „Plopp". Drei der schwarzen Gestalten betraten völlig lautlos das Innere, eine blieb zur Sicherung draußen.

Der Besitzer des Wohnwagens wachte erst auf, als ihn jemand an der Schulter stieß. Er schreckte hoch, sofort presste sich eine Hand auf seinen Mund. Eine schwarze maskierte Gestalt forderte ihn auf, ruhig zu sein, indem sie den rechten Zeigefinger an die Lippen führte. Dann zeigte sie auf das Nebenbett. Der Camper sah seine Frau mit schreckgeweiteten Augen auf dem Bettrand sitzen, eine weitere schwarze Gestalt hatte ihr eine Pistole in den Mund gesteckt. Eine dritte Person trat hervor, langte in einen Seesack und holte zwei Paar Handschellen hervor. Die Überfallenen mussten ihre Hände nach vorne halten, dann schnappten die Handschellen zu. Schnell und routiniert wurden sie geknebelt. Das Ehepaar war aber so starr vor Schrecken, dass es ohnehin nicht an Schreien gedacht hätte.

Der Anführer des Quartetts trat an die Tür, der Mann draußen signalisierte ihm, dass nach wie vor alles friedlich und ruhig war. Dann machten sie sich mit den Gefangenen, dieses Mal bedeutend langsamer, auf den Rückweg. Immer noch war kein Laut gefallen, lediglich als einer der Männer ausrutschte und stolperte, ließ der Anführer ein wütendes Zischen hören. Im Wagen mussten sich die beiden Opfer auf den Boden vor die Rückbank setzen. Zwei der Männer rahmten sie ein, die anderen beiden nahmen vorne Platz.

Eine Viertelstunde später hielt der Van auf einem Wanderparkplatz nahe dem Gelände des Kalkrieser Museumsparks. Auch während der Fahrt wurde kein Wort gesprochen. Der entführte Camper empfand gerade dieses Schweigen als besonders erschreckend. Seine Frau starrte ihn immer wieder aus angstgeweiteten Augen an. Er verstand nicht, was diese Männer von ihnen wollten. Sie hatten im Wohnwagen alles unberührt gelassen, nicht nach Bargeld gesucht und kleinere herumliegende Wertgegenstände, wie den Schmuck seiner Frau oder seine Armbanduhr, überhaupt nicht beachtet.

Eine Entführung war doch sinnlos. Wohlhabend waren sie nicht, sie lebten von seiner Pension. Ihr einziger einigermaßen wertvolle Besitz waren das schmucke Reihenhaus im Osnabrücker Stadtteil Hellern und der liebevoll gepflegte Wohnwagen. Das alles ergab für ihn keinen Sinn, gerade deshalb wurde seine Angst immer größer.

Er war geradezu erleichtert, als der Wagen hielt. Vielleicht hatten die schweigsamen schwarzen Gestalten ihren Irrtum erkannt und würden seine Frau und ihn freilassen.

Der Anführer der Gruppe schaltete das Scheinwerferlicht aus und signalisierte dem Mann neben ihm, mit dem Aussteigen noch zu warten, um kurz zu überlegen, ob es nicht sicherer wäre, weiter in den Wald hineinzufahren, statt auf dieser Parkbucht für Wanderer zu halten. Aber das würde einen weiteren Weg zu der Stelle bedeuten, die er einige Tage vorher ausgesucht hatte. Da er sich bei der Anfahrt etwas in der Entfernung verschätzt hatte, waren sie sowieso schon spät dran. Und selbst wenn um diese Zeit jemand vorbeikommen sollte, würde der bestimmt denken, es handele sich um den Wagen eines frühen Jägers. Oder um den eines Rockfans, der nach dem großen Open-Air-Festival vom gestrigen Abend den Weg nach Hause noch nicht gefunden hatte. Mit Handzeichen befahl er seinen Leuten auszusteigen.

In wenigen Sekunden war der einfache, knapp 1,80 Meter hohe Maschendrahtzaun mit einer simplen Kombizange durchtrennt. Bewacher und Gefangene zwängten sich durch die Öffnung. Es ging gut 50 Meter in das Waldstück hinein zu einer kleinen Lichtung. Auf einen Wink des Anführers wurden die Entführten zu zwei etwas auseinanderstehenden Fichten gestoßen, deren untere Stämme astfrei waren, und mit den Rücken daran gestellt.

Genauso schnell wie ihnen die Handschellen vorne gelöst wurden, waren ihre Arme schon wieder nach hinten gezerrt. Dieses Mal waren es Lederriemen, die sich um ihre Handgelenke spannten.

Der fast achtzigjährige Camper spürte eine schreckliche Beklemmung in der Brust, er bekam Atemnot. „Wenn sie mir doch wenigstens den Knebel abnehmen würden“, dachte er, „ich würde nicht schreien, ganz bestimmt nicht. Ich würde den Irrtum aufklären oder sie bitten, wenigstens meine Frau laufen zu lassen.“ Er sah die dunkle Gestalt mit der Maske, die augenscheinlich der Anführer war, auf sich zutreten und war überzeugt: „Endlich wird geredet.“

Zwei Augen musterten in kalt. Er musste blinzeln, weil ihm beißender Schweiß in die Pupillen lief. Der Mann griff ihm in den Ausschnitt seines Pyjamas und zerriss ihn mit einem Ruck. Kurz darauf war der Schlafanzug völlig zerfetzt.

Der alte Mann, der nur noch wenige Sekunden zu leben hatte, verstand gar nichts mehr. Er blickte panisch zu seiner Frau, deren Augen auch keinen Trost spenden konnten. Sein Peiniger griff in den Seesack. Ein kurzes Aufblitzen in der Dunkelheit, und der Camper ließ einen durch den Knebel gedämpften Schrei hören. Mit zwei Hieben der Waffe zerschlug der Mann ihm beide Schlüsselbeine. Ohne die unterdrückten Schmerzenslaute seines Opfers zu beachten, schnitt er wieder und wieder in seine Brust und seinen Bauch. Nach dreißig Sekunden hörte er auf und betrachtete sein Werk. Der Camper war mittlerweile bewusstlos, stöhnte nur noch leise. Es war Zeit, das Werk zu vollenden.

Er ging erneut zum Seesack, nahm zwei Teile heraus und setzte sie zusammen, wieder blitzte Metall. Aus gut drei Metern Entfernung, warf er den Speer mit aller Kraft. Seine Spitze traf das ohnmächtige Opfer genau in Höhe des Herzens, und die Wucht des Wurfes trieb ihn durch den geschundenen Körper, bis er im Holz des Baumstammes stecken blieb. Nun trat der Mörder an den Baum heran, griff mit beiden Händen das Ende der Waffe, stemmte einen Fuß gegen den Oberschenkel des Toten und zog kräftig, bis der Speer wieder frei war.

Zum ersten Mal wurde gesprochen. Die entsetzte Frau konnte nicht verstehen, was der Anführer zu einem seiner Männer sagte, aber sie begriff es doch. „Ponahcaj sa s tou Zenou, zu ide tma!" *(Beeil dich mit der Frau, es dämmert schon).*

Die Panik nahm ihren Körper in Besitz, während sie beobachtete, wie der Angesprochene sich bückte, in die Reisetasche griff und dann auf sie zukam. Sie schluchzte einmal auf, dann schloss sie resigniert die Augen. Sie hatte den Tod ihres Mannes mit ansehen müssen und ihr war klar, was sie nun erwartete. Eine schnelle Bewegung des Mörders mit dem erhobenen rechten Arm, und Blut spritzte aus ihrer durchschnittenen Kehle. Ein verzweifeltes Keuchen und Rasseln drang aus ihrem Hals, wie bei einem Asthmatiker, der keine Luft mehr bekam.

Als ihr Kopf nach wenigen Momenten leblos nach vorn fiel, waren die vier Männer schon auf dem Rückweg. Die beiden Toten ließen sie gefesselt an den Bäumen zurück. Sie fuhren denselben Weg zurück, den sie gekommen waren. Kurz nach dem Start fragte einer der beiden Männer auf dem Rücksitz: „A co terraz ?" *(Und was jetzt?)*

Der Anführer erwiderte: „Mi i dehe do Hoteca, pospime par Hodin a Potom to die smerom Domou." *(Wir fahren ins Hotel, schlafen ein paar Stunden und dann geht es Richtung Heimat.)*

„Co je s nasimi Penjazmi?" *(Was ist mit unserem Geld?)*

„Nemaj Strach, peníze budou deponovány v Praze." *(Keine Sorge, das Geld wird in Prag deponiert.)*

Der Mann auf dem Rücksitz gab sich noch nicht zufrieden: „A ked on si to inakse rozmisci?" *(Und wenn er es sich anders überlegt?)*

Der Anführer lachte laut auf: „Nebude! Poetj obote ktora sme Oudouzdali bude mat Strach, ze dojdeme naspet." *(Wird er nicht. Nach der Arbeit, die wir abgeliefert haben, hat er zuviel Angst, dass wir dann wiederkommen.)*

Nun lachten auch die anderen.

In Herringhausen fuhren sie auf einem Umweg bis zur Brücke am Sportplatz über den Mittellandkanal. Dort bogen sie in einen kleinen Weg ein, der sonst hauptsächlich von Wanderern und

Anglern benutzt wurde, und hielten kurz an. Der Sack mit den Mordwerkzeugen verschwand im Wasser.

Sie kehrten noch einmal in ihr Hotel zurück, um ein paar Stunden zu schlafen, am frühen Nachmittag wollten sie aufbrechen. Während sie bei einem kleinen Imbiss zusammensaßen, kam plötzlich eine Diskussion auf, auf welchem Weg es nach Hause gehen sollte. Der Anführer wollte ursprünglich wieder mit der Bahn zurück und den Peugeot 806 einfach am Osnabrücker Bahnhof stehen lassen. Zwei der Männer waren damit nicht einverstanden. Sie wollten mit dem Auto fahren und argumentierten, dass der Van in der Heimat gutes Geld bringen könne.

Der Anführer überlegte. Der Wagen war nicht auf seinen Namen gemietet, der Mieter lag ertrunken in einem Tümpel. Und nach der noch relativ kurzen Mietzeit würde der Verleiher wahrscheinlich so schnell keinen Verdacht schöpfen und irgendetwas veranlassen. Er entschied, das Risiko in Kauf zu nehmen.

Nach 12 Stunden erreichten sie die ersten Vorstädte von Prag, wo sich ihre Wege trennten. Der Anführer machte sich zielstrebig auf den kurzen Heimweg. Er freute sich auf die nächsten gemütlichen Tage mit seiner Frau und den beiden halbwüchsigen Kindern. Vielleicht würde er mal wieder mit ihnen angeln gehen. Es standen auch Arbeiten in Haus und Garten an. Er übernahm sie gern, ihr zu Gefallen. Sie war sein Zuhause, der ruhende Pol in seinem unsteten Leben.

*

Der ehemalige Bauer Heiner Kuhlmann und jetzige Betreiber der Gastronomie im Museumspark Kalkriese war an diesem frühen Morgen um halb sieben nicht besonders guter Laune. Das vergangene Wochenende war nicht so verlaufen, wie er es sich im Vorfeld gedacht hatte. Der Umsatz im „Bauerncafé“ auf seinem angestammten Hof, nur 300 Meter entfernt, war weit hinter seinen Erwartungen zurückgeblieben.

Der rüstige Mittsechziger verstand diese jungen Leute nicht, die in Scharen in die Bauernschaft eingefallen waren, zum Kalkrieser

Open-Air – man hatte Kuhlmann erst erklären müssen, dass es sich dabei um ein Freiluftkonzert handelte. Da zahlten sie 48 Euro Eintritt, das entsprach dem Verkauf von 24 Stück Pflaumenkuchen in seinem Café, nur um drei Musikgruppen zu hören – was für Namen: „Heather Nova", „Fury in the Slaughterhouse" und „Toto" – die in Kuhlmanns Augen nur Krach produziert hatten, und dann hatten sie keine 3,50 Euro für eine Bockwurst übrig. Geschweige denn 1,50 Euro für die Toilettenbenutzung. Stattdessen aßen sie lieber mitgebrachte Stullen. Und urinierten in die Büsche. Auch seine als Parkplätze ausgewiesenen Wiesen, 4 Euro, waren kaum genutzt worden. Selbst der extra eingekaufte Tabakwarenvorrat war längst nicht so dezimiert, wie er gehofft hatte. Viele Besucher rauchten lieber bombastische Selbstgedrehte, und oft strömte deren Rauch einen süßlichen Duft aus, der den Landmenschen Kuhlmann an getrocknete Pferdescheiße erinnerte. Wenigstens der Getränkeverkauf war einigermaßen einträglich gewesen.

Abends beim Klaren im Dorfkrug hatte er zu einem Freund gesagt: „Nee, Hinnerk, zu viel Arbeit, zu wenig Ertrag. Da sind mir die Seniorenfahrten mit Verkaufsveranstaltung unter der Woche lieber. Da kriegst du dein Fixum vom Veranstalter und weißt vorher, was auf dich zukommt." Augenzwinkernd fügte er mit gesenkter Stimme hinzu: „Und ein paar Prozente von dem Schiet, den die da verkaufen, sitzen auch immer drin."

Er wusste, seine Laune würde sich bessern, wenn er seiner allmorgendlichen Lieblingsbeschäftigung nachging. Ein Gang über das Museumsgelände, allein und in aller Ruhe. Er umging den noch nicht geöffneten Kassenbereich, indem er einen Hinterausgang im Wirtschaftsbereich seiner Gastronomie benutzte, der direkt in den Museumspark führte. Das eigentliche Museum mit dem 40 Meter hohen Turm aus rostendem Stahl ließ er linker Hand liegen, durchquerte ein kleines Waldstück. Dann betrat er den „Römerweg" und ging gemächlich weiter. Im südlichen Teil erreichte er schließlich den „Germanenwald". Wie gewohnt kehrte er in einem großen Bogen zum Ausgangspunkt seiner kleinen Wanderung zurück.

Der Ärger vom Vortag flaute allmählich ab. „Kuhlmann, eigentlich geht es dir doch ganz gut", dachte er. Wer hätte schon ahnen können, dass der britische Major, der vor 17 Jahren auf seinen Hof gefahren war, sein Leben und das vieler seiner Nachbarn so verändern würde. Er hatte Heiner Kuhlmann höflich um die Erlaubnis gebeten, auf einem seiner Felder mit einem Metalldetektor nach archäologischen Fundstücken suchen zu dürfen. Der Mann hatte gute Manieren, war sympathisch, und das Feld war gerade abgeerntet. Ein weiteres Argument war die Flasche Malt-Whisky, die bei dem Gespräch fast geleert wurde. Kuhlmann gab seine Einwilligung - die beste Entscheidung seines Lebens. 17 Jahre später war nach den Funden des Majors der Museumspark Kalkriese nicht nur eine historische Attraktion, sondern auch ein ökonomisches Juwel für Leute wie Heiner Kuhlmann. „Und die westfälischen Holzköpfe in Detmold können ihren Arminius nun einstampfen", dachte Kuhlmann mit Genugtuung, da er eingefleischter Niedersachse war.

Er war schon halb an der kleinen Lichtung vorbei, die rechts von ihm lag, als ihn ein heller Tupfer, der dort nicht hingehörte, nochmals aufblicken ließ. Es sah aus, als ob jemand ein helles Kleidungsstück an den Baum gehängt hätte. Er trat näher, um es genauer zu betrachten.

Dann erkannte er, was er vor sich hatte. Einen gefesselten Menschen, eine Frau in einem Nachthemd, dessen weiße Farbe stark mit dem darauf getrockneten Blut kontrastierte.

Heiner Kuhlmann starrte fassungslos das Schauerbild vor sich an. Dann wanderte sein Blick nach links. Ein zerschnittener Mensch, dessen Oberkörper kaum noch als solcher zu erkennen war.

Er stolperte ein paar Schritte zurück, ging in die Knie, musste sich übergeben. Er holte krampfhaft Luft, dann sprang er auf und rannte in panischer Hast zum Telefon in seinem Restaurant.

Kapitel 4

„Ich trinke auf das Leben“, Lübbing, stark angetrunken, verkündete es lauthals und mit großer Überzeugung. Er saß bei seinem vierten halben Liter zur Mittagszeit vor der Theke im „Grünen Jäger“ und wartete auf eines der fantastischen Käsebaguettes, die hier angeboten wurden.

Der Wirt, Biere zapfend, bemerkte spöttisch: „Was ist, Lübbing, schwer verliebt?“

„Liebe?“, Lübbing betrachtete ihn indigniert. „Komm mir nicht mit schnöder Liebe. Ich bin die Welt, und das geht keinen etwas an!“

„Wo hast du das denn jetzt wieder her?“, meinte der Wirt kopfschüttelnd und brachte ein Tablett mit vollen Gläsern nach draußen in den überdachten Biergarten.

Helen und Lübbing waren vor zwei Stunden wieder in Osnabrück eingetroffen. Helen wollte sofort ins „Mother Jones“, der Frauenbuchhandlung mit angeschlossenem Café. Und Lübbing, in absoluter Hochstimmung nach einer wunderbaren Woche, war auf dem Heimweg vom Bahnhof nicht am „Grünen Jäger“ vorbeigekommen. Die Osnabrücker Traditionsgaststätte hätte mit ihrem niedrigen Schankraum, dem dunklen Holz und den schweren Deckenbohlen in jedes irische Dorf gepasst. Ein weiterer Grund, einen kleinen Boxenstopp einzulegen.

Die Tage in Westirland waren ein Traum gewesen, mit Helen noch besser als vorher seine vielen Besuche allein. Er hatte ihr Connemara gezeigt, das alte Handelszentrum Maam Cross, eigentlich nur eine einsame Wegkreuzung, an der sich einmal in der Woche fliegende Händler und die Bewohner der Umgegend trafen, und den steinigen Burren, eine Landschaft unwirtlich und steinig, aber gerade dadurch so faszinierend. Sie waren im Süden der Galway-Bucht gewesen, in Kinvara mit dem alles überragenden Dunguaire Castle, hatten am Abend in dem kleinen Café ohne Namen am Kai gesessen und die Rückkehr der traditionellen Hooker-Segler beobachtet. Übernachtet hatten sie an diesem

Tag im „Merriman Inn“, einem Hotel, das nicht mit gutem Essen und Service warb, sondern damit, das größte reetgedeckte Dach des Landes vorweisen zu können. Aber auch hier galt die sprichwörtliche irische Gastfreundschaft, und von ihrem Zimmer hatten sie einen atemberaubenden Blick über die Bucht.

Am nächsten Tag ging es noch ein Stück weiter südwestlich, zu den Cliffs of Moher. Auf dem Weg dahin war ein Besuch in „Monks Pub“ in Ballyvaughan für Lübbing eine immer gern wiederholte Pflichtübung. Auf Helens Frage, ob man sie nicht im „Imperial Hotel“ in Galway vermissen würde, hatte Lübbing fröhlich geantwortet: „Keine Spur, das kennen die schon von mir.“

An einem ihrer Urlaubstage waren sie mit dem Bus nach Rossaveal gefahren, hatten dann mit der „Island Discovery“ nach Inishmore, der größten der Aran Inseln übergesetzt. Als sie weit oben auf den Klippen gegenüber von Dún Aonghasa standen, einem mächtigen Steinfort aus der Bronzezeit, war dies für Lübbing einer der seltenen Momente, in denen er etwas von seinem Innenleben preisgab. Er erzählte Helen, dass er vor Jahren an diesem Ort das Gefühl gehabt habe, sich so nahe zu sein, wie noch nie zuvor. Er habe plötzlich geglaubt, es nie wieder in dieser Intensität erreichen zu können und sein Lebenskreis würde sich hier schließen. Helen sagte nichts, sie fasste nur seine Hand.

An den Abenden hatten sie sich in den schmalen Gassen des Hafenviertels von Galway herumgetrieben, waren in traditionellen Musik-Pubs wie dem „Quays“ und dem „Crane“ gewesen. Abende, die meistens recht wild und alkoholreich endeten.

*

Am Tag seines Geburtstages wurde Lübbing am späten Vormittag zunächst etwas ungeduldig, dann war er enttäuscht. Helen erwähnte das Ereignis mit keinem Wort, keine Gratulation, von einem kleinen Geschenk ganz zu schweigen – gar nichts. Lübbing schalt sich in Gedanken einen Narren. Was erwartete er denn? Einer der Gründe der Reise war schließlich die Flucht vor seinem „Ehrentag" gewesen. Sie hielt sich nur an die von ihm selbst festgelegten Spielregeln.

Helen amüsierte sich köstlich , während Lübbings Missmut im Laufe des Tages immer größer wurde. Erst abends im „Quays" wurde er von seinen Qualen erlöst. Die Band ließ ein bekanntes Lied ertönen: „For auld lang syne, my dear, for auld lang syne, we'll take a cup o' kindness yet for auld lang syne!" Lübbings Lieblingslied, wenn er getrunken hatte. Seine Laune besserte sich schlagartig. Und als er dann auf die Bühne treten musste, der Sänger ihm eine Torte mit 50 brennenden Kerzen entgegenhielt und alle Pub-Gäste ihn hochleben ließen, sang er die Verse des Folkklassikers „Carrickfergus" selig und voller Inbrunst mit.

*

Am letzten Abend in Galway standen sie am alten Pier, vor der Säule, die Christof Columbus gewidmet war. Beide schwiegen sie minutenlang, genossen das Plätschern der Wellen an der Kaimauer, den leichten Wind, die würzige Luft.

Plötzlich umschlang Helen Lübbing: „Ich hab dich lieb, ich hab dich wirklich lieb, weißt du das."

Lübbing hatte schon häufiger solche spontanen Ausbrüche von ihr erlebt. Er freute sich darüber, brachte es aber nicht fertig, sie zu erwidern.

„Warum gerade dich?", fragte Helen. „Warum nicht eine schöne, intelligente Frau, mit der ich auch ins Bett gehen kann? Das ist doch idiotisch, den einen liebt man, und mit der anderen schläft man."

„Man wählt den Menschen nicht, den man liebt", sagte Lübbing leise.

Sie schaute ihn zärtlich an: „Das hast du schön gesagt."

„Um Gottes willen, das ist doch nicht von mir. Das ist von Kjell Eriksson."

Wütend trat sie einen Schritt zurück und stampfte mit dem Fuß auf: „Typisch Lübbing. Sobald Gefühle ins Spiel kommen, ziehst du dich gleich in dein Schneckenhaus zurück. Kein Wunder, dass du immer mehr zum Melancholiker wirst."

Lübbing wusste nur zu gut, dass sie Recht hatte.

Beim Aufbruch am nächsten Tag übergingen beide den Zwischenfall. Lübbing musste sich ohnehin auf den Kampf mit seiner Flugangst konzentrieren. Kurz vor der Landung in Düsseldorf wurde es ganz schlimm. Turbulenzen. Hektisch ergriff er Helens Hand. Sie schaute ihn an, legte dann den Kopf an seine Schulter und summte die Melodie eines Liedes, das sie in Galway fast jeden Abend gehört hatten und das ihn seine Angst fast vergessen ließ:

Low lie the fields of Athenry
Where once we watched the small free birds fly
Our love was on the wing
We had dreams and songs to sing
Now it's so lonely round the fields of Athenry.

Lübbing summte dieses Lied wieder selig vor sich hin, als der Wirt des „Grünen Jägers" ihn aus seinen Erinnerungen zurückholte: „Na, Lübbing, willst du nicht nach Hause?"

Der nuschelte: „An bhfuil céili ann?" *(Wird heute getanzt?)*

Der Wirt antwortete ungerührt: „Aha, du willst also ein Taxi. Wird sofort bestellt."

Lübbing wachte am nächsten Morgen mit einem mächtigen Brummschädel auf, trotzdem war er bester Laune. Er überlegte, ob er wegen seines Kopfes die Rosskur anwenden sollte, zwei Flaschen Jever, entschied sich dann aber doch für Aspirin. Nachdem er ausgedehnt geduscht hatte, setzte er sich mit einer Tasse Tee auf die Veranda und wollte gerade die Beine bequem ausstrecken, als das Telefon klingelte. Leicht grummelnd ging er zum Apparat.

„Lübbing", meldete er sich kurz angebunden.

„Dia duit", erklang Helens fröhliche Stimme, „hast du schon deine Aspirin genommen?"

„Auch hallo. Aber was soll die blöde Frage?"

„Mein Lieber, ich war gestern noch im *Grünen Jäger* und habe von deinem kurzen, aber eindrucksvollen Auftritt gehört. Übrigens vielen Dank für das Baguette, hat prima geschmeckt, du hattest nur einmal abgebissen."

Lübbing musste schmunzeln, Osnabrück war irgendwie doch noch ein Dorf, irgendwann erfuhr jeder etwas über jeden.

„Ich hatte einfach noch keine Lust sofort wieder dem Alltag ins Auge zu schauen, und der *Jäger* lag direkt auf meinem Weg", versuchte er zu erklären.

„Mir ging es ähnlich. Was machst du heute?"

„Bei dem schönen Wetter hatte ich daran gedacht, meinen alten Lehrer anzurufen. Ich habe ihm einen Besuch versprochen und würde gern zu ihm hinfahren, wenn er Zeit hat. Ein bisschen in seinem Garten sitzen und klönen. Willst du mit?"

Helen überlegte einen Augenblick: „Nein, nett gemeint, aber ihr frischt da nur alte Zeiten auf, und ich würde außen vor sein. Aber viel Spaß."

Beim Auflegen fiel Lübbings Blick auf die Pinwand über dem Telefon, Dr. Habermanns Visitenkarte war daran geheftet. Unter der ersten Nummer erreichte er niemanden, also die zweite.

Ein Stimme, kurz angebunden und geschäftlich erklang: „Hallo, Sie wünschen bitte."

Lübbing stutzte, das war nicht Dr. Habermann, aber die Stimme kam ihm bekannt vor.

„Ich würde gern Dr. Habermann sprechen."

„Wer sind Sie denn?", kam die Gegenfrage.

Lübbing überhörte den aggressiven Unterton. Er sagte: „Lübbing. Der Doktor, also Dr. Habermann war jahrelang mein ..."

Er wurde unterbrochen: „Lübbing, Waldemar Lübbing?"

„Ja, wieso, was ist denn?"

Pause.

Dann: „Lübbing, hier ist Warnecke, Kurt Warnecke.

Jetzt war Lübbing zunächst sprachlos: „Kurt, du? Aber ich habe doch die Nummer von Dr. Habermann gewählt."

Die Stimme des Kripobeamten am anderen Ende der Leitung klang belegt: „Lübbing, ich bin in Habermanns Wohnwagen. Was wolltest du denn von ihm?"

„Ihn besuchen, wir haben uns kürzlich zufällig getroffen und das verabredet."

„Lübbing, der Doktor ist tot."

Lübbing verstand zunächst nicht: „Tot, aber ..."

„Er und seine Frau wurden ermordet, wir schauen uns hier ein letztes Mal in seinem Wohnwagen um ... Lübbing, bist du noch dran?"

Der Doktor tot, ermordet. Er merkte, wie sich sein Magen zusammenzog, hatte plötzlich das Gefühl, einen riesigen Kloß im Hals zu haben. Er riss sich zusammen. „Ich bin noch dran."

„Lübbing, wir tappen völlig im Dunkeln. Aber es ist alles ziemlich schlimm gewesen. Wann hast du den Doktor das letzte Mal gesehen?"

Lübbing versuchte sich zu erinnern, obwohl seine Gedanken Achterbahn fuhren: „Ich glaube, letzte Woche Donnerstag. Ja, Donnerstag im *Palazzo*. Aber Kurt, was ..."

Warnecke unterbrach ihn wieder: „Ich will dir das nicht am Telefon erklären. Morgen ist Sonntag, wollen wir uns irgendwo treffen?"

Lübbing merkte, dass er immer mehr die Fassung verlor: „Bei mir in der Katharinenstraße, um vier", presste er mit Mühe hervor. Dann legte er auf. Er konnte seinen Magen nicht mehr kontrollieren, schaffte es gerade noch bis zum Waschbecken und erbrach die Mischung aus Tee, Wasser und den Überresten der Aspirintabletten. Selbst sein nun leerer Magen verkrampfte sich immer wieder, und er spuckte Galle. Nach einigen Minuten ließ der Anfall nach. Erschöpft spülte er seinen Mund aus, ging in das Wohnzimmer und legte sich auf die Couch.

Jetzt kamen die Tränen.

*

Warnecke war pünktlich. Er schaute Lübbing prüfend an und vermied die Frage, wie er sich fühle. Dankbar nahm er die Flasche Jever an, die Lübbing ihm anbot. Lübbing verzichtete. Er hatte eine schlimme Nacht mit wiederholten Magenkrämpfen hinter sich. Lediglich einen Kamillentee hatte er gegen Mittag getrunken, und selbst dabei musste er noch würgen, aber der Tee beruhigte den Magen.

Sie setzten sich auf die Veranda. Warnecke betrachtete versonnen das frühlingsgefärbte Gelände des Uhlenfluchtweges. Dass es mitten in der Stadt solch einen idyllischen Flecken gab.

Lübbing und Warnecke hatten sich unter unerfreulichen Umständen bei den Ermittlungen im Fall eines verschwundenen Mädchens kennen gelernt. Hauptkommissar Warnecke hatte die Untersuchungen geleitet, Lübbing als Reporter für die regionale Tageszeitung hatte zur Lösung des Falls beigetragen. Freundschaft wollte Lübbing es noch nicht nennen, was sie verband, aber das gemeinsam Erlebte hatte gegenseitigen Respekt voreinander wachsen lassen. In letzter Zeit waren sie sich ein paar mal über den Weg gelaufen, nachdem Warnecke von der Nachbarstadt Melle nach Osnabrück versetzt worden war.

Warnecke nahm einen Schluck aus der Flasche, blickte Lübbing an und fragte: „Willst du jetzt hören, was geschehen ist?"

Lübbing nickte und fügte hinzu: „Ich habe mir heute Morgen vom Nachbarn die Tageszeitungen der letzten Woche besorgt, also weiß ich, dass sie gefesselt im Wald gefunden wurden, auf dem Gelände des Museumsparks Kalkriese. Das ist aber auch alles."

Warnecke schaute Lübbing noch einmal an, dann sagte er: „Ja, im Wald gefunden, das ist richtig. Aber wir haben ganz bewusst nicht rausgegeben, in welchem Zustand."

„Wieso?"

„Weil sie nicht einfach nur ermordet wurden. Sie wurden geschlachtet, regelrecht abgeschlachtet."

Lübbing richtete sich in seinem Sessel auf: „Ich will es genau wissen."

Resignierend blickte Warnecke ihn an: „Du willst es genau wissen? Also gut." Er nahm noch einen Schluck aus der Flasche. „Sie waren beide an Bäume gefesselt, in ihren Schlafanzügen. Im südlichen Teil des freigegebenen Ausgrabungsgeländes. Mit der Frau ist man noch gnädig verfahren, man hat ihr kurz und bündig die Kehle durchgeschnitten. Dr. Habermann dagegen war vom Hals bis zum Bauchnabel nur noch ein blutiges Bündel. Jemand hat ihm beide Schlüsselbeine zertrümmert, muss mit furchtbarer Gewalt zugeschlagen haben. Sein Oberkörper war von Schnitten übersät. Sein Herz wurde von einem spitzen Gegenstand durchbohrt. Mit derartiger Gewalt, dass diese Waffe seinen Körper glatt durchstoßen hat, an dem betreffenden Baum haben wir entsprechende Beschädigungen im Holz gefunden." Warnecke war fertig, setzte aber noch hinzu: „Da muss jemand einen unsäglichen Hass gehabt haben, oder er hat sich während der Tat in einen Blutrausch gesteigert. Ich bin schon über dreißig Jahre bei der Kripo, aber so etwas habe ich noch nie gesehen."

Lübbing hatte mit wachsendem Entsetzen zugehört, etwas in ihm weigerte sich, sich das Geschilderte bildlich vorzustellen.

„Wie gut kanntest du den Doktor?"

Lübbing war froh, abgelenkt zu werden, bevor sich die Bilder in seinem Kopf klarer formen konnten. Er atmete tief durch: „Ich kannte ihn als meinen Lehrer und später als meinen ehemaligen Lehrer. Wir haben uns immer mal wieder getroffen. Es machte Spaß, sich mit ihm zu unterhalten."

„Erzähl mir einfach von ihm. Wie er war", hakte Warnecke nach.

„Ja, wie war er? Als Lehrer, einer von den Guten. Ich hatte Deutsch und Geschichte bei ihm, er verstand es, den Unterricht spannend zu machen, schilderte lebhaft, berücksichtigte auch die Wünsche seiner Schüler und setzte sich für sie ein. Dann war da unser gemeinsames Interesse für die regionale Geschichte. Der Doktor hatte den Campingplatz am Kronensee auch gewählt, weil er immer mal wieder zum Museumspark wanderte. Er war beliebt, konnte es auch ertragen, wenn er mal Zielscheibe eines Schülerstreiches wurde. Gutmütig, in sich ruhend, das ist es, was mir zu Dr. Habermann als Lehrer einfällt."

„Wieso hattest du später noch Kontakt zu ihm?"

„Zufall. Wir sind uns nach etlichen Jahren in der Stadt begegnet. Kamen kurz ins Gespräch und er hat mich eingeladen, erwähnte nebenbei, dass seine Frau gerade im Krankenhaus läge. Ich bin zunächst nur aus einem vagen Gefühl der Dankbarkeit hingegangen, ohne ihn hätte ich höchstwahrscheinlich keinen Schulabschluss. Aber es war angenehm, bei ihm zu sein, und unser Gespräch war höchst interessant. Die nächsten Male habe ich mich richtig auf die Besuche gefreut. Wir haben uns innerhalb der folgenden drei Wochen noch zweimal getroffen. Er war wohl froh, Unterhaltung zu haben, der Krankenhausaufenthalt seiner Frau zog sich hin. Später rief er hin und wieder an, wenn seine Frau etwas vorhatte, und wir beide trafen uns. Letzte Woche habe ich die beiden zufällig im *Palazzo* wiedergesehen."

„Erzähl, wie war er privat bei euren Gesprächen?"

Lübbing überlegte, um die richtigen Worte zu finden: „Unterhaltsam, amüsant, aber auch nachdenklich. Er offenbarte viele Facetten. Er war nicht nur der verständige Pädagoge, sondern hat offen über sein Weltbild geredet."

„Was meinst du damit?"

„Seine Denkweise, die er so in der Schule nie zeigen durfte. Er hat sich, wie er mir verriet, manchmal köstlich über seine Kollegen amüsiert. Ihre Hierarchiekämpfe, ihre Selbstüberschätzung, ihre Standesdünkel. Das alles hat er aus dem Blickwinkel des ironischen Beobachters gesehen und mit den Worten zusammengefasst: Lübbing, merken Sie sich, das Leben in unseren Zeiten ist wie ein Schachspiel. Die Figuren versuchen sich gegenseitig auszustechen, aber am Ende des Spiels landen König und Bauer doch wieder in derselben Kiste."

„Interessante Sichtweise", bemerkte Warnecke.

„Und gar nicht mal verkehrt", ergänzte Lübbing. „Ich glaube, er war einerseits eine Art Freidenker in seiner Lebenshaltung. Toleranz, Humanismus und Weltanschauungsfreiheit waren ihm wichtig. Andererseits aber auch sogenannte traditionelle Werte, wie Familie und der kirchliche Sonntag. Womit er nicht mehr klarkam, das hat er selbst gesagt, war die Hektik und Schnelllebigkeit der modernen Gesellschaft. Selbst der Lehrplan der Schule war für ihn in den letzten Jahren vor seiner Pensionierung zu Fast Food für den Kopf geworden, das waren seine Worte."

„Obwohl sich das eigentlich widerspricht, Dr. Habermann war also so etwas wie ein freidenkender Wertkonservativer."

Lübbing dachte nach, dann nickte er. Er stand auf und ging im Wohnzimmer an das Regal, kam mit einem Buch in der Hand wieder: „Hier, das hat er mir mal geschenkt. Es sagt viel aus über seine Denkweise – und es ist faszinierend. Ich weiß schon gar nicht mehr, wie oft ich da reingeschaut habe."

Warnecke nahm das Buch in die Hand. „Sten Nadolny – Die Entdeckung der Langsamkeit", stand auf dem Titel. „Kann ich es mitnehmen?"

„Ja, wenn du versprichst, es zurückzugeben, es ist schließlich eine Erinnerung an ihn."

„Sicher." Warnecke erhob sich.

„Und wie soll es jetzt weitergehen?", fragte Lübbing

Der Kommissar zuckte die Schultern: „Die Spurensicherung ist auch nach einer Woche nicht ganz mit der Auswertung fertig. Ich weiß allerdings nicht, ob das ein gutes oder ein schlechtes Zeichen ist. Die Leichen werden wahrscheinlich morgen von der Gerichtsmedizin freigegeben, dann kriegen wir auch deren endgültiges Ergebnis."

„Du hältst mich auf dem Laufenden?"

„Nein, geht nicht. Das ist nicht mehr das kleine Polizeirevier in Melle oder Belm. Hier mischen andere Herrschaften mit, und Hauptkommissar Kurt Warnecke darf zwar die Drecksarbeit machen, ist aber ansonsten ein kleines Licht. Tut mir Leid, Lübbing, von mir darfst du in diesem Fall nichts erwarten. Aber danke, dass du mir den Menschen Habermann näher gebracht hast."

Lübbing war enttäuscht, wusste aber, Warnecke hatte Recht.

An der Tür drehte Warnecke sich noch einmal um und lächelte verschmitzt: „Es wäre natürlich etwas anderes, wenn ein Journalist mit einem offiziellen Auftrag eines großen deutschen Wochenmagazins im Präsidium auftauchen würde. Dass die Macht der Presse groß ist, ist auch schon bis hinter die wilhelminischen Türen der oberen Etagen gedrungen. Ich könnte mir vorstellen, dass man dann mitteilsamer wäre. Tschüss."

Lübbing hatte den Wink verstanden. Er würde sofort morgen früh ein Gespräch mit dem Verlag in Hamburg führen müssen.

„Ich werde mich einmischen", dachte er, „verdammt noch mal, und wie ich mich einmischen werde." Das war er seinem alten Lehrer Dr. Habermann schuldig.

Kapitel 5

Gleich am Montagmorgen rief Lübbing bei dem Hamburger Wochenmagazin an, für das er regelmäßig Artikel schrieb. Er schilderte seinem Ansprechpartner den entsetzlichen Osnabrücker Mordfall und war fest davon überzeugt, dass diese schreckliche Tat dessen überregionales journalistisches Interesse finden würde. Doch dieses Mal biss er auf Granit. Der Hamburger Redakteur lehnte das Thema für seine Zeitung rundweg ab und unterbrach Lübbing sofort, als der nachhaken wollte.

„Lübbing, nun hören Sie mal zu. Wir sind bisher mit Ihren Arbeiten immer zufrieden gewesen. Ihr Artikel über Profifußball in der Provinz wurde auf der Redaktionskonferenz sogar hervorgehoben, Sie haben gute Ideen. Aber das, was Sie mir jetzt vorschlagen, ist nicht unser Ding. Ein schäbiger, scheußlicher Provinzmord, wie er in Deutschland immer wieder mal passiert. Was sollen wir damit? Damit können Sie vielleicht bei einem Sudelblatt wie dem *Komet* unterkommen. Wenn es wenigstens einen Zusammenhang mit den Ausgrabungen und dem Museumspark gäbe, aber so ist es ein zufälliger Tatort. Die Leichen hätten genauso gut auf einem Golfplatz oder an einer Autobahn liegen können. Vergessen Sie es."

Wütend legte Lübbing auf: „Leck mich doch", knurrte er.

Nachmittags kam Helen vorbei, und er erzählte ihr von der Absage. Sie hörte seinem Lamento zwar ruhig zu, brachte aber tatsächlich Verständnis für den Hamburger Redakteur auf: „ Lübbing, ich finde, der Mann hat Recht. So traurig es ist, der Mord interessiert doch außerhalb des Osnabrücker Landes überhaupt niemanden. Es sei denn, man setzt noch ein paar schauerliche Spekulationen dazu, aber dann ist es wirklich nur etwas für Blätter wie den *Komet*. Ich verstehe, dass du betroffen bist, weil du die Opfer kanntest. Aber fass dich mal an die eigene Nase, wenn du einen Einspalter über einen Mord irgendwo in Süddeutschland liest, blätterst du auch weiter und hast es dreißig Sekunden später vergessen."

Lübbing gab sich geschlagen. „Und was soll ich jetzt machen?"

„Gar nichts, außer deine Trauer zu verarbeiten. Wann ist eigentlich die Beerdigung?"

„Ehrlich gesagt, das weiß ich nicht. Daran habe ich überhaupt noch nicht gedacht."

„Willst du denn nicht hingehen?"

„Ja, schon."

„Und ich komme mit", sagte Helen bestimmt.

Lübbing durfte in den nächsten Tagen nicht zu viel allein sein und würde Beschäftigung brauchen. Der Tod des Doktors und seiner Frau, vor allem die Art und Weise, wie sie umgekommen waren, hatte ihn tief getroffen. Überließ man ihn in diesem Zustand sich selbst, würde das unweigerlich einen mächtigen Alkoholabsturz bedeuten, der dann noch eine Steigerung seiner schlechten Verfassung nach sich ziehen würde. Sie kannte Lübbing lange und gut genug, um zu wissen, dass hinter der Fassade des selbstbewussten Sonderlings ein sensibler, stark emotionaler und sehr labiler Mensch steckte.

Sie würde sich um ihn kümmern müssen. Nur durfte das nicht zu offensichtlich werden, sonst würde er sich zurückziehen. Wenn Helen eines an Lübbing nicht begreifen konnte, dann war es sein emotionales Verhalten. Dieses Abschotten, die gewollte Selbstisolierung. Es hatte in ihrer langen Freundschaft nur wenige, für sie sehr wertvolle Momente gegeben, in denen Lübbing, wie in der vergangenen Woche in Irland, sein Inneres offenbarte. Und wenn man Lübbing helfen wollte, mit seinen Gefühlen umzugehen, dann musste man sehr behutsam vorgehen. Mit ihrem praktischen und zuversichtlichen Naturell traute Helen sich das durchaus zu: „Wozu hast du schließlich mal Psychologie studiert, Frau Westphal."

Sie blickte Lübbing an. Der war nun in sich versunken, hatte wieder seinen „Dazwischen"-Blick, wie sie es nannte. Leicht verträumt nahm er die Umgebung nicht wahr, blickte durch sie hindurch, während sich vor seinem geistigen Auge andere Dinge abspielten.

Sie mochte diesen Blick sehr.

*

Die Beerdigung des Ehepaares Habermann fand am Donnerstag im Osnabrücker Stadtteil Hellern statt. Lübbing war an den Tagen vorher mehrmals von ehemaligen Schulkameraden angerufen worden. Sie nannten ihre Namen, aber er konnte keine Gesichter mehr mit ihnen in Verbindung bringen. Einer von ihnen bat, sich an einem Kranz für den Verstorbenen zu beteiligen. Das kam Lübbings augenblicklicher lethargischer Stimmung sehr gelegen. Er sagte zu und brauchte sich nicht selbst zu kümmern. Je näher die Stunde der Beerdigung rückte, umso weniger wollte Lübbing hingehen. Er trauerte wirklich um seinen ehemaligen Lehrer, musste er sich dann noch diese kirchlichen Rituale antun? Was sollten diese Abgesänge und Litaneien? Als vor einigen Jahren sein Vetter gestorben war, wurden orgelgeschwängerte Choräle mit verquasten Texten gesungen, dabei war Rolf der größte Beatles-Fan gewesen, den er gekannt hatte. Lübbing hatte fassungslos in der Friedhofskapelle gestanden und ziemlich pietätlos gedacht: „Das darf doch nicht wahr sein, was soll denn dieser Scheiß?“ Dann hatte er seine Verhaltensautomatismen an- und die Ohren abgeschaltet, und während die Trauergemeinde stimmgewaltig „In allen meinen Taten, lass ich den Höchsten raten“ und Ähnliches intonierte, erklang in Lübbings Kopf „Here comes the sun“ und „While my guitar gently weeps“.

Seltsam fand er Helen in den Tagen vor Habermanns Beerdigung. Obwohl sie ständig stöhnte, wie beschäftigt sie sei und was sie unbedingt noch erledigen müsse, war sie trotzdem ständig präsent - ein Verhalten, das er beim besten Willen nicht einordnen konnte.

Sie nahmen ein Taxi bis nach Hellern. Vor der Friedhofskapelle hatten sich schon Menschen versammelt. Einige nickten Lübbing zu, als sie ihn sahen. Helen fragte: „Wer sind die denn?“

„Keine Ahnung, ich nehme an, ehemalige Schulkameraden.“

Ein Stück abseits entdeckte Lübbing Warnecke. Sie blickten sich an. Warnecke machte keine Anstalten näher zu kommen, nickte ihm nur kurz zu.

Als Helen und Lübbing die Kapelle betraten, schaute er sich gleich in den hinteren Reihen nach einem Platz um. Helen zupfte ihn leicht am Ärmel seiner schwarzen Windjacke und zog ihn sanft mit in Richtung der beiden Särge, die vor dem Pult des Pastors standen. Hier sollte er nun, wie alle anderen, im Gedenken verharren. Er schaute auf das Arrangement vor sich. Zwei Kiefernsärge in der Mitte, beide mit einem gelbroten Chrysanthemengebinde geschmückt. Drumherum eine Reihe von Kränzen und Gestecken, so platziert, dass man die Aufschriften auf den Schleifen sah. Ihm fielen die Worte „Ihre ehemaligen Schüler" auf. Das musste der Kranz sein, für den auch er seinen Obolus gegeben hatte. Auf einer weiteren Schleife stand: „Eure Helga und Familie".

Helen zupfte ihn wieder am Ärmel. Anscheinend hatte er „der lieben Verstorbenen" nun genug gedacht. Sie drehten sich um, um Platz in einer der Bänke zu finden. Lübbings Blick fiel auf die erste Reihe. Dort saß eine etwa 50jährige Frau neben einem gleichaltrigen Mann und zwei Mädchen im jugendlichen Alter. Er nahm an, dass es Habermanns Tochter „Helga" und „Familie" war.

Während der Trauerfeier beobachtete Helen Lübbing. Zuerst dachte sie, er habe wieder mal völlig abgeschaltet, sei ganz woanders. Aber sie täuschte sich. Der Pastor hielt die übliche Predigt, eine Mischung aus Bibelzitaten und passenden Psalmen, darin eingeflochtenen Bemerkungen über die Persönlichkeit der Toten. Helen bemerkte, wie sich immer dann leichter Unwillen in Lübbings Gesicht spiegelte, wenn der Pastor salbungsvoll aus der Bibel zitierte, sie sah aber auch, wie ihm Tränen in die Augen traten und er mehrmals schlucken musste, als über den Menschen und Pädagogen Dr. Habermann geredet wurde. Total überrascht war sie, als Lübbing bei einem Choral plötzlich lächelte.

„Wie wird's sein, wie wird's sein,
wenn ich zieh in Salem ein,
in die Stadt der goldnen Gassen!
Herr, mein Gott, ich kann's nicht fassen,
was das wird für Wonne sein!"

Nach zwanzig Minuten versammelte sich die Trauergemeinde draußen hinter den beiden Särgen, um sie zum Grab zu geleiten.

Lübbing hielt sich abseits. Auch nachdem die Särge nebeneinander in das Grab hinuntergelassen waren, trat er nicht zu einem letzten Gruß an den Rand.

Als alles vorbei war, trafen sie vor dem Friedhof Warnecke. Lübbing nutzte die Chance, um etwas über den Stand der Ermittlungen in Erfahrung zu bringen. „Kurt, wie sieht es aus, gibt es schon was Neues?"

Der zuckte hilflos die Schultern: „ Du weißt doch, ich kann dir nichts Näheres sagen. Allerdings ist alles ziemlich trostlos, wir haben nichts Konkretes. Unfassbar das Ganze."

„Warum bist du zur Beerdigung gekommen?"

„Ehrlich gesagt, aus Hilflosigkeit. Da wir nicht weiterkommen, wollte ich mir einfach hier einen Eindruck verschaffen."

Als Lübbing sich entschuldigte, um in Richtung der Toiletten zu verschwinden, wandte Warnecke sich an Helen: „Wie geht es ihm?"

Sie schaute ihn prüfend an. Hatte er nur eine Floskel benutzt? Dann entschied sie, dass er seine Frage wohl ehrlich gemeint hatte. „Er kann es nicht so zeigen, aber er ist noch hilfloser als Sie. Sie können wenigstens Aktivitäten entwickeln, er leidet nur. Habermann hat ihm viel bedeutet."

Er berührte kurz Helens Arm. „Versuchen Sie, ihn ein wenig aufzumuntern." Dann ging er zu seinem Wagen.

Während Lübbing mit Helen in Richtung Taxistand ging, ertönte hinter ihm eine sonore Stimme: „Hey, Lübbing, warte mal, nun warte doch mal!"

Er drehte sich um und sah sich einem fremden Mann gegenüber.

„Mensch, Lübbing, erkennst du mich nicht mehr?"

Lübbing sah immer noch ratlos aus.

„Ritter, Franz Ritter. Habe zwei Jahre lang auf der Agnes-Miegel-Realschule hinter dir gesessen."

Er konnte sich an einen Franz Ritter absolut nicht erinnern.

Den schien das nicht zu stören. Er zeigte auf eine Gruppe von vier Männern, die etwas abseits standen, und hofierte Lübbing weiter: „Ist ja auch egal. Immerhin schon einige Jahre her. Das da sind auch Schulkameraden, die jetzt genau wie ich auswärts wohnen. Wir wollen noch ein wenig die Altstadt unsicher machen. Komm doch mit. Ist zwar nicht ganz im Sinne des alten Habermann, aber man muss die Feste feiern, wie sie fallen. Also was ist, bist du dabei?" Mit einem Seitenblick auf Helen, fügte er hinzu: „Natürlich nur, wenn die werte Gattin nichts dagegen hat."

Lübbing musste die Worte erst verdauen. Dr. Habermanns Grab war noch nicht mal mit Erde gefüllt, und die ach so trauernden, ehemaligen Schüler wollten einen saufen gehen. Er schaute den Mann prüfend an: „Franz Ritter also. Wie geht's denn so?"

„Na, bestens geht's. Ist doch schön mal aus dem Alltagstrott rauszukommen."

„Ach ja, aus dem Alltagstrott raus. Vielleicht haben wir Glück und demnächst wird wieder ein ehemaliger Lehrer umgebracht, dann wäre schon die nächste Sause fällig, nicht wahr? Ritter, Leute wie du kotzen mich an." Ohne auch nur Ritters Reaktion abzuwarten, drehte er sich um und ging.

Warnecke hatte Recht, Lübbing brauchte Aufheiterung. Als er ins Taxi einsteigen wollte, hielt Helen ihn zurück: „Aber, Herr Lübbing, Sie werden Ihrer werten Gattin doch wohl die Tür aufhalten."

Lübbing schmunzelte.

„Schon das zweite Mal heute", dachte Helen, „ein gutes Zeichen."

Während sie mit dem Taxi auf der Martinistraße stadteinwärts fuhren, fiel Helen wieder etwas ein: „Lübbing, darf ich dir eine Frage stellen?"

„Was denn?"

„Warum hast du bei dem einen Kirchenlied gelächelt?"

Er druckste etwas herum, bevor er antwortete: „Na ja, wegen des Textes."

„Wieso?"

„Wie wird's sein, wie wird's sein, wenn ich zieh in Salem ein ... was das wird für Wonne sein!"

Helen verstand nicht: „Was ist denn so Besonderes an den Zeilen?"

Jetzt bekam Lübbings Blick etwas Schalkhaftes: „Ersetze doch Salem einfach durch Galway, dann hätte das unser Lied sein können.“ Er hob entschuldigend die Hände: „Ich weiß, ich weiß, absolut pietätlos. Aber ich konnte nichts dagegen machen, es fiel mir einfach so ein.“

„Na also“, dachte Helen, „Patient absolut auf dem Weg der Besserung.“

Kapitel 6

„Bäng, Bäng, Bäng!“ Kalle Dombrowski war gnadenlos, immer wieder schoss er in das Rudel wilder Tiere. Er würde heute die meisten Abschüsse haben, der große Jäger sein. Kein Pardon, Kalle, du musst diese gefährlichen Raubtiere vernichten!

Die Hühner hinter dem Zaun schauten leicht verdattert auf den fünfjährigen Knirps, der so komische Geräusche von sich gab, dann wandten sie sich wieder ihren Maiskörnern am Boden zu. Lediglich der Hahn gab einen leichten Warnschrei von sich und plusterte sich auf. „Junge, das ist hier mein Revier.“

Kalle war sauer, selbst als Fünfjähriger merkte er, dass das Federvieh ihn nicht ernst nahm. Dabei war er doch der große Rächer mit der Strahlenpistole. Er hatte das Ding vor einigen Tagen am Rand des Campingplatzes gefunden, wusste anfangs nichts damit anzufangen und hatte es erst mal in sein Geheimversteck gebracht. Erst heute Morgen, nachdem er eine Comic-Serie im Fernsehen gesehen hatte, war ihm klar - das war eine Wunderwaffe, eine Strahlenpistole. Augenblicklich hatte er sich in einen Jäger verwandelt und die Hühner des Platzwartes als Opfer auserkoren.

Kalle Dombrowski verbrachte einige Tage bei seinen Großeltern auf dem Campingplatz am Kronensee. Für den Jungen ein einziges Abenteuer. In Bottrop gab es längst nicht so viele Verstecke, keine „Prairie“, keine geheimnisvollen Wälder. Opa ging meistens angeln. Kalle fand das langweilig, und Opa wollte seine Ruhe. So erkundete Kalle die Gegend. Oma war es nur wichtig, dass er pünktlich zu den Mahlzeiten im Wohnwagen erschien. Er hatte sich im Wald hinter Büschen ein Fort gebaut und war jeden Tag in Bäume gestiegen, um nach Feinden Ausschau zu halten. Dann, als er durch das hohe Gras an den Lagerplatz eines feindlichen Stammes heranschlich - ein Picknick der Landfrauen vom Nachbarort - hatte er die Wunderwaffe gefunden, der die Hühner nun den Respekt verweigerten.

Kalle beschloss, die Viecher mit konventionellen Mitteln zu attackieren. Die Strahlenpistole wechselte in die linke Hand. Er bückte sich und nahm einen Kiesel auf. Der kleine Stein flog durch den Zaun in das Gehege, traf den eben noch so stolzen Hahn vor die Brust. Der gab ein protestierendes Geschrei von sich und nahm erst einmal hinter seinen Hennen Deckung. Ha, das hatte gesessen, sofort noch ein Geschoss hinterher. Endlich geriet die gesamte Geflügelschar in helle Aufregung.

Platzwart Heiner Jansen saß gerade in seinem Büro über der Abrechnung der letzten Woche, als er das laute Gegacker seiner Lieblinge hörte. Jansen war begeisterter Züchter und stolz auf seine Plymouth Rocks, eine Rasse, die in Nordwestdeutschland nicht häufig vorkam. Die meisten seiner Kollegen vom Zuchtverein bevorzugten Rheinländer, Welsumer oder Italiener. Da waren seine Tiere schon etwas Besonderes. Die vielen Pokale, Plaketten und Urkunden auf dem heimischen Sideboard bewiesen es. Und entschädigten ihn für all seine Mühen. Seine Tiere bekamen zusätzlich zum Futter noch in diversen Fachzeitschriften angepriesene Präparate für einen besonders schönen Kamm, glänzendes Gefieder und ähnliche kosmetische Notwendigkeiten. Alles Pillen, die seine Tiere in eine optimistische Rassegeflügelzukunft blicken ließen.

Vor großen Ausstellungen, wie der jährlichen Niedersachsenschau in Osnabrück, wurden seine Hühner gebadet, geföhnt und weiteren nicht besonders artgerechten Prozeduren unterzogen. Aber er liebte seine Tiere. Es tat ihm wirklich in der Seele weh, wenn er eines töten musste, weil es für die Zucht nicht geeignet war. Ihn schmerzte aber auch der materielle Verlust; die Tiere konnten nur noch in der Mülltonne entsorgt werden, essen wollte er die hochgedopten Fleischkonzentrate dann doch nicht.

Jansen runzelte die Stirn, die Aufregung bei seinen Hühnern hielt an und war unüberhörbar. „Wahrscheinlich wieder irgendein Wanderer mit Hund", dachte er. Aber ein Bellen war nicht zu hören. Er entschloss sich, der Sache auf den Grund zu gehen.

Kalle war noch immer voll im Gefecht. Drei Hühner und den Hahn hatte er schon mit Kieseln getroffen. Vier Skalps waren es also bisher für den großen Jäger, wenn man die Kämme des Federviehs mit den Augen eines Fünfjährigen sah.

Er wollte gerade die nächste Salve abfeuern, als ihn ein heftiger Schmerz am linken Ohrläppchen aufschreien ließ. An seinem Ohr ziehend drehte jemand seinen Kopf herum. Er blickte in das wutentbrannte Gesicht eines Rächers.

„So, du Bengel, das war's dann wohl. Jetzt bist du dran, ich schlag dich windelweich", schrie Platzwart Jansen den Jungen an. Seine Linke holte zu einer gewaltigen Ohrfeige aus.

Kalle pinkelte sich vor Angst in die Hose.

Im letzten Augenblick besann sich Jansen, er hatte den Knirps erkannt. „Du bist doch der Enkel vom Dombrowski. Na, dann wollen wir mal zu deinem Opa. Dem werde ich erzählen, was für ein Früchtchen du bist."

Drei Minuten später stand ein fünfjähriges Häufchen Elend vor seinem Großvater. Der hörte sich die lautstarke Empörung des Platzwartes an und bewahrte, Gott sei Dank, Ruhe.

„Jansen, nun mal langsam. Der Junge hat Mist gebaut, das stimmt. Aber wenn Schaden entstanden ist, werde ich dafür aufkommen."

Heiner Jansen beruhigte sich etwas. Dann kam ihm ein Gedanke: „Zwei von den Hühnern sind praktisch hinüber. Also nicht hinüber im eigentlichen Sinne. Aber sicherlich Beulen und Beschädigungen am Gefieder, die kann ich für die Ausstellung am nächsten Wochenende vergessen. Denen kann man sozusagen nur noch den Hals umdrehen."

„Gut, ich werde Ihnen die zwei abkaufen. Meine Frau kann Frikassee davon machen. In Ordnung?"

Jansen nickte. Er wusste, den Ausstellungshühnern war nicht viel passiert. Er würde nachher zwei von den nicht für die Zucht tauglichen aussuchen und Dombrowski übergeben. Ein gutes Geschäft. Generös sagte er: „Also gut. Ich bringe Sie Ihnen gerupft und ausgenommen."

Kalle war erleichtert, sah aber den strengen Blick seines Großvaters: „Du gehst jetzt rein, wäschst dich, ziehst dir eine frische Hose an und für den Rest des Tages bleibst du im Wohnwagen."

Der Junge wollte schnellstens verschwinden, als sein Opa fragte: „Was hast du da in der Hand?"

Kalle zeigte es ihm: „Meine Pistole. Habe ich gefunden.“

Dombroswski nahm das Teil und schaute es genau an, dann wandte er sich an Jansen: „Was kann das sein? Irgendein Werkzeug von einem Camper?“

Auch Jansen betrachtete es ziemlich ratlos: „Keine Ahnung. So etwas habe ich auch noch nie gesehen.“ Dann entschied er: „Ich nehme es mit und höre mich bei den Gästen mal um, ob es einer vermisst.“ Kalle war sauer, wagte aber nicht zu protestieren.

Abends brachte der Platzwart die beiden geschlachteten Hühner, die am nächsten Tag in Oma Dombrowskis Kochtopf landeten. Sie schmeckten ausgezeichnet, von Chemiegeschmack keine Spur. Opa Dombrowski wunderte sich allerdings über seine beschwingte Stimmung, er pfiff sogar noch beim Angeln.

*

Warnecke sah zum wiederholten Male sowohl die Ergebnisse der Spurensicherung als auch die der Gerichtsmedizin durch. Er wusste nicht weiter, besonders die Gerichtsmediziner hatten ihn aus der Fassung gebracht. Er kannte Schmitz, den Leiter der Abteilung, aber was aus den Unterlagen hervorging, war unglaublich. Hanebüchen, der Ausdruck fiel ihm ein. Er musste es aber als Fakt akzeptieren, Schmitz hatte jahrelange Erfahrung. Er klappte den Aktendeckel wieder zu, sah auf die Uhr und beschloss, nach Hause ins benachbarte Melle zu fahren.

Auf der heimischen Terrasse nahm er seine Gedanken wieder auf. Er musste mehr über das Ehepaar Habermann herausfinden. Die Befragungen hatten nichts als das Bild eines ganz normalen, seriösen Rentnerehepaares herauskristallisiert. „Also, nochmals von vorn, Warnecke.“

Die Tochter. Verheiratet in Delmenhorst mit einem Zivilangestellten der Bundeswehr, zwei Töchter Mitte zwanzig. Normaler Kontakt zu den Eltern. Man telefonierte, besuchte sich an Geburts- und Festtagen. Die üblichen Familienbande eben.

Die Nachbarn. Bezeichneten das Ehepaar Habermann als freundlich, aber zurückhaltend. Höfliche Menschen, aber zu mehr als einem Gespräch über den Gartenzaun hatte es nie gereicht. Einer wusste zu berichten: „Wir hatten hier mal ein Nachbarschaftsfest, da sind die Habermanns auch gekommen. Aber man merkte ihnen an, dass sie sich nicht wohl fühlten. Sind nur solange geblieben, wie es die Höflichkeit erforderte. Und am Wochenende waren sie sowieso immer bei ihrem Wohnwagen."

Die Camper. Zeichneten das gleiche Bild wie die Nachbarn.

„Das war's auch schon", dachte Warnecke, „aber warum schlachtet man solche harmlosen Leute, speziell den Mann, so ab? Oder haben wir es hier mit Wahnsinnigen zu tun?"

Auch die Durchsicht der persönlichen Dinge des Ehepaares hatte keine Auffälligkeiten ergeben. Regelmäßiger Eingang der Pension des Doktors. Ein Sparbuch, ein kleines Depot mit Anteilen an einem Investmentfonds, das Reihenhaus war seit Jahrzehnten abbezahlt, der Wohnwagen seinerzeit auf Raten gekauft worden. Das Ehepaar Habermann war guter Bundesbürgerdurchschnitt. Aber trotzdem, da musste noch etwas sein. Aus jahrelanger Erfahrung wusste Warnecke, es gab fast keinen Mord ohne Grund. Und eine Affekthandlung schied hier aus, dazu waren die Täter zu systematisch vorgegangen. - Hatten sie etwas übersehen?

Im Laufe des Abends formte sich langsam ein Gedanke. Er verdrängte ihn zunächst, kam aber immer wieder darauf zurück. Die beste Persönlichkeitsbeschreibung von Dr. Habermann hatte eindeutig Lübbing abgeliefert. Er hatte andere Facetten des Pädagogen beschrieben. Und dann teilte Lübbing mit dem ermordeten Doktor das gemeinsame Interesse an dem historischen Geschehen in Kalkriese. Wer sagte denn eigentlich, dass der Tatort rein zufällig ausgewählt worden war?

Sollte er Lübbing einbinden, sozusagen für die Sonderkommission adoptieren? Auf jeden Fall müsste er dann zunächst Rücksprache mit seinem Vorgesetzten nehmen. Warnecke seufzte, Kriminaloberrat Dr. Laurenz war ganz und gar nicht sein Fall. Aalglatt war er die Karriereleiter in der Polizeihierarchie zügig emporgeklettert und hatte dabei manch andere Laufbahn zerstört. Aber Warnecke traf schließlich eine Entscheidung. Er würde gleich morgen mit Dr. Laurenz reden.

*

„Sagen Sie mal, Warnecke, sind Sie wahnsinnig geworden? Sie wollen wirklich solch einen zeilenschindenden Pressehai in die Ermittlungen einbinden?", die Empörung von Dr. Laurenz war echt.

Wenn er eines nicht leiden konnte, dann war es die Presse. Er war vor ein paar Jahren mächtig in Schwierigkeiten gekommen, als er einen Wahlaufruf der „Rechtsstaatlichen Offensive" unterzeichnet hatte. Zwar teilte er aus vollster Überzeugung deren Zielrichtung, doch dann entpuppte sich der Vorsitzende nicht als geschmeidiger Strippenzieher, sondern als wilder Politrüpel. Nur weil Dr. Laurenz rechtzeitig auf verlässliche Seilschaften zurückgreifen konnte, war es gelungen, eine Bekanntgabe seiner Verbindung zu der umstrittenen politischen Vereinigung in der Presse zu verhindern. Nur eine einzige Meldung war erschienen. Harmlos. Aber er war ein gebranntes Kind.

„Herr Doktor, Lübbing hat bisher als einziger etwas mehr über Habermann berichtet. Nicht nur das übliche Nachbarschaftsgerede. Er kannte ihn seit Jahrzehnten, als Pädagogen und später als Mensch. Außerdem ist der Mann einfühlsam, er kann gut mit Leuten reden - und wenn er nur mit den Mitgliedern meiner Kommission redet. Das Ganze mal aus einer anderen Perspektive sehen, so treten wir auf der Stelle." Warnecke stand der Schweiß auf der Stirn. Sich mit Dr. Laurenz anzulegen, war wirklich nicht von Vorteil. Er kam sich vor wie die Kuh auf dem Eis, war jetzt aber unbedingt gewillt, ans Ziel zu kommen.

„Trotzdem, das gefällt mir nicht. Ein unbedachtes Wort von Ihnen oder einem Ihrer Leute und die Meute fällt über uns her." Dr. Laurenz schüttelte wieder den Kopf.

„Ich kenne den Mann. Ohne ihn hätten wir letztes Jahr die Sache mit dem vermissten Mädchen in Belm nie aufgeklärt. Er hatte die entscheidende Idee."

„Ach, der ist das. Hat sich dann anschließend wie Rambo auf den bewaffneten Täter gestürzt, so war das doch. So einer fehlt uns gerade noch." Laurenz schien unerbittlich.

„Und dann noch etwas." Warnecke spielte seinen letzten Trumpf aus. „Dr. Habermann war, wie Lübbing, ein passionierter Hobbyforscher der Varusschlacht. Und ich werde den Gedanken nicht los, denken Sie nur an die gerichtsmedizinischen Untersuchungsergebnisse, dass der Ort, an dem das Ehepaar ermordet wurde, nicht ohne Bedeutung ist. Das könnten wir mit Lübbing zusammen vielleicht klären. Bei uns kennt sich niemand so recht mit der Varusschlacht aus. Ich will ihn wirklich, Herr Doktor. Aber wir sichern uns natürlich ab."

„Und wie das, bitte schön?"

„Herr Doktor, Sie waren doch lange in Hamburg. Und Lübbing arbeitet für ein Hamburger Wochenmagazin. Sie kennen doch sicher Leute an den entscheidenden Stellen. Die sollen um eine offizielle Recherchegenehmigung bitten, und wir geben, natürlich im Namen der Transparenz und unter Berücksichtigung des wichtigen gesellschaftlichen Auftrags der Presse, dem Gesuch statt."

Dr. Laurenz überlegte. Der Gedanke gefiel ihm. Wenn sie sich nur genügend absicherten, könnten sie vielleicht dabei gewinnen, ohne ein Risiko einzugehen.

„Also gut, Warnecke. Ich werde ein paar Telefonate führen, und Sie kriegen Ihren Wunderknaben. Aber wenn etwas schief geht, habe ich nicht gewusst, inwieweit Sie ihn eingebunden haben. Grundsätzlich gilt, keine Akteneinsicht, keine Teilnahme an internen Konferenzen. Er ist einfach nur ein Begleiter der Polizeiarbeit, der unseren Beruf der Öffentlichkeit vermitteln will."

„Selbstverständlich, Herr Doktor!" Ein zufriedenes Schmunzeln lag auf Warneckes Gesicht, als er den Raum verließ.

Dr. Laurenz lehnte sich zufrieden zurück. Ein guter Deal. Lief es wie gewünscht, konnte er die Lorbeeren für sich reklamieren, ging es schief, hatte Warnecke ein Problem. Er liebte dieses Prinzip der Absicherung, hatte es während seines einjährigen Aufenthaltes in den Vereinigten Staaten kennen gelernt. Die Kollegen dort nannten es „C.Y.A. - cover your ass" – Schütze deinen Arsch.

Während Laurenz mit Hamburg telefonierte, rief Warnecke den erstaunten Lübbing an: „Nimm dir mal ab Montag nichts mehr vor."

„Wieso, was ist denn?“

„Schätze, du gehörst dann zu meiner Mannschaft.“

„Das kannst du vergessen, ich bin in Hamburg abgeblitzt wie der letzte Dorftrottel.“

„Warte es ab, warte es nur ab.“

Kapitel 7

Lübbing erhielt noch am Freitagnachmittag einen Anruf aus Hamburg. Der Redakteur, mit dem er immer zu tun hatte, war eigentlich ein umgänglicher und wohlwollender Mensch, doch dieses Mal war er stocksauer.

„Lübbing, ich weiß zwar nicht, wie Sie das gedreht haben. Aber ich lass mir nicht gern auf der Nase rumtanzen. Nehmen Sie zur Kenntnis, dass ich Ihnen das persönlich übel nehme, hintenrum irgendwelche Strippen zu ziehen. Eine vernünftige Zusammenarbeit stelle ich mir anders vor."

Lübbing war völlig perplex, zwar hatte er nach Warneckes Anruf darauf gewartet, dass Hamburg sich meldete, aber irgendeiner Schuld war er sich nicht bewusst. Er setzte an: „Also, ich weiß wirklich nicht ..."

Der Gesprächspartner unterbrach ziemlich rüde: „Nun fangen Sie nicht auch noch an, das Unschuldslamm zu spielen. Nehmen Sie förmlich zur Kenntnis, dass unser Magazin offiziell um eine Rechercheunterstützung im Fall des Doppelmordes nachgesucht hat und die Polizeidirektion bei Ihnen da unten zugestimmt hat. Ich setze Sie hiermit davon in Kenntnis, dass wir Sie mit dieser Recherche beauftragen. Auf Wiedersehen, Herr Lübbing." Das Gespräch wurde abrupt beendet.

Lübbing schüttelte den Kopf. Er konnte sich die Sache nicht erklären. Dahinter konnte nur Warnecke stecken, er hatte bestimmt etwas gefingert. Das würde Montag zu klären sein.

Er rief Helen an und erzählte ihr von der neuen Entwicklung. Sie war überhaupt nicht glücklich darüber: „Lübbing, denk an das letzte Mal. Du musst dich da wirklich nicht reinhängen. Mensch, Warnecke und seine Leute sind doch erfahren."

„Ja, ich nehme an, es ist alles auf Warneckes Mist gewachsen. Er hat mich dabei auch noch beim Hamburger Magazin diskreditiert. So froh ich bin, dass ich was tun kann, ich bin sauer auf ihn." Bevor Helen antworten konnte, fuhr er fort: „Können wir am Wochenende noch einmal etwas unternehmen?"

„Mensch, Lübbing, das hört sich an, als ob du in den Krieg ziehst."

*

Lübbing war noch erzürnt, als er am Montag bei der Polizeiinspektion am Kollegienwall ankam. Daran hatte auch der Konzertbesuch mit Helen am Samstag nichts ändern können.

Sie hatten in der Lagerhalle dem Auftritt eines noch relativ unbekannten Blues-Duos in ungewöhnlicher Besetzung zugehört. „Toni (piano) & Mike (guitar, blues harp)" interpretierten Klassiker des Genres auf etwas andere, aber gekonnte Art und Weise. Während des Konzertes war es Lübbing gelungen, seinen Ärger zu vergessen, und er hatte entspannt den Songs von Muddy Waters, Robert Johnson oder Canned Heat gelauscht, aber schon beim ersten Bier an der langen Theke des Kommunikationszentrums war sein Missmut zurück. Selbst am Sonntag, beim Essen im „Athen", seinem Lieblingsgriechen, hatte er sich noch aufregen können. Er würde Warnecke mächtig die Meinung geigen.

Als Lübbing den Raum betrat, in dem Warnecke und seine Kollegen ihn erwarteten, nickte er nur kurz und bat: „Kurt, kann ich dich mal sprechen?"

Sie gingen gemeinsam auf den Flur.

„Weißt du eigentlich, was du gemacht hast? Ich bin bei meiner Kontaktperson bei dem Magazin unten durch. Der glaubt, ich habe da irgendwelches Vitamin B spielen lassen. Du spinnst doch wohl, ich lebe hauptsächlich von seinen Aufträgen."

Warnecke hob abwehrend die Hände: „Lübbing, hör zu, es tut mir Leid. Ich habe da getrickst, aber sonst hätte Laurenz nie zugestimmt. Du wolltest doch dabei sein, und ich glaube, ich kann dich gut gebrauchen. Ich bringe das wieder in Ordnung, das heißt, falls dein Magazin nicht ohnehin Interesse hat, wenn es die Sachlage besser kennt."

Lübbing horchte auf: „Was soll das heißen?"

Warnecke schob ihn behutsam in Richtung Bürotür: „Komm erst mal rein. Ich will dich meinen Kollegen vorstellen."

Im Raum herrschte eine gewisse Spannung. Jeder schaute Lübbing an. Ein untersetzter Mittvierziger meinte schließlich: „Das ist also dein Wunderknabe, Kurt."

Fast schon mit Besitzerstolz erwiderte Warnecke: „Jawohl. Meine Dame, meine Herren, das ist Lübbing." Der fühlte sich unbehaglich. Er wurde hier angeboten wie in einem Jahrmarktspanoptikum. Aber Warnecke half ihm schnell aus seiner Verlegenheit heraus, stellte seine Kollegen vor. Zuerst den Mittvierziger: „Knut Jeschke."

Der Mann nickte Lübbing zu, machte aber ein skeptisches Gesicht.

„Holger Schröder, meinen Assistenten, hast du bereits letztes Jahr kennen gelernt." Ach ja, Schröder. Lübbing hatte damals den Eindruck gehabt, Warnecke hielte nicht viel von ihm. Aber sie arbeiteten immer noch zusammen.

Schröder, zackig wie immer, hielt Lübbing die Hand hin: „Freut mich, Sie wieder zu treffen."

„Dann haben wir hier Peter Kerkhoff, eigentlich der Computerexperte der Polizeiinspektion, jetzt unserer Sonderkommission zugeteilt."

Der hochaufgeschossene Kerkhoff grinste Lübbing fröhlich an: „Hi."

Zum Schluss stellte Warnecke die Frau vor: „Ulla Hufnagel. Gehört jetzt auch zu unserem erlauchten Kreis."

Ulla war groß, jedenfalls größer als Lübbing. Sie schaute ihn prüfend an, als wüsste sie nicht wirklich, etwas mit ihm anzufangen.

Lübbing registrierte ihr Aussehen mit einem Blick. Hohe Wangenknochen, grüne Augen, das Gesicht umrahmt von dunklen Locken, die kaum gebändigt waren – und, stellte er fest, ein entzückendes Grübchen am Kinn. Ihr Alter war schwer zu schätzen, vielleicht Mitte dreißig.

Ihren Mund umspielte nach einer Weile ein spöttisches Lächeln: „Und? Habe ich den Test bestanden?"

Lübbing wurde knallrot.

Wieder meisterte Warnecke die peinliche Situation souverän: „Lübbing, ich werde dir jetzt kurz über die bisherigen Erkenntnisse berichten. Zur Spurensicherung. Die hat auf dem Campingplatz so gut wie nichts gebracht. Keinerlei verwertbare Spuren im oder am Wohnwagen. Das Schloss, einfaches Modell, wurde mit irgendeinem Gerät rausgebrochen. Wobei der Fachkollege meinte, es wäre eine Profiarbeit, sauber getrennt, keine Spur von roher Gewalt. Der gesamte Platz wurde abgesucht, auch hier nichts Relevantes. Könnte natürlich sein, dass ein Camper irgendetwas an sich genommen hat. Will aber keiner gemacht haben, außerdem waren wir am Sonntag recht früh auf dem Platz, und die meisten Gäste hatten ihre Wagen noch nicht einmal verlassen. Auch das Durchsuchen der näheren Umgebung war erfolglos."

Warnecke machte eine Pause und nahm von Ulla Hufnagel einen Kaffee entgegen.

„Zum Tatort: Die Leichen waren, wie ich dir schon gesagt habe, an zwei Bäume gefesselt. Da sie aber früh am Morgen gefunden wurden, gab es interessante, noch frische und gut verwertbare Fußspuren. Wir konnten eindeutig die von den Habermanns identifizieren, die beiden waren nämlich barfuß, desgleichen die Abdrücke des Gastronomen, der die beiden gefunden hat. Und nun kommt etwas sehr Interessantes. Dann sind da nämlich noch Abdrücke verschiedener Größe, aber alle mit dem gleichen Sohlenprofil. Aufgrund der unterschiedlichen Tiefe der Eindrücke und trotz der unebenen Bodenbeschaffenheit auf der Lichtung wagen die Spurensicherer die Prognose, dass es sich um drei bis vier verschiedene Personen gehandelt haben muss, die alle Schuhe derselben Marke trugen. Außergewöhnliches Sohlenmuster übrigens. Während die Hacken quer gerillt sind, läuft vom eigentlichen Fußbett die Riffelung sternförmig von der Mitte aus auf die Ränder zu." Er unterbrach kurz, um einen Schluck Kaffee zu trinken.

„Ach ja, auf das Gelände sind sie übrigens gekommen, indem sie den Zaun zerschnitten haben. Aber auch dort keine weiteren verwertbaren Spuren. Am Rande der Straße und auf den Parkbuchten natürlich Abdrücke von Reifenprofilen. Allerdings Hunderte, am Abend vorher war ein Rockkonzert mit Tausenden von Besuchern. Wir haben deshalb die Spurensicherung der Profile auf 250 Meter im Umkreis des zerschnittenen Zaunes beschränkt."

Es klopfte, die Tür öffnete sich, und zwei Männer mittleren Alters traten ein.

Mit den Worten „Ah, das nenne ich *just in time*", begrüßte Warnecke sie und stellte sie dann vor. „Der Kollege Schmitz aus der Gerichtsmedizin und Professor Rodenheim vom kulturhistorischen Museum Osnabrück, gleichzeitig auch maßgeblich an der Gestaltung des Museumsparks Kalkriese beteiligt."

Lübbing schaute verwundert, auch die Polizisten staunten über den Besuch eines Archäologen.

Warnecke hatte noch niemandem von den Befunden des Gerichtsmediziners erzählt. Er bat Schmitz zu beginnen.

Der Arzt genoss sichtlich seinen Auftritt: „Meine Dame, meine Herren. Beginnen wir mit Frau Habermann. Todesursache eindeutig. Ich drücke es jetzt einmal laienhaft aus, der Schnitt durch die Kehle. Was sowohl ein Ausbluten bedeutet, als auch einen Erstickungstod. Kommt immer ganz darauf an, wie geschnitten wird."

„Rüdiger, bitte, das ist nicht nötig", mahnte Warnecke.

„Ja, ja, schon gut. Ist aber so", wehrte der Gerichtsmediziner den Einwand ab. Dann fuhr er fort: „Was uns, also mir und meinen Kollegen auffiel, war die ungewöhnliche Ausfurchung der Wunde. Die Wundränder waren nicht glatt, wie bei einem Schnitt mit, sagen wir mal, einem guten, industriell gefertigten Messer, sondern relativ ausgefranst. Also keine glatte Klinge, wie heute meist gebräuchlich, allerdings auch keine direkte Fräsung. Äußerst ungewöhnlich. So, das wäre es zu Frau Habermann. Sie hatte übrigens als letzte Mahlzeit einen ..."

„Das muss doch nicht sein", fuhr nun Lübbing dazwischen.

„Nein, das ist vielleicht wirklich nicht relevant", gab Schmitz ihm Recht. „Nun zu Dr. Habermann. Fangen wir mit den Hieben auf die Schlüsselbeine an. Kraftvoll ausgeführt. Durchtrennten die Knochen, allerdings etwas unregelmäßig, was bei heute industriell gefertigten Waffen nicht mehr vorkommt. Dann die Schnitte über Brust und Bauch. Die Wundränder sind hier ebenfalls unregelmäßig. Von oben nach unten laufen sie schmaler werdend aufeinander zu. Zuletzt die Stichwunde, die das Herz durchdrang und auch am Rücken austrat. Ganz ungewöhnlich ist hier der fast quadratische Wundkanal. So, das wäre es soweit zu den beiden Exponaten ... oh, Entschuldigung, das sollte ich wirklich nicht sagen." Er wandte sich an Professor Rodenheim: „Herr Kollege, alles Weitere ist nun Ihr Part."

Der Archäologe räusperte sich: „Herr Schmitz und seine Kollegen sind dann auf die Idee gekommen mich anzurufen, auch wegen des Tatortes. Ich habe mir die Berichte über die typischen Wundmerkmale und auch die Leichen genau angeschaut, wenn auch nicht mit der professionellen Abgebrühtheit eines Arztes."

Der Gerichtsmediziner lächelte entzückt, als hätte er einen besonders guten Witz gehört.

„Den Ausführungen über die Wunden und Wundränder kann ich nur zustimmen. Laut den Untersuchungen meines Kollegen ist bei Frau Habermann anscheinend ein Dolch benutzt worden, der im oberen Teil eine kräftige Einziehung aufweist, mit einer leicht gewölbten Klinge, bei der sich eine kräftige Mittelrippe abhebt. Die Hiebe und Schnitte bei Dr. Habermann weisen, wieder verlass ich mich da auf das Fachwissen von Herrn Schmitz, auf ein Instrument mit einer lang ausgezogenen, unten verdickten Spitze. Der Stich oder Wurf ins Herz wurde mit einer Waffe ausgeführt, die mein Kollege als quadratisch bezeichnet hat. In unseren Fachkreisen nennen wir sie vierseitig pyramidal."

Jeschke hatte, genau wie Lübbing und die anderen Polizisten, den Ausführungen der beiden Wissenschaftler gespannt zugehört. Jetzt fragte er: „Das heißt, Sie kennen die Tatwaffen?"

„Ja", sagte der Professor schlicht.

„Ja, und", setzte Jeschke nach.

„Pugio, Gladius und Pilum."

„Das gibt es doch nicht", entfuhr es Lübbing. Im Gegensatz zu den anderen konnte er mit den Begriffen etwas anfangen. Die aber schauten irritiert auf den Professor.

Der erklärte: „Dolch, zweischneidiges Kurzschwert und Speer. Waffen der römischen Legionen zur Zeit der Varusschlacht."

*

Schmitz und Rodenheim ließen die Polizisten und Lübbing ziemlich ratlos zurück. Der Professor hatte ihnen auch noch geduldig erklärt, dass die Handfesseln, mit denen die Habermanns an die Bäume gebunden wurden, ebenfalls nach der Art hergestellt worden waren, wie sie um Christi Geburt gebräuchlich war. Genauso geduldig hatte er Warneckes Fragen nach der möglichen Herkunft der Waffen beantwortet: „Das waren natürlich keine echten. So etwas hätte dann aus irgendeiner Sammlung oder einem Museum gestohlen werden müssen, und das wäre in unseren Fachkreisen sofort bekannt geworden. Sie können aber Imitationen praktisch an jeder Ecke bekommen. Allein im Internet gibt es Hunderte von Online-Shops für antike Waffen, Ausrüstungen, Alltagsgegenstände. Schon um die Nachfrage der unzähligen Vereine zu befriedigen."

„Was für Vereine eigentlich?", fragte Kerkhoff.

„Na, so etwas wie Fan-Clubs", klärte Lübbing ihn auf. „Die einen haben sich dem Imperium Romanum verschrieben, die anderen fühlen sich als Germanen. Einige beschäftigen sich wirklich ernsthaft mit den wissenschaftlichen Aspekten. Bei anderen ist es so wie beim Cowboy- und Indianer-Spiel. Da laufen dann gestandene Familienväter, oder gar ganze Familien am Wochenende im entsprechenden Outfit rum. Erstaunlich, wie viele davon es allein in Deutschland gibt."

Jeschke fragte ziemlich ratlos: „Und was jetzt?"

„Die Fakten sammeln", fiel Kerkhoff ein.

„Die Fakten, die Fakten", äffte Jeschke ihn nach, „Fakt ist, dass irgendwelche durchgeknallten Varusschlachtenbummler auf römische Art und Weise harmlose alte Menschen umbringen."

„Nicht ganz", widersprach Lübbing.

„Was?"

„Nicht ganz, sagte ich." Lübbing ließ sich durch Jeschkes aggressive Art nicht beeindrucken. „Das passt nicht zusammen. Römische Waffen, römische Stricke und dann tragen sie keine Legionärssandalen, sondern Schuhe mit einem ganz bestimmten

Muster. Ich kann mir nicht vorstellen, dass Leute, die sich für die Geschichte begeistern, einen solchen Stilbruch begehen."

„Sie meinen, die treiben nur ein Spiel?", fragte Ulla Hufnagel nach.

„Na ja, Spiel ist wohl nicht gerade der richtige Ausdruck."

Jeschke mischte sich ein: „Der Archäologe hat die Waffen doch in relativ kurzer Zeit einordnen können. Das sieht so aus, als ob die Täter wollten, dass sie identifiziert werden. Warum haben sie sie nicht gleich am Tatort gelassen?"

Warnecke nickte: „Gute Frage, ich werde noch einmal mit Rodenheim telefonieren. Aber jetzt zu uns. Wir gehen folgendermaßen vor: Kerkhoff, du surfst im Internet. Versuche, sämtliche römischen Interessengemeinschaften zu erfassen, die eine Homepage haben. Jeschke, und du besorgst dir neue Schuhe."

„Wie bitte?"

„Na, du sollst losgehen und Schuhe mit einem identischen Sohlenmuster wie am Tatort ausfindig machen. Wo die zu beziehen sind, Großhandel, Einzelhandel. Warum dieses Muster und so weiter."

Jeschke verzog das Gesicht. Warnecke beachtete es nicht.

„Lübbing, du gehst mit Ulla noch mal das Leben der Habermanns durch. Wir müssen ganz einfach ihr direktes Umfeld noch einmal durchsieben. Sprecht mit der Tochter in Delmenhorst, dieser Helga Thorwesten. Und noch einmal mit den Nachbarn. Und die Camper nicht vergessen."

Lübbing nickte.

„Und du", fragte Jeschke, „was machst du?"

„Ich werde mich mit Schröder auf dem Gelände und in der Umgebung rumtreiben. Die Bedienungen im Museumscafé befragen, die Wissenschaftler, die mit den Ausgrabungen beschäftigt sind, benachbarte Bauern. Vielleicht ist doch noch jemandem etwas eingefallen. Außerdem werde ich Kontakt mit den örtlichen Polizeidienststellen aufnehmen. Die sollen rausfinden, ob jemand ein verdächtiges Fahrzeug beobachtet hat. Irgendwie müssen die Mörder schließlich mit dem Ehepaar vom Kronensee nach Kalkriese gekommen sein. Alles klar?"

Die Polizisten nickten ernst. Das war jetzt öde, erbarmungslose Ermittlungsarbeit.

Nur Lübbing fand den Gedanken äußerst angenehm, die nächsten Tage mit Ulla Hufnagel zu verbringen.

Kapitel 8

Lübbing war schon früh auf den Beinen. Obwohl das Ermittlungsteam, zu dem er nun auch gehörte, sich erst um acht Uhr in den Räumen am Kollegienwall treffen wollte, stand er schon um halb sieben unter der Dusche. Als er das Bad verließ, sog er genießerisch den Duft des aufgebrühten Tees ein, der ihm aus der Küche entgegenströmte. Beim Toast mit Orangenmarmelade überkam ihn kurz ein schlechtes Gewissen, wegen seiner relativ guten Laune, obwohl er heute konkret mit den Ermittlungen zum Mord an seinem alten Lehrer und dessen Frau begann. Er würde mit Ulla Hufnagel nach Delmenhorst fahren, nachdem die Tochter des ermordeten Ehepaares einem weiteren Gespräch zugestimmt hatte.

„Ulla Hufnagel. Was für ein Name!" Dabei dachte er an ihre grünen Augen und das Grübchen im Kinn.

Seine gute Laune verdankte er auch Warnecke, der mit Lübbings Hamburger Auftraggebern gesprochen, sein Haupt mit Asche bestreut und alle Schuld auf sich genommen hatte. Lübbing war über die Entwicklung überaus erfreut.

Als er pünktlich in den Büroräumen erschien, waren seine „Kollegen" schon alle anwesend. Jeschke schlecht gelaunt wie am Vortag, Kerkhoff genau das Gegenteil, und Warnecke hatte schon ungeduldig auf Lübbing gewartet. Er wollte endlich durchstarten. Ulla Hufnagel schien nicht mehr ganz so reserviert wie am Vortag. Sie lächelte kurz und grüßte mit einem Kopfnicken. Lübbing war von ihrem Anblick wieder sehr angetan. „Sie ist ein Jeanstyp", dachte er, ihr Outfit betrachtend. „Ein wunderbarer Jeanstyp."

Noch einmal eine kurze Besprechung, dann sagte Warnecke: „Also los, wir treffen uns morgen zur gleichen Zeit wieder hier. Heute bringt das sicher nichts mehr", und zu Lübbing blickend, „ihr werdet wahrscheinlich zu spät aus Delmenhorst zurück sein."

„Wenn es zeitlich passt, würde ich auch noch gern am Campingplatz vorbeischauen. Ist das in Ordnung?", fragte Lübbing seinen „Chef".

„Okay, ich werde wohl heute sowieso den ganzen Tag auf dem Museumsgelände zubringen."

Ulla Hufnagel warf Lübbing einen Schlüssel zu. Er fing ihn auf, schaute aber etwas irritiert.

„Der Wagenschlüssel. Ein richtig schöner BMW zum Brettern!"

Lübbing hörte Warnecke im Hintergrund kichern: „Ulla, er hat keinen Führerschein."

„Er hat WAS nicht?"

„Keinen Führerschein", wiederholte Warnecke fröhlich, „Lübbing ist immer für Überraschungen gut."

Der fühlte sich bemüßigt, etwas zu seiner Ehrenrettung zu sagen: „Man kommt auch sehr gut mit der Bahn nach Delmenhorst."

„Sicher", kam die schnippische Antwort von der Beamtin, „wir können natürlich auch gleich eine Gruppenkarte buchen und einen Betriebsausflug machen."

Allgemeines Gelächter. Lübbing war beleidigt. Er sagte nur kurz: „Können wir jetzt fahren?", legte den Schlüssel auf einen Schreibtisch und ging zur Tür.

*

Während Ulla Hufnagel und Lübbing auf der Hansastraße in Richtung Wallenhorst fuhren, um dort die Autobahnauffahrt auf die A1 zu nehmen, herrschte frostiges Schweigen im Wagen. Lübbing hatte im Fond Platz genommen und starrte stur auf die vorbeirauschende Landschaft. Ulla Hufnagel zündete sich schon die zweite Zigarette in zehn Minuten an. Ob er sich dadurch belästigt fühlte, hatte sie gar nicht erst gefragt. Immerhin hatte sie das linke Seitenfenster etwas geöffnet.

Verstohlen betrachtete Lübbing die Augen der Polizistin im Rückspiegel. Sie waren wunderbar grün. Er reckte leicht den Hals, um auch ihre Kinnpartie mit dem Grübchen zu sehen. Sie musste es bemerkt haben, denn sie gab ruckartig Gas, so dass er leicht in den Rücksitz gepresst wurde. Er fühlte sich ertappt, trotzdem riskierte er immer wieder einen Blick. Das schien sie nervös zu machen. Lübbing grunzte zufrieden, das war seine kleine Rache.

An der Raststätte „Dammer Berge" fuhr sie von der Autobahn und hielt vor den Toiletten neben der Tankstelle. Sie kurbelte ihre Seitenscheibe herunter, blieb einen Augenblick sitzen, die Arme angespannt zum Lenkrad ausgestreckt, atmete tief durch. Dann drehte sie sich herum: „Nun passen Sie mal auf. Ihre Blicke gehen mir riesig auf den Keks. Wenn Sie Brad Pitt wären, würde ich es mir vielleicht noch gefallen lassen, aber Sie erinnern nur an einen Pathologen, der eine Sezierung vornimmt. Dabei geht es mir heute ohnehin nicht gut – also, mein Vorschlag. Während ich da auf der Toilette bin, können Sie sich ein Taxi bestellen, zum hiesigen Bahnhof fahren und Ihre geliebte Bahn nehmen. Wir treffen uns dann in Delmenhorst. Wenn Sie weiter mitfahren wollen, hören Sie auf, so zu spannen!" Sie öffnete die Wagentür, stieg aus und ging schnurstracks zu den Toiletten.

Etwas verblüfft blieb Lübbing im Auto zurück. Brad Pitt, Pathologe, Sezierung: Er fand, die Formulierungen hatten durchaus Format.

Als Ulla Hufnagel wieder zum Wagen kam, war sie erstaunt. Lübbing hatte vorne auf dem Beifahrersitz Platz genommen. Sie stieg ohne ein Wort ein und fuhr los. Lübbing bedachte sie nur mit einem kurzen Blick. Sie sah jetzt erholter aus.

Lübbing blickte nun stur geradeaus oder nach rechts in die Landschaft. Nach einer Weile bemerkte er: „Wirklich guter Platz hier vorn. All diese interessanten Autos vor uns. War doch tatsächlich ein LKW aus Spanien dabei. Und dann, vor ein paar Kilometern rechts, haben Sie es gesehen? Dieses wunderschöne McDonalds-Gebäude." Und nach einer Kunstpause fügte er hinzu: „Ich muss trotz unserer Differenzen allerdings sagen, dass mir die Aussicht vom Rücksitz besser gefiel."

Ulla Hufnagel wandte den Kopf und schaute Lübbing an. Dann begannen ihre Mundwinkel verräterisch zu zucken, schließlich begann sie, herzhaft zu lachen. Sie nahm die rechte Hand vom Lenkrad und hielt sie Lübbing entgegen: „Friede?"

Lübbing schlug ein: „Ewiger Friede!"

Die Atmosphäre entspannte sich. Ulla schaltete das Radio ein und drückte immer wieder den automatischen Suchlauf. Nach einer Weile fragte sie entnervt: „Mist, nur Sender mit Konservenmusik. Es gibt doch jetzt einen, der fast nur Rockklassiker der letzten dreißig Jahre spielt. Wissen Sie, wo der zu finden ist?"

Lübbing kannte den Sender auch, aber nicht seine Frequenz, noch wusste er, wie er hieß. Er meinte scherzhaft: „Setzen Sie doch über Funk einen Notruf ab."

Wieder ertönte ihr perlendes Lachen. Sie gab die Suche auf und stellte das Radio ab. „Wir sind sowieso bald in Delmenhorst." Dann kramte sie einen Zettel aus ihrer Jeansjacke und blickte kurz darauf. „Die Adresse ist Rosenstraße 16. Wir müssen uns wohl durchfragen oder kurz die hiesigen Kollegen kontaktieren. Zu blöd, dass ich gestern nicht mehr daran gedacht habe, mich zu erkundigen."

„Wir müssen an der Abfahrt Adelheide raus. Dann an den Kasernen vorbei und rechts in die Siedlung. Dort ist die Rosenstraße."

Ulla schaute ihn erstaunt an: „Gut vorbereitet."

„Keine Vorbereitung, nur schlechte Erinnerungen."

Delmenhorst-Adelheide, Feldwebel-Lilienthal-Kaserne. Seine Wehrdienstmonate waren eine einzige Tortur gewesen. Auch jetzt, nach 28 Jahren empfand er immer noch so etwas wie ein dumpfes Hassgefühl. Nachschubbataillon 11, 3. Kompanie. Eigentlich war es nach der unsäglichen Grundausbildung ein sogenannter „Druckposten", den er bekam. Buchhalter in einer kleinen Gruppe, befehligt von einem gemütlichen Hauptfeldwebel, der kurz vor der Pensionierung stand.

Womit er absolut nicht fertig wurde, war der fast völlige Verlust an persönlicher Freiheit und Individualität. Abhängig sein von Leuten, die ihm nichts bedeuteten, seinen Tagesablauf aber völlig beeinflussten. Haarschnitt, Uniform, Streichung der Freizeit am Wochenende als Druckmittel. Die völlig unmotiviert herumbrüllten, um ihre angebliche Autorität zu beweisen. Die andere erwachsene Menschen wie Lemminge durch die Gegend marschieren ließen. Vorgesetzte wie Unteroffizier Lampa, ein Mensch, so dumm, dass man ihm auch hätte weismachen können,

Briefmarken müssten auf der bunten Seite geleckt werden. Leider war er nicht dumm genug, um nicht zu merken, dass ihn die anderen für dumm hielten. Er rächte sich durch ständige Schikanen.

Dann gab es in der Kaserne keinen Platz, um sich zurückzuziehen. Stuben mit sechs Mann belegt, als einziger Freizeitraum stand die Kantine zur Verfügung. Lübbing hatte nach dem Schock der Grundausbildung noch einige Monate lang versucht, sich zu wehren und seine Situation aktiv zu verarbeiten. Irgendwann gab er es auf und soff abends mit den anderen mit.

Hinzu kam noch, dass sein privates Umfeld überhaupt nicht nachvollziehen konnte, wie es ihm ging. Seltsamerweise waren nur wenige seiner Bekannten in der gleichen Situation. Auch in seinem Elternhaus, obwohl sozialdemokratisch und tolerant geprägt, fand er keine Unterstützung. Der allgemeine Tenor war: „Bundeswehr - da musste durch". Nur konnte ihm niemand überzeugend das Warum erklären. Was ihn damals einigermaßen auf der Bahn hielt, war die Arbeit im Plattenladen in Osnabrück und die Diskothek „Hyde Park" an den freien Wochenenden.

Lübbing war sich im Klaren, dass diese Erfahrungen mit die einschneidendsten seines Lebens waren. Noch Jahre später hatte er auf alles, was mit Militarismus oder von oben eingesetzten Autoritäten zu tun hatte, mit bitterer Häme reagiert. Mittlerweile hatte er sich mit dem Land, in dem er lebte, zumindest arrangiert,ihm blieb aber die negative Erinnerung an eine Situation, in der er erstmals festgestellt hatte, in welchem Maße er seine eigenen Werte gesellschaftlichen Zwängen unterordnen musste.

„Hier rechts, das muss die Siedlung sein", unterbrach Ulla Hufnagel seine trüben Gedanken.

Ein typisches Wohnviertel. Eine Hauptstraße, von der mehrere Sackgassen mit Wendemöglichkeit am Ende abgingen. Die dritte war die Rosenstraße. Das Haus Nr. 16 lag ziemlich am Ende. Ein Siedlungshaus. Helle Klinker, ein relativ weit heruntergezogenes, dunkles Dach, wie es in Norddeutschland üblich ist. Rasenfläche mit Grünbepflanzung. Ulla hielt in einer Parkbucht.

Eine junge Frau öffnete ihnen die Tür. Lübbing hatte sie schon auf der Beerdigung der Habermanns gesehen. Es musste eine der

Töchter sein. Sie fragte nicht nach ihren Namen, führte sie sofort in das Wohnzimmer zu ihren Eltern.

Ulla übernahm die Vorstellung: „Kommissarin Hufnagel, Ulla Hufnagel, und das ist Herr Lübbing. Er unterstützt unsere Sonderkommission bei den Ermittlungen."

Man bot ihnen Plätze auf der Couch an. Und bevor einer von ihnen etwas sagen konnte, ergriff der Hausherr das Wort: „Also wie können wir Ihnen noch helfen? Meiner Meinung nach haben wir alles gesagt, Ihre Kollegen haben fast zwei Stunden mit uns gesprochen. Außerdem war das Verhältnis zu meinen Schwiegereltern nicht so eng."

Seine Frau schaute hoch, als wollte sie etwas sagen. Lübbing fing den Blick auf. „Frau Thorwesten, ich habe mir Ihre Angaben durchgelesen. Sie haben nicht sehr viel über Ihre Eltern erzählt."

Bevor sie antworten konnte, mischte sich wieder ihr Mann ein: „Ich sagte doch schon, das Verhältnis war nicht so eng. Und in den letzten Jahren wurde mein Schwiegervater sowieso immer seltsamer."

„Heinz, lass das doch." Helga Thorwesten blickte ihn bittend an. Die Tochter schnaubte verächtlich.

Lübbing und Ulla waren ziemlich erstaunt über die Reaktionen der Familie. Um den Faden nicht zu verlieren, fragte Ulla Hufnagel: „Herr Thorwesten, was meinen Sie mit *seltsam*?"

„Na ja", bemerkte der mit einem Blick auf Frau und Tochter, „salopp gesagt, er neigte immer mehr zu ultralinken Ansichten."

Die Tochter sprang auf: „Ich hau ab, tschüß Mama."

Helga Thorwesten schaute sie bittend an: „Aber Miriam, du wolltest doch noch ..."

Die Tochter unterbrach sie: „Tut mir Leid, Mama, es reicht schon wieder." Ohne ihren Vater eines weiteren Blickes zu würdigen, ging sie zur Garderobe, nahm ihre Sachen und verließ das Haus.

Hans Thorwesten blickte ungerührt hinterher, dann bemerkte er: „Sehen Sie, meine Tochter hat er mit seinen Ideen auch schon angesteckt." Dann straffte er sich: „Und mehr haben wir Ihnen auch nicht zu sagen. Dafür hätten Sie sich wirklich nicht hierher bemühen müssen, aber Sie wollten ja unbedingt ... Und jetzt muss ich Sie leider bitten zu gehen. Mein Dienst beginnt in einer halben Stunde, und meine Frau hat einen Arzttermin."

Es hatte keinen Sinn, sie ließen sich von ihm zur Haustür bringen.

Er reichte ihnen nicht die Hand, als er zum Abschied fragte: „Wann können wir denn über den Wohnwagen verfügen? Schließlich sind wir die Erben. Solange können die Untersuchungen doch gar nicht dauern."

Ulla Hufnagel drehte sich noch einmal um. Sie sah ihn ziemlich verächtlich an. „Na ja, ganz ehrlich, Herr Thorwesten, das kann schon noch dauern. Der Wohnwagen ist schließlich auch ein Tatort gewesen und somit ein Beweismittel."

„Und wie lange meinen Sie?", drängte er.

„Kommt darauf an, wann wir die Täter finden. Wann der Prozess stattfindet. Wie lange der Prozess dauert."

Thorwesten schaute sie entgeistert an: „Und wenn Sie die Täter nicht finden?"

Dieses Mal schaute Ulla Hufnagel ganz unschuldig: „Ja, dann ...", sie zuckte hilflos mit den Schultern. „Guten Tag."

Erst im Auto fragte Lübbing: „Was war das denn? Ein kompletter Wohnwagen als Beweismittel. Habe ich noch nie gehört."

„Ich auch nicht", antwortete Ulla ungerührt, „aber ich fand, der Typ hatte einen Dämpfer verdient."

*

Lübbing schaute aus dem Fenster, während sie den Wagen in Richtung Autobahn lenkte. Plötzlich entdeckte er auf der gegenüberliegenden Straßenseite an einer Bushaltestelle Thorwestens Tochter Miriam. „Halten Sie doch bitte mal an."

Er stieg aus und fragte: „Können wir Sie mitnehmen?"

„Nein, danke, ich muss in die andere Richtung."

„Kommen Sie, wir bringen Sie dahin. Ich möchte mit Ihnen sprechen."

Im Einsteigen empfahl sie ein Eiscafé: „Ein Stück weiter Richtung Innenstadt. Worüber wollen Sie mit mir reden?"

„Über Ihren Großvater, oder zum Beispiel über Ihren Vater."

„Über meinen Vater." Ihre Stimme klang verächtlich. „Wie viel Zeit haben Sie, da könnte ich Ihnen Geschichten erzählen."

Nach der Bestellung sah Miriam Thorwesten ihre beiden Gegenüber abwartend an. Erst im Café ging Lübbing auf ihre Bemerkung ein. Ulla Hufnagel machte keine Anstalten, das Gespräch zu beginnen. Schließlich war es Lübbings Idee gewesen.

„Miriam, Sie haben vorhin ziemlich allergisch auf die Äußerungen Ihres Vaters reagiert."

„Weil er immer so einen Blödsinn über Opa erzählt. Dabei ist er selbst das eigentliche Problem."

„Inwiefern?"

„Na ja, seine kuriosen Vorstellungen über Ordnung, Recht und Gesetz. Mein Vater ist ein absolut autoritärer, reaktionärer Typ. Opa hat ihm immer Kontra gegeben, und da er intelligenter und wortgewandter war als Vater, zog der meistens den Kürzeren."

„Und Ihre Mutter, war die denn glücklich mit der Situation?"

Miriam Thorwesten reagierte sehr emotional: „Glücklich, die weiß doch schon gar nicht mehr, was Glück ist. Opa hat immer gemeint, er wisse nicht, warum sie an diesem Mann hängen geblieben sei. Wie oft hat er ihr gesagt, sie solle wieder nach Osnabrück kommen. Bei ihnen einziehen. In letzter Zeit hat sie wirklich darüber nachgedacht. Meine Schwester ist schon länger aus dem Haus, und ich ziehe im Herbst nach Oldenburg. Da wäre sie mit dem Ekel ganz allein." Erschöpft hielt die junge Frau inne.

Jetzt mischte sich Ulla Hufnagel ein: „Miriam, ich fand Ihren Vater vorhin auch nicht sehr sympathisch. Ist er immer schon so gewesen?"

„Ich kann mich jedenfalls an nichts anderes mehr erinnern. Mutter sagt immer, vor seinem Unfall war er anders. Aber da war ich erst drei Jahre alt. Ich kenne ihn nur so borniert, selbstgerecht und widerlich, wie er jetzt ist."

Ulla hakte nach: „Wie war das mit dem Unfall?"

„Irgendwas bei der Bundeswehr. Mein Vater war Berufssoldat. Feldwebel. Nach dem Unfall konnte er keinen normalen Dienst mehr tun. Man hat ihn dann nach seiner Genesung als Zivilangestellten in eine Schreibstube übernommen. Aber mir ist das Problem eigentlich ziemlich egal. Was meinen Sie, wie das ist, wenn man all die Jahre gemieden wird, weil der Vater immer wieder ausrastet. Mit allen hat er sich angelegt. Mit den Nachbarn, weil eine Hecke nicht korrekt geschnitten war oder die aufgehängte Wäsche im Garten ihn störte. Mit meinen Lehrern, mal weil ihm der Unterricht zu modern war, mal weil ich angeblich falsch benotet worden war. Seine eigenen Eltern haben sich schon seit Jahren nicht mehr blicken lassen, irgendein Erbschaftsstreit. Ich bin jedenfalls froh, wenn ich hier wegkomme, auch wenn es mir Leid um Mutter tut. Aber vielleicht kriegt sie doch noch den Dreh."

Die junge Frau verstummte.

Lübbing und Ulla sahen sich an. Dem war wohl nichts mehr hinzuzufügen.

„Miriam, wir fahren dann zurück. Danke für Ihre Auskünfte. Können wir Sie noch irgendwo absetzen?", bot Lübbing an.

Sie schüttelte den Kopf: „Sie brauchen mir nicht zu danken, war ganz gut, mal alles loszuwerden. Ich bleibe hier noch einen Moment sitzen und fahre dann mit dem Bus weiter." Sie lächelte, wenn auch nicht allzu glücklich.

Als sie wieder auf der Autobahn waren, schüttelte Lübbing den Kopf: „Soll man nicht glauben, was alles zum Vorschein kommt, wenn die Fassade erst einmal bröckelt. Der nackte Terror."

„Nein", antwortete Ulla bestimmt, „nur der ganz normale Wahnsinn."

„Na", erwiderte Lübbing, „das war doch wohl ganz schön starker Tobak."

Ulla wiederholte noch betonter: „Nein, Lübbing, glauben Sie es mir. Das war nur der ganz normale Wahnsinn."

Lübbing sah sie sinnierend an. Wie viele schlechte Erfahrungen hatte sie schon gemacht?

Kapitel 9

Lübbing und Ulla Hufnagel benötigten für die Strecke von Delmenhorst nach Schwagstorf knapp eineinhalb Stunden. Es war eine schweigsame Fahrt. Lübbing beobachtete Ulla. Sie fuhr zwar routinemäßig kontrolliert, aber man merkte ihr an, dass sie mit den Gedanken ganz woanders war. Er ließ sie in Ruhe, hätte aber gern gewusst, ob sie sich mit dem Erlebten in Delmenhorst oder vielleicht mit dem ganz alltäglichen Wahnsinn in ihrem eigenen Leben beschäftigte. Als sie durch den Schwagstorfer Kreisel fuhren, wohl so etwas wie ein Ortsmittelpunkt in dem ansonsten sehr zersiedelten Dorf, sahen sie sofort die Ausschilderung zum Kronensee und fanden den Campingplatz ohne Schwierigkeiten.

Es war früher Nachmittag, und sie spürten den Platzwart Heiner Jansen bei seinen geliebten Hühnern auf. Er war nicht begeistert, schon wieder Besuch von der Polizei zu bekommen: „Das wird mir allmählich zuviel. Ihre Kollegen haben schon einen ganzen Tag lang die Gäste befragt und mächtig für Aufregung gesorgt. Wann kommt denn wenigstens das Absperrband um den Wohnwagen weg? Jeder zweite Wanderer macht mittlerweile schon einen Umweg, um diesen Tatort zu besichtigen. Das ist nicht gerade gut fürs Geschäft."

Ulla Hufnagel erklärte geduldig: „Es geht nicht darum, Ihre Gäste noch einmal zu befragen, Herr Jansen. Wir möchten gern etwas mehr über die Habermanns erfahren. Vielleicht können Sie uns weiterhelfen?"

„Herrgott, was soll man da schon groß erzählen können. Höfliche Menschen, jahrelange Stammgäste, aber sehr zurückhaltend. Das ist alles."

Er wollte sich zum Gehen wenden.

Lübbing hatte den Wortwechsel zwar mitverfolgt, aber ansonsten mehr Interesse für das Federvieh im Käfig gezeigt. Nun wandte er sich an Jansen. Er deutete auf die Hühner: „Den Farbschlag bei den Plymouth Rocks da, nennt man den bei dieser Rasse eigentlich gehämmert oder gestreift?"

Heiner Jansen bekam große Augen. „Sie kennen meine Rasse? Sind Sie Züchter?"

„Das nicht gerade. Hatte mal einen Freund, der Hühner züchtete. Hat mich aber immer interessiert", erwiderte Lübbing recht einsilbig. Dann setzte er noch einen drauf: „Soweit ich mich erinnern kann, ist die Nachzucht dieser Tiere ziemlich schwierig. Wenig Eier und brütfaul. Da braucht man als Züchter schon ein geschicktes Händchen und Geduld. Aber schön anzusehen sind sie wirklich."

Heiner Jansen ging das Herz auf. Begeistert fragte er: „Wie heißt denn Ihr Freund und welche Rasse züchtet er?"

Lübbing nannte einen Namen und wählte als Rasse die „Westfälischen Totleger", die ebenfalls ziemlich rar waren.

„Genau, Herbert Wanzik, kenn ich", beteuerte Jansen. „ Niedersachsenschau 1997, hat mehrere *hervorragend* geholt." Liebevoll starrte er einen Augenblick auf seine Zucht. Dann drehte er sich wieder zu Lübbing um. „Also die Habermanns waren seit mehr als zwölf Jahren hier Stammgäste und haben immer ein Ganzjahresabo gebucht. Wie gesagt, sehr zurückhaltend, aber auch sehr höflich. Hat nie Ärger mit denen gegeben. Na ja, bis auf den Krach mit einem anderen Dauercamper vor einiger Zeit. Das hatte sich bis heute noch nicht wieder eingerenkt."

„Was für einen Krach?", fragten Ulla und Lübbing wie auf Kommando.

Jansen winkte ab: „Ach, eigentlich eine ganz banale Geschichte, hat sich nur hochgeschaukelt. Der andere, Luigi Carboni, ist hier auch schon seit Jahren Stammgast. Hatte ursprünglich diesen schönen, abseits gelegenen Stellplatz, wo jetzt Habermanns Wagen steht. Aber für dieses Jahr hat er nicht pünktlich gebucht. Soweit ich weiß, war er in Italien. Habermanns haben darauf seinen ehemaligen Stellplatz gemietet, weil er schöner lag. Dann kam Carboni wieder und verlangte seinen alten Platz. Das ging natürlich nicht. Aber er hat nicht locker gelassen. Eines Tages gab ein Wort das andere und Habermann hat ironisch zu Carboni bemerkt, wenn er weiter so machen würde, könne er mit ihm nach Kalkriese fahren, da wären schon einmal Italiener von Germanen verprügelt worden. Hätte man dem alten Habermann gar nicht zugetraut und war auch etwas ungeschickt, denn Carbonis Hobby sind ausgerechnet die alten Römer. Er ist auch in einem von diesen Vereinen, die immer bei den *Römertagen* hier mitmachen. Na, jedenfalls wurde Carboni fuchsteufelswild und wollte auf Habermann los, das haben andere Camper verhindert. Zwischenzeitlich hatte sich alles wieder einigermaßen beruhigt, aber Freunde sind die beiden nicht mehr geworden."

„Welches ist denn der Wagen von Herrn Carboni?"

„In der linken Reihe, der vierte von hier aus."

Er zeigte auf einen Campingwagen, der mindestens gehobene Mittelklasse war. Auf dem Dach neben der Satellitenschüssel flatterten munter zwei Flaggen, eine deutsche und eine italienische.

„Ist er jetzt da?", wollte Lübbing wissen.

„Nein", antwortete Jansen, „sonst wäre das Vordach nicht abgebaut und der PKW würde auch dort stehen. Kann aber nicht lange wegbleiben, er hat ja die beiden Flaggen auf dem Dach gelassen."

„Wo wohnt Carboni denn?"

„Die Notfalladresse, falls in seiner Abwesenheit mal etwas mit dem Wagen passiert, ist eine Bochumer. Auch der Wagen hatte solch ein Kennzeichen. Ob das allerdings sein wirklicher Wohnsitz ist, weiß ich nicht. Die Abrechnung wird immer über die Betreibergesellschaft des Parks gemacht. Ich bin hier nur der Platzwart und kassiere die Tagesgäste ab."

„Aber Sie haben uns schon sehr geholfen." Lübbing reichte ihm die Hand: „Vielen Dank für Ihre Hilfe."

Auch Ulla Hufnagel nickte freundlich. Sie wandten sich zum Gehen, da drehte sich Lübbing noch einmal zu Heiner Jansen um. „Hätten Sie etwas dagegen, wenn ich den Wagen der Habermanns noch einmal fotografiere?"

„Wegen meiner, aber Ihre Kollegen haben das schon von allen Seiten gemacht."

Lübbing verschwieg wohlweislich, dass er Journalist und nicht Kriminalbeamter war: „Besser zwanzig als zehn Fotos."

Der Platzwart nickte und ging in sein Büro.

Lübbing holte im Auto die Kamera aus seinem Rucksack. Heute Morgen hatte er natürlich nicht damit gerechnet, Fotos zu machen. Aber aus alter Gewohnheit war die Kamera immer dabei. Nur einen frischen Film fand er nicht. Wäre er nur einmal über seinen Schatten gesprungen und hätte die digitale Kamera mitgenommen. Dann blickte er auf das Display seiner schon etwas älteren Olympus. Der Film von dem fehlgeschlagenen Auftrag mit dem Hotel war noch im Apparat. Vier Fotos waren noch übrig. Das müsste reichen. Er fotografierte den Wohnwagen seines ermordeten Lehrers aus drei Totalperspektiven und wählte einmal einen spitzen Winkel, mit der Sonne und dem Wald im Hintergrund.

Ulla Hufnagel wartete bereits im Auto auf ihn. Gerade als sie losfahren wollten, kam Heiner Jansen noch einmal aus seinem Büro, heftig winkend. Lübbing kurbelte die Seitenscheibe herunter. Der Platzwart hielt Lübbing einen merkwürdigen Gegenstand entgegen.

„Vielleicht hat das irgendwas mit Ihrem Fall zu tun. Ein Junge hat es zwei Tage nach dem Verbrechen am Rande des Platzes gefunden. Keiner der Gäste kann etwas damit anfangen." Er drückte Lübbing das Gerät in die Hand. Der sah ihn ratlos an.

„Gut, danke, ich werde es weiterleiten."

*

Auf der Rückfahrt war Ulla Hufnagel wieder sehr schweigsam, bis kurz hinter Ostercappeln sagte sie nichts, aber Lübbing merkte, dass ihr eine Frage unter den Nägeln brannte. Sie hatte wieder diese Unruhe, die er nun schon einige Male bei ihr erlebt hatte. Schließlich fragte sie: „Was war das denn für eine Nummer mit den Hühnern? So was habe ich ja noch nie erlebt."

„Na ja, irgendwie mussten wir ihn doch zu einem Gespräch bewegen. Und unser lieber Herr Jansen ist nun mal ein begeisterter Hühnerzüchter. Das war klar mit der relativ seltenen Rasse, die da rumlief."

„Und Sie kennen sich damit aus?“

„Ich habe mich tatsächlich mal dafür interessiert.“

Ulla schüttelte ungläubig den Kopf: „Unter *Plymouth Rocks* hätte ich mir eher eine Band aus Großbritannien vorgestellt, und bei den *Westfälischen Totlegern* denke ich an eine mittelalterliche Räuberbande. Was meinen Sie, wie Knut Jeschke, dieser alter Pessimist und Miesepeter reagiert, wenn er hört, auf welche Weise Sie an die Informationen gekommen sind?“

„Es hat doch hingehauen.“

„Allerdings. Ach übrigens, ist der Züchter Herbert Wanzik wirklich solch eine Koryphäe?“

„Er ist ein Produkt meiner Fantasie.“

Er schaute sie an und bemerkte wieder das Zucken ihrer Mundwinkel. Gleich würde er wieder ihr Lachen hören. Es kam tatsächlich wieder herzhaft und perlend. Dann meinte sie fröhlich: „Ein wirklich erfolgreicher Tag: Wir haben neue Informationen für die Kollegen, du hast einen Hühnerzüchter glücklich gemacht, und ich habe mich seit langem bei der Arbeit mal wieder amüsiert.“

Lübbing wusste nicht, ob sie es bemerkt hatte, aber sie hatte ihn zum ersten Mal geduzt. Er fand das äußerst apart und lehnte sich zufrieden in den Sitz zurück.

*

Als sie von der östlichen Seite den Schinkelberg in die Stadt hinunterfuhren, fragte sie: „Wo soll ich dich absetzen?“ Na, Gott sei Dank, sie blieb beim Du.

„Ich weiß noch nicht, irgendwo in der Nähe der Katharinenstraße. Ich such mir dann noch eine Kneipe.“

„Mach keinen Quatsch, morgen früh um neun will Warnecke uns sehen, und unsere Informationen sind verdammt gut. Wir haben mit Thorwesten und Carboni zwei potenziell Verdächtige, und das sollten wir in bester Verfassung vortragen.“

Lübbing sah es ein und dirigierte sie direkt zu seinem Wohnhaus. „Stop, da links ist es.“

Sie lenkte den Wagen rückwärts in eine Parkbucht und wartete. Als Lübbing aussteigen wollte, fragte sie fast beiläufig: „Auf was soll ich denn die Parkscheibe einstellen?"

Lübbing kapierte zunächst nichts. „Wieso Parkscheibe, brauchst du für die paar Sekunden nicht. Hier ist sowieso nur für Anwohner und deren Besucher."

„Du, ich habe auch vor, bis morgen früh hier Besucherin und Anwohnerin zu bleiben."

Lübbing war entgeistert. Das war einer der wenigen Momente, in der seine Schlagfertigkeit versagte. Alles, was ihm einfiel, war ein schüchternes: „Schön."

Noch auf der Straße drehte sie sich um, nahm ihn fest in die Arme und küsste ihn: „Lübbing, ich will heute Nacht nur Liebe. Keine Versprechen, keine Schwüre, nur einfach bedingungslose Liebe. Kannst du mich so lieben, auch wenn es nur einmal ist?" Im Licht der Straßenlaterne strahlten ihre grünen Augen noch intensiver.

Mit belegter Stimme antwortete Lübbing ihr: „Ich werde mich bemühen."

Mit spöttischem Ausdruck ließ sie ihn los und trat einen Schritt zurück: „Typischer Chauvispruch. Du klingst wie Alec Guinness oder David Niven in diesen englischen Gentlemanfilmen. Komm, lass uns reingehen."

„Gott sei Dank ist die Wohnung einigermaßen aufgeräumt", dachte Lübbing, als sie eintraten.

„Ich gehe erst einmal ins Bad!", verkündete Ulla.

„Gut, dann mach ich einen Wein auf." Lübbing hatte immer einen guten, kalten Riesling im Kühlschrank. Aber zunächst schaute er in das Schlafzimmer. Ein Paar Socken, eine Unterhose und ein Sweatshirt, die auf dem Bett herumlagen, waren schnell im Wäschekorb verschwunden. Er stellte den geöffneten Wein mit zwei Gläsern auf den kleinen Tisch neben dem Bett.

Als Ulla das Badezimmer verließ, trug sie nichts als einen schwarzen Slip. Bezaubernd sah sie aus. Lübbing drückte sich regelrecht an ihr vorbei, und wieder erschien dieser spöttische Ausdruck in ihrem Gesicht, den er schon am Morgen in der Polizeidirektion gesehen hatte. Er bemerkte schnell: „Ich muss nur noch kurz ins Bad."

Er putzte sich die Zähne und versuchte, sich etwas zu beruhigen. Verdammt noch mal, er war fünfzig und in seinem ganzen Leben noch kein Mönch gewesen. Was sollte jetzt diese Aufregung? Völliger Blödsinn, dieses Verhalten!

„Lübbing, darf ich Musik machen?", rief Ulla durch die geschlossene Tür.

„Na klar, je länger, je lieber!"

Je länger, je lieber – je länger, je lieber. Lübbing war es in diesem Moment besonders recht. Er fand die Kondome nicht. Sie hatten normalerweise einen festen Stammplatz in seinem Badezimmerschrank, jetzt waren keine mehr da. Wo hatte er sie denn das letzte Mal gebraucht? Dann fiel ihm ein, wie blödsinnig der Gedanke war. Er konnte schließlich schlecht bei einer Frau anrufen und nach verlorenen Kondomen fragen.

Wieder die Stimme von Ulla: „Ist es dir egal, was?"

Lübbing antwortete abwesend, während er hektisch Aspirin, Hühneraugenpflaster, Nasenspray und Bronchialtropfen im Schrank beiseite räumte und weitersuchte: „Sicher, kein Problem."

Erstaunt hielt er eine halbe Minute später inne. Es ertönte ein uralter Blues-Klassiker, „Down by the riverside", in der Version von Sonny Terry & Brownie McGhee. Lübbing hatte die Scheibe seit Jahren nicht mehr gehört. Hatte sie schon völlig vergessen. Er suchte weiter, war völlig entnervt. Jetzt klopfte sie auch noch an die Tür. „Ich bin gleich soweit."

„Lübbing, falls du deine Kondome suchst, die habe ich schon aus dem Bad mitgenommen." Er hörte sie lachen. „Nun komm endlich ins Schlafzimmer."

Kapitel 10

Lübbing wachte am nächsten Morgen nur schwer auf. Und eigentlich auch nur, weil ihn die Locken von Ulla beim Atmen hinderten. Sie hatte sich gedreht, ihre Haare kitzelten seine Nase mit jedem Atemzug. Er strich sie vorsichtig fort, weil er sie nicht wecken wollte, genoss den Hauch, wenn sie auf seiner Brustwarze ausatmete.

Es war eine wunderbare Nacht gewesen. Nach dem wilden ersten Sex gab es ein zärtliches Zusammensein. Sie hatten sehr gut harmoniert, sich verstanden, ohne groß zu reden. Hatten beide das gleiche Verlangen gehabt. Es war fast perfekt.

Lübbing blieb jetzt wach, während Ulla auf seiner Brust schlief. Irritiert hatte ihn, dass sie zu keinem Zeitpunkt die Augen geschlossen hatte, fortwährend hatte sie ihn angeschaut, als wolle sie nicht die Kontrolle verlieren. Andererseits mochte er diese grünen Augen, besonders wenn sie sich im Liebestaumel leicht verschleierten.

Einmal in der Nacht war er wach geworden. Sie war unruhig. Murmelte etwas, hatte Schweiß auf der Stirn. Er wurde den Eindruck nicht los, dass bei ihr etwas nicht rund lief. Irgendwann würde er sie fragen müssen, was wirklich mit ihr los war.

Das Telefon klingelte. Lübbing brummelte. Wer rief so früh an? Dann fiel sein Blick auf den elektrischen Wecker. Es war schon kurz nach neun. Sie hatten beide locker fast zwei Stunden verschlafen. Lübbing sprang aus dem Bett und nahm den Hörer ab. Warneckes erzürnte Stimme klang ihm entgegen: „Lübbing, was ist denn los? Neun Uhr war Besprechung."

„Tut mir Leid, Kurt, ich habe schlicht und einfach verschlafen."

Warneckes Groll war noch nicht abgeklungen: „Toll. Verschlafen. Warst du zufällig mit der Kollegin Hufnagel auf Piste? Die ist nämlich auch noch nicht da!"

Lübbing hob die Stimme: „Kurt NEIN, ich war NICHT mit ihr AUF PISTE! In dreißig Minuten bin ich da." Er legte auf.

Inzwischen war Ulla mit ihrem Kleiderbündel schon auf dem Weg ins Bad. Sie hatte mitgekriegt, wer angerufen hatte und wie spät es war. Lübbing rief ihr hinterher: „Soll ich rasch einen Tee kochen?“

„Nein, mir ist schlecht.“

Sie war schnell im Bad fertig, und gerade als Lübbing hineinschlüpfen wollte, klingelte wieder das Telefon.

„Geh du bitte ran!“

„Und wenn es wieder Warnecke ist?“

Lübbing langte es. Er hasste Hektik am Morgen, umso mehr, wenn er auch noch auf sein Frühstück verzichten musste. „Verdammt, das ist mir dann auch egal, es gibt schließlich so etwas wie ein Privatleben.“

Lübbing hörte, wie Ulla sich am Telefon meldete. Dann: „Da ist eine Helen für dich dran.“

„Sag ihr, ich rufe im Laufe des Tages zurück!“ Helen hätte ihm jetzt noch gefehlt. Sie würde ihn mit minutenlangem Fragen über die Frau in seiner Wohnung löchern.

Im Auto fragte Lübbing dann: „Hat Helen noch etwas gesagt?“

„Ja“, erwiderte Ulla. „Du könntest sie bei ihrem Lover erreichen.“

Er musste schallend lachen.

Sie schaute ihn erstaunt an: „Was ist denn?“

„Nichts, nichts, ich werde sie schon bei ihrem Lover anrufen“, gluckste Lübbing.

Ulla verstand natürlich absolut nichts. Etwas verstimmt grummelte sie: „Ihr scheint ein merkwürdiges Verhältnis zu haben.“

„Absolut merkwürdig“, stimmte Lübbing ihr fröhlich zu.

*

Als sie auf dem Parkplatz der Polizeidirektion ausstiegen, fragte Ulla, auf das Gebäude deutend: „Gemeinsam reingehen?“

„Würde ich gerne, wenn du einverstanden bist.“

Ulla nickte nur.

Als sie das Konferenzzimmer betraten, schauten vier Augenpaare auf sie. Bevor jemand etwas sagen konnte, erklärte sie: „Ich möchte mich entschuldigen, dass ihr auf mich warten musstet.“

„Ich schließe mich an", folgte Lübbing ihrem Beispiel.

Warnecke hatte schon zu einer Tirade angesetzt, warf ihnen einen kurzen Blick zu und besann sich. „Also gut, kommen wir zu wichtigeren Dingen."

Jeschke schaute Lübbing an und packte demonstrativ einige Klarsichthüllen wieder in seine Aktentasche. Lübbing verstand das Signal, keine Akteneinsicht, keine wirklichen Interna, solange er dabei war. Er fand, Jeschke benahm sich ziemlich idiotisch.

Warnecke hatte den Vorgang auch registriert, sein Gesicht blieb aber ausdruckslos. „So", forderte er auf, „jeder berichtet über seinen gestrigen Tag. Knut, du fängst an."

Jeschke schaute nun etwas hilflos: „Ich, also ich kann noch nicht viel vorweisen. Habe den ganzen Tag am Telefon zugebracht und mit Schuhgeschäften telefoniert. Ich habe lediglich herausgefunden, dass es sich wahrscheinlich, aufgrund der Riffelung, um Kampfstiefel handelt, die kein Geschäft in Osnabrück anbietet. Zwei Einkäufer meinten, es könnte sich um ältere *Doc Martens* handeln, sogenannte Springerstiefel, die von Skinheads bevorzugt werden. Ich habe einen Tipp bekommen, mich an den Chef eines Großhandels zu wenden, der mir weiterhelfen könnte. Das werde ich heute Morgen machen."

„Mager", meinte Warnecke lapidar, was ihm einen bösen Blick von Jeschke einbrachte.

„Ich könnte doch mal für dich im Internet entsprechende Seiten checken", bot sich Peter Kerkhoff an.

„Ich brauche für meine Recherchen kein Internet. Habe es mein Leben lang nicht gebraucht", erwiderte Jeschke böse.

„Er hat heute mal wieder einen seiner ganz schlechten Tage", dachte Warnecke und ging dazwischen, bevor das Ganze eskalierte. Er wandte sich an Kerkhoff: „Peter, was hast du uns zu bieten?"

„Unmengen. Es gibt Tausende von Seiten mit dem Begriff Imperium Romanum. Ich habe die rausgefiltert, bei denen es sich um Interessengemeinschaften und Vereine handelt, die aktiv an Veranstaltungen teilnehmen, bei denen das historische Geschehen, also auch die alten Schlachten, nachgestellt werden. Aber selbst dann bleiben, Deutschland und die Nachbarstaaten eingeschlossen, über hundert. Mein Vorschlag: Ich beschäftige mich zuerst nur mit denen, die schon mal an den Römertagen in Kalkriese teilgenommen haben."

„Das ist okay", sagte Warnecke, „bleib am Ball." Er blickte erst Lübbing, dann Ulla Hufnagel an: „Und ihr?"

Lübbing nickte Ulla zu, sie sollte reden.

Sie räusperte sich und dachte einen Augenblick nach, bevor sie begann. Dabei tippte sie ein paar Mal mit dem rechten Zeigefinger an ihr Kinn. Eine Geste, die Lübbing schon gestern bei ihr beobachtet hatte, wenn sie sich konzentrierte.

„Unser Besuch in Delmenhorst gestern verlief etwas anders, als wir uns das vorgestellt hatten. Von Helga Thorwesten haben wir so gut wie nichts Neues erfahren. Ihr Mann, Ludwig, ein Haustyrann und echtes Ekelpaket, hat alles abgeblockt. Ist hinter der Erbschaft seiner Schwiegereltern her. Will zum Beispiel, dass wir schnellstens den Wohnwagen freigeben."

„Was allerdings souverän abgewiesen wurde", warf Lübbing verschmitzt ein.

Ulla bedachte ihn mit einem Lächeln.

Warnecke schaute sie an und runzelte die Stirn. Verdammt vertraut, die beiden.

Ulla fuhr fort: „Ludwig Thorwesten hätte übrigens durchaus ein Motiv. Wir sprachen später mit der Tochter Miriam. Seine Frau überlegt, ihn zu verlassen. Dann wäre es nichts mit der Erbschaft."

„Ulla, ich glaube, da liegst du falsch", mischte Lübbing sich ein.

„Aha", dachte Warnecke, „beim Du sind sie auch schon."

Lübbing fuhr fort: „Der Mann ist ein kleiner, verbitterter und reaktionärer Spießer. Der würde jahrelang mit seiner Frau prozessieren. Aber seine Schwiegereltern umbringen oder Auftragsmörder schicken? Nein, daran glaube ich nicht."

Ulla nickte zögernd: „Eigentlich hast du Recht."

„Trotzdem", meinte Warnecke, „wir werden uns intensiver mit ihm beschäftigen. Schröder, das übernehmen Sie. Ich möchte mehr über Herrn Thorwesten wissen."

Schröder nickte beflissen, während Warneckes Blick schon zu Ulla Hufnagel zurückwanderte: „Und weiter?"

„Der Platzwart am Kronensee hat uns von einem heftigen Streit zwischen Dr. Habermann und einem anderen Dauercamper berichtet. Es ging da um einen Stellplatz, den beide beanspruchten. Habermann hat dabei eine spöttische Bemerkung über die Varusschlacht gemacht. Luigi Carboni, so heißt sein Widersacher, hat aber ausgerechnet das römische Imperium zu seinem Hobby erkoren. Nach Aussagen des Platzwartes ging es ziemlich hoch her."

Warnecke fragte: „Was habt ihr sonst über diesen Carboni erfahren?"

„Wenig", antworte Lübbing. „Seit Jahren Stammgast auf dem Platz. Wohnt in Bochum. Nach Auskunft des Platzwartes wird er wohl in den nächsten Tagen wieder nach Schwagstorf kommen."

„Schröder", sagte Warnecke knapp, „diesen Carboni übernimmst du auch."

Wieder Schröders eifriges Nicken.

„Gute Arbeit", meinte Warnecke und blickte Ulla an. „Als Knut und ich ihn befragt haben, war dieser Jansen mehr als sperrig. Der wollte nur, dass wir schnell wieder verschwinden."

„Vielleicht war er da nur etwas brütfaul", ließ sich Lübbing vernehmen. Ulla Hufnagel lachte laut auf.

„Was? Was soll denn das nun wieder heißen?" Knut Jeschkes Stimme war laut, sein Kopf rot. „Wollen Sie damit sagen, wir wüssten nicht, wie man Vernehmungen durchführt?"

Warnecke griff ein: „Nun mal ganz ruhig, Knut." Sein scharfer Blick ließ Jeschke wirklich verstummen und er konnte fortfahren. „Schröders und meine Befragungen in Kalkriese haben auch nichts Neues gebracht. Der Leiter des Parks will Ruhe haben wegen der Besucher. Der Ausgrabungsleiter will Ruhe haben wegen seiner Arbeit. Die Mitarbeiter an der Kasse müssen in zwei Schichten die Besucher abfertigen und nebenbei auch noch den Verkauf im Museumsladen mit erledigen. Also, alles in allem, niemandem sind verdächtige Besucher in den letzten Tagen vor dem Mord aufgefallen. Die zuständige örtliche Polizei hat am Wochenende während des Rockfestivals Dutzende von Falschparkern notiert und zwei Bagatellunfälle aufgenommen. Das war es dann, alles im üblichen Rahmen." Er zuckte mit den Schultern.

„Positiv war lediglich mein Telefonat mit Professor Rodenheim wegen der Waffen. Er war sich mit mir einig, dass die Art und Weise, wie Habermanns ermordet wurden, schnell erkannt werden sollte. Bei diesen nachgebildeten Waffen gibt es natürlich unterschiedliche Qualitäten. Zum einen billige Industrieware, meistens aus Asien importiert, wie sie an jeder Jahrmarktbude zu finden sind. Dann aber auch hochwertige Handwerksarbeiten für wirkliche Liebhaber oder sollte ich besser *Römerfreaks* sagen? Diese Waffen werden oft nach den alten Verfahren wie zur Zeit der Römer hergestellt. Sie lassen sich mit modernen Methoden relativ leicht einer bestimmten Werkstatt zuordnen. Sei es durch die Dichte und Zahl der Schläge, mit der sie auf dem Amboss geformt wurden, sei es durch bestimmte unterschiedliche Nuancen in der Legierung. Rodenheim meint, dass die benutzten Waffen aus so einer Werkstatt stammten und deshalb wieder mitgenommen wurden. Wie gesagt, man wollte, dass man die Art der Tatwerkzeuge eindeutig erkennt, aber ihre Herkunft sollte verschleiert werden."

Warnecke unterbrach sich einen Moment, dann fuhr er fort. „Und noch etwas zu den Reifenspuren. Die Kollegen von der Spurensicherung haben Hunderte von Abdrücken wegen des Rockfestivals. Ich habe sie gebeten erst einmal nur die zu berücksichtigen, die auf dem Wanderparkplatz gefunden worden sind. Obwohl der zum Teil aus Kiesbett besteht, was die Sicherstellung sehr schwierig und manchmal unmöglich macht. Sonst noch etwas?"

Warnecke blickte in die Runde: „Dann lasst uns mal die Aufgaben für jeden von uns durchgehen."

„Kurt, einen Moment." Lübbing hatte noch dieses komische Ding vom Platzwart in seinem Rucksack. Er holte es heraus und hielt es hoch: „Kann jemand erklären, was das ist?"

Warnecke nahm es ihm aus der Hand, betrachtete es einen Moment und gab es weiter an Kerkhoff. Der Gegenstand machte die Runde. Jeder starrte es verständnislos an.

„Das hat mir der Platzwart gegeben. Ein Junge hat es zwei Tage nach dem Mord am Rand des Campingplatzes gefunden. Von den Gästen konnte auch keiner etwas damit anfangen. Seltsame Apparatur."

„Schröder, ...", sagte Warnecke. Der nickte schon beflissen, bevor Warnecke weiterreden konnte. „Klar, Chef, übernehme ich auch."

„Gehen Sie damit zu den Technikern." Warnecke kehrte zum Thema zurück. „Nun aber endgültig zu unserer Arbeitsplanung. Eigentlich hat jeder seine Aufgabe. Ich werde mich mal um den liegen gebliebenen Papierkram kümmern." Er dachte mit Grausen an die Aktenstapel auf seinem Schreibtisch. „Ulla, du könntest Schröder bei seinen Recherchen unterstützen." Er schaute Lübbing an: „Für dich gibt es eigentlich im Moment nichts mehr zu tun. Ich melde mich wieder bei dir. Okay?"

Lübbing war das sehr recht. Die Runde löste sich auf. Lübbing blickte zu Ulla, sie unterhielt sich schon angeregt mit Schröder. Als er den Raum verließ, hörte er noch Warnecke sagen: „Knut, hast du mal einen Augenblick Zeit? Ich möchte in meinem Büro etwas mit dir besprechen."

Auf dem Flur nahm Lübbing sein Handy und rief Helen an.

*

Die Bürotür schloss sich hinter Jeschke. Er sah seinen Vorgesetzten abwartend an.

„Jeschke, was ist los mit dir? Willst du dich mit deiner Art selber aus dem Team befördern?", begann Warnecke.

„Was meinst du damit?", blaffte Jeschke los.

Jetzt wurde auch Warnecke lauter: „Was ich damit meine? Du misstraust Lübbing, obwohl du ihn noch nicht einmal kennst. Du nimmst Ulla nicht für voll. Kerkhoff bietet dir Hilfe an, und du stößt ihn vor den Kopf. Das meine ich damit!" Warnecke setzte noch einen drauf: „Lange lasse ich mir das nicht mehr bieten!"

Jeschke ging hoch: „Und was muss ich mir bieten lassen? Zusammenarbeit mit einem sogenannten Journalisten, der einem wahrscheinlich jedes Wort im Munde umdrehen wird. Und der es bestimmt schon mit unserer nassforschen jungen Kollegin treibt. Hast du gesehen, wie die sich angeguckt haben? Und dann kommt auch noch so ein junger Schnösel und meint, mit einem bisschen Gehämmere auf dem Computer kann er solide Polizeiarbeit ersetzen. Mich kotzt das an!"

„Knut, überleg dir, was du sagst."

„Ach, halt doch das Maul", erwiderte Jeschke aufgebracht.

Warnecke riss die Tür auf. „Raus, sofort raus!"

Jeschke verließ das Büro, nicht ohne die Tür richtig krachen zu lassen.

Es dauerte einige Zeit, bis Warnecke sich beruhigt hatte. Es war selten, dass er so laut wurde. Aber Jeschke entpuppte sich mehr und mehr als Problem. Warnecke hatte noch nicht oft mit ihm zusammengearbeitet, aber alle in der Polizeiinspektion wussten, dass er ein untadeliger Beamter war. Er war vor allem für seine zugegeben etwas altmodische, aber sehr akribische Arbeit bekannt. Warum jetzt dieses Verhalten? Niemand verlangte von Jeschke, dass er „everybody's darling" war, aber mit seinem Benehmen konnte er das ganze Team sprengen.

Er ließ seinen Ärger noch einen Augenblick sacken. Dann beschloss er, die weiteren Arbeitstage dieser Woche abzuwarten und am Wochenende einen Entschluss zu fassen.

*

Lübbing hatte sich mit Helen am Nikolaiort verabredet. In dem Expressfotoladen dort würde sein Film innerhalb einer Stunde fertig sein, und während der Wartezeit konnte er gegenüber im „Celona" ein wenig mit ihr plaudern. Eigentlich war es mit den Bildern dieses Mal nicht so eilig, aber es war eine alte berufliche Angewohnheit, sie immer schnellstens entwickeln zu lassen. Helen war noch nicht da. Er bestellte einen Eiskaffee und wartete.

Einige Minuten später kam sie. Sie küsste seine Wange zur Begrüßung, setzte sich ihm gegenüber, bestellte, sah ihn prüfend an, sagte kein Wort. Als ihr Getränk kam, nahm sie einen Schluck und wartete weiter. Lübbing tat, als bemerke er nichts. Schließlich wurde es ihr zu bunt.

„Na und?", fragte sie spitz.

„Was, *na und*?", erwiderte Lübbing.

„Wer war denn diese Frau heute Morgen, diese Hufschmied?"

„Hufnagel, Ulla Hufnagel – eine Freundin, was soll die Fragerei?"

Helen antwortete schnippisch: „Warum soll ich nicht fragen, es interessiert mich eben. Was Ernstes?"

„Wieso ernst? Sie war das erste Mal bei mir", wehrte er ab.

„Lübbing. Ich kenne dich schon einige Jahre. Es hat Monate gedauert, bis ich das erste Gespräch für dich entgegennehmen durfte. Und diese Dame erfährt dieses Privileg gleich nach der ersten Nacht. Da ist doch was im Busch." Helen merkte, dass Lübbing sich zurückzog. „Aber lassen wir das, ich will dich nicht nerven." Sie reckte sich, stemmte ihre Hände auf die Oberschenkel. „Machen wir heute was zusammen?"

„Lieber nicht, ich muss mal wieder einen ruhigen Abend für mich allein haben."

Nachdem Lübbing seine Fotos abgeholt hatte, bummelten sie aber noch gemeinsam die Große Straße hinunter. An der Abbiegung zum Jürgensort verabschiedete sich Lübbing.

Helen konnte es dann doch nicht lassen: „Sag mal, wer ist sie denn eigentlich, diese Ulla Hufnagel?"

„Herrgott noch mal!" Jetzt war Lübbing wirklich genervt. „Eine Beamtin aus Warneckes Sonderkommission, wenn du es genau wissen willst!"

Sie schaute ihn mit großen Augen an. Dann sah Lübbing, wie ihre Mundwinkel verdächtig zuckten.

„Was ist denn jetzt schon wieder", fragte er ungehalten.

„Also Lübbing", sie unterbrach sich mit einem kehligen Lachen. „Lieber, nimm es mir nicht übel, aber das passt wie die Faust aufs Auge. Vor Jahren hast du dich ausgerechnet in mich, eine Lesbe, verliebt. Vor zwei Jahren war es diese Psychotherapeutin, die selber einen Hau hatte – und nun eine Polizeibeamtin. Lübbing, das passt genau in deine Kategorie für *was Ernstes*."

Lübbing konnte nicht anders, er musste mitlachen.

Zuhause bereitete er alles für ein paar gemütliche Stunden vor. Er freute sich auf eine gepflegte Portion Alkohol, ein gepflegtes Buch und etwas ungepflegte Musik. Er holte die Flasche Riesling aus dem Kühlschrank, legte eine neue hinein und stellte den Wein auf den kleinen Tisch neben der Couch. Daneben einen kleinen Imbiss, Ciabatta-Brot mit Oliven und italienischen Pecorino-Käse. Welche Musik? Ihm fiel Ullas Wahl von gestern Abend wieder ein. Also Blues. Wenig später klang „Let's work together", der unvergängliche Canned Heat-Klassiker, aus den Boxen.

Das Buch, das er zur Hand nahm, hatte ihm ein Freund zum Geburtstag geschickt. Joseph O'Connor „Die Überfahrt". Der Freund hatte es wohl mit Bedacht ausgewählt. Ein großer Teil der Geschichte spielte in Westirland. Es war faszinierend, und Lübbing las bis in den späten Abend. Danach träumte er. Von Ulla.

Kapitel 11

Lübbing lag, sich wohlig räkelnd, im Bett. Er freute sich auf diesen Tag, vor allem weil er absolut nichts geplant hatte. Die gedämpften Sonnenstrahlen, die durch den Vorhang seines Schlafzimmerfensters drangen, waren ein weiteres gutes Omen. Erst mal ein ausgiebiges Frühstück. Auf seiner Veranda.

Unter der Dusche wurde er so übermütig, dass er spontan beschloss, das Warmwasser ab- und das Kaltwasser ganz aufzudrehen. Sollte ja gesund sein und abhärten. Der Schock auf seiner Haut war zuviel, er schauderte und korrigierte das Ganze schnellstens. „Lübbing, du bist eben doch ein typischer Warmduscher", dachte er ironisch.

Beim Frühstück schaute er sich die am Vortag entwickelten Fotos an. Die vom Campingplatz waren guter Durchschnitt. Ein Wohnwagen war eben nur ein Wohnwagen, nicht mehr. Wenigstens gaben die polizeilichen Absperrbänder etwas her, falls er die Fotos einmal verwenden sollte. Die Bilder von dem stornierten Sonderseitenauftrag für das Hotel im Venner Moor waren dagegen schlichtweg schlecht. Die Innenaufnahmen, mehr als zwei hatte er nicht machen können, zeigten den neuen Frühstücksraum. Einmal lief gerade eine Bedienung durchs Bild und lächelte affektiert und dümmlich, bei dem anderen drohte einer der Gäste mit dem Arm, weil er sich gestört fühlte. Auf den Außenaufnahmen wurde auf der Hälfte der Bilder der Eingangsbereich des Hotels durch einen dunklen Van versperrt. Er wollte die Fotos erst im Papierkorb entsorgen, dann verstaute er sie in einer Seitentasche seines Rucksacks. Vielleicht könnte Bensmann in der Redaktion sie doch noch gebrauchen.

Wie den weiteren Tag angehen? Er dachte zunächst an einen Besuch des „Venezia" im Astoria-Center. Italienisches Essen würde zum sommerlichen Wetter passen. Dann entschied er sich anders. Er war schon lange nicht mehr im Nettetal gewesen. Mit dem Bus in die Dodesheide fahren, das liebliche kleine Tal entlangwandern, die kurze Anhöhe zu den Fragmenten der Wittekindsburg aus der Zeit der Sachsen hinauf. Von dort hatte man einen herrlichen Blick in die beginnende norddeutsche Tiefebene. Anschließend schön im Biergarten von „Knollmeyers Mühle“ sitzen.

„Perfekt“, dachte Lübbing und klopfte sich gedanklich selbst auf die Schulter. Für den Abend plante er noch nichts, vielleicht würde Ulla sich noch melden. Er zügelte diesen Gedanken. „So geht das nicht, Lübbing“, ermahnte er sich, „so geht das wirklich nicht. Hör auf mit ihr zu planen, sie hat es dir doch gesagt.“

Scheiße, sollte Helen wirklich Recht haben mit ihrer „was Ernstes“-Bemerkung?

Das Telefon klingelte. Warnecke war dran. „Lübbing, kannst du kommen?“

Er überlegte, damit war zwar seine herrliche Tagesplanung im Eimer, aber er war nun mal, und schließlich auch auf eigenen Wunsch, in den Fall Habermann eingebunden.

„Was gibt es denn, Kurt?“

„Na ja, ich habe hier ein Problem. Du könntest einen Termin für mich wahrnehmen. Komm aber vorher in der Inspektion vorbei, du brauchst noch Unterlagen.“

Vierzig Minuten später traf Lübbing am Kollegienwall ein. Warnecke bedankte sich für seine prompte Einsatzbereitschaft. „Jeschke“, er holte tief Luft, „dreht mal wieder ab. Ich hatte gestern eine Auseinandersetzung mit ihm, und natürlich hat er sich krank gemeldet. Ich bin allmählich so weit, ihn aus dem Team zu werfen.“

„Mal ganz ehrlich, Kurt, warum hast du ihn überhaupt dazugeholt?“

„Ich habe selten mit ihm zusammengearbeitet, aber bisher hat immer alles gestimmt. Und auch in seiner Personalakte steht nur Gutes. Man hat mir zwar auch gesteckt, dass er etwas schwierig sein könnte. Aber er ist ein guter Polizist der alten Schule. Eine akribische Spürnase – die fehlte mir im Team noch.“

Lübbing schlug ein anderes Thema an. So wie er Jeschke bisher erlebt hatte, wollte er sich gar nicht weiter mit diesem Menschen befassen. „Was soll ich tun?“

„Jeschke hatte heute Morgen einen Termin wegen dieser Sohlenprofile, die wir gefunden haben. Eine Großhandlung Schulz im

Fledder. Der Chef dort scheint ein wandelndes Schuhlexikon zu sein, jedenfalls hat man das Jeschke gesagt. Könntest du den Termin wahrnehmen?"

„Hör mal, ich gehöre doch offiziell nicht einmal zum Team."

„Das ist auch keine hochoffizielle Befragung, nur ein kleines Aktualisieren unseres Informationsstandes. Und die Unterlagen, die du mitbekommst, sind lediglich die von uns gefundenen Profilabdrücke der Schuhe, also nichts gravierend Internes. Das kann ich nach oben vertreten." Er ging zu seinem Schreibtisch, griff nach einer Klarsichthülle und gab sie Lübbing. „Hier sind die Aufnahmen von den Profilen. Mach dich auf den Weg. Ich werde dich telefonisch bei diesem Herrn Schulz noch einmal avisieren – und danke, Lübbing."

Auf dem Flur kam ihm Ulla Hufnagel entgegen. Sie wollte sich mit einem kurzen „Hallo" an ihm vorbeidrücken. Lübbing hielt sie auf: „Ulla, einen Moment."

„Was ist?"

„Na ja, ich dachte ... Also ich meine, hast du Lust heute Abend etwas mit mir zu unternehmen?"

„Nein", antwortete sie kurz angebunden, drehte sich um und ging weiter.

Lübbing blieb verwirrt und ratlos stehen.

Bevor sie in einem Büro verschwand, schaute sie ihn noch einmal an. „Lübbing, ich habe doch gesagt: alles ohne irgendwelche Verpflichtungen." Dann schloss sie die Tür hinter sich.

Lübbing blieb verstört zurück.

*

Auf der Busfahrt in den Fledder versuchte er, die Gedanken an das soeben Erlebte zu verdrängen, was ihm nur schwer gelang. Er war geradezu froh, als er vor dem Gebäude der Großhandlung stand, nun konnte er sich auf etwas anderes konzentrieren.

Er meldete sich bei der Empfangsdame als Besuch für Herrn Schulz an. Sie telefonierte und eine Minute später stand ein Mann um die fünfzig vor Lübbing, der ihn irritiert aber durchaus freundlich fragte: „Herr Lübbing, Sie hatten einen Termin mit mir. Wann wurde der denn vereinbart?"

„Heute Morgen, mein Kollege hat mit Ihnen gesprochen." Lübbing fand den Gedanken einfach zu reizvoll, sich zu einem offiziellen Mitarbeiter der Polizei zu machen.

Der Mann schaute zweifelnd, dann schlug er sich mit der flachen Hand vor die Stirn: „Heute Morgen. Dann muss Ihr Kollege mit meinem Vater gesprochen haben. Kommen Sie." Im Gehen sprach der Mann schmunzelnd weiter: „Wissen Sie, mein Vater ist schon seit Jahren aus der Firma ausgeschieden, schaut aber immer mal wieder rein, so wie heute. Dann nimmt er automatisch jeden Telefonhörer, der klingelt, in die Hand und ist wieder der Chef. Er ist eben ein richtig alter Patriarch." Der Mann blickte Lübbing kurz an: „Aber ein äußerst netter, möchte ich betonen. Allerdings etwas skurril, Sie werden ihn gleich erleben."

Sie gingen quer durch ein computergesteuertes Hochregallager. Maschinen, ähnlich großen Einkaufswagen, flitzten auf verschiedenen Ebenen an den Regalen entlang. Nur hin und wieder sah man einen Lagerarbeiter oder einen Staplerfahrer. Hier mussten Tausende von Schuhen lagern.

Schulze junior bemerkte Lübbings Blicke. Seine Hand beschrieb einen Bogen: „100.000 Paar! Im Augenblick ist es etwas hektisch, wir stellen schon um auf die Herbst- und Winterkollektion."

Als sie die große Halle durchquert hatten, kamen sie auf die Verladerampe. Im Gegensatz zum Lager wimmelte es hier wie in einem Ameisenhaufen. Mehr als ein Dutzend Lastkraftwagen wurden beladen.

Am rechten Ende der Rampe bot sich Lübbing ein seltsames Bild. Ein Tisch und zwei Stühle aus Rattan, überspannt von einem Sonnenschirm. Auf einem der Stühle saß ein Mann in einem hellen, leichten Leinenanzug mit Pepitahut, die Beine locker übereinander geschlagen. In der linken Hand hielt er eine Untertasse, in der rechten eine kleine Tasse. Mit abgespreiztem kleinem Finger trank er offensichtlich genussvoll einen Espresso.

Schulz junior sprach ihn an: „Vater, das ist Herr Lübbing von der Polizeiinspektion. Ihr habt einen Termin."

Ohne seinen Sohn weiter zu beachten, musterte der Senior Lübbing. Nach einer Weile bot er ihm mit einer Handbewegung den freien Stuhl an. Schulz junior verschwand.

„Möchten Sie auch einen Espresso?"

Lübbing nickte.

Der alte Grandseigneur, Lübbing fiel automatisch dieser Ausdruck ein, nahm eine kleine Tischglocke zur Hand und klingelte. Fast augenblicklich stand ein Mann im Blaumann mit mehreren Listen in der Hand vor ihnen. „Rüttger, seien Sie doch bitte so freundlich und ordern einen Espresso aus der Kantine." Der Mann ging zu einem an der Wand angebrachten Telefon.

„Unser Umschlagleiter", erklärte Schulz senior. „Guter Mann." Er langte in seine rechte Jacketttasche, holte ein Zigarettenetui heraus und bot den Inhalt Lübbing an. „Rauchen Sie?" Lübbing schüttelte den Kopf. Der Mann nahm sich selbst eine Zigarette, steckte sie in eine kunstvolle Spitze, zündete sie mit einem ebenso feinen Feuerzeug an und sog genüsslich den Rauch in die Lungen. „Ich finde, Tabak und Espresso beleben den Geist", sagte er sinnierend und blickte Lübbing an. „Und was kann ich nun für Sie tun?"

Lübbing erklärte sein Anliegen und reichte ihm die Kopien mit dem Profilmuster.

Schulze senior war ein aufmerksamer Zuhörer und ein scharfer Beobachter. Schon nach einer kurzen Weile erklärte er: „Auf jeden Fall Shelly Rangers. Eindeutig deren Basisprofil zu erkennen."

„Was habe ich unter *Shelly Rangers* zu verstehen?"

„Englische Militärstiefel aus bestem Oberleder. Mit Stahlkappe und geschraubter Profilsohle. Die Sohle hat immer das gleiche Basisprofil, das aber bei den unterschiedlichen Modellen variiert wird."

„Das heißt, man kann an diesen Variationen im Profil genau bestimmen, um welche Produktionsreihe es sich handelt?"

„Sicher, manchmal sogar noch mehr. Oft wurden diese Profile auf Wunsch des Kunden einmalig für eine Partie hergestellt. Zum Beispiel für die englische Armee. Und Watson & Sons produzieren viel für die Streitkräfte."

„Können Sie mir die Adresse dieser Firma geben?“

„Sicher, aber ich kann das auch gleich für Sie klären, kenne den alten Watson ganz gut.“

Lübbing nickte dankbar: „Das wäre wirklich ideal.“

Schulz senior winkte wieder dem Umschlagleiter: „Rüttger, legen Sie das aufs Fax und senden Sie es bitte zu Watson & Sons in Luton, aber zu Händen Watson senior. Und dann bringen Sie mir eines von diesen Handys.“

Bevor Rüttger sich wieder seinen eigentlichen Aufgaben zuwenden konnte, diktierte der Seniorchef ihm aus dem Gedächtnis eine Nummer und ließ den Umschlagleiter wählen. Zu Lübbing gewandt, erklärte er leichthin: „Komme mit diesen modernen Dingern nicht klar, und ehrlich gesagt, ich will es auch gar nicht.“

Rüttger hielt ihm den Apparat hin und Schulz senior sprach einige Minuten auf Englisch sehr angeregt mit Watson senior. Lübbing stellte sich einen Moment lang amüsiert vor, dass der Brite in Luton auch unter einem Sonnenschirm auf einer Verladerampe sitzen würde.

Schulz senior gab Rüttger das Handy zurück. „Watson schickt in einer halben Stunde ein Fax.“

Lübbing richtete sich schon auf den üblichen Smalltalk ein. Aber Schulz senior überraschte ihn erneut. Er deutete auf das Gewimmel um sie herum: „Ziemlich stupide, oder nicht? Die könnten auch Betonklötze verladen.“

Lübbing antwortete nicht, er wusste, da kam noch etwas hinterher.

„Aber es sind eben Schuhe, und mit Schuhen bin ich groß geworden. Hier zu sitzen, ist mir lieber, als auf irgendeinem Golfplatz mit anderen Pensionären über Aktienkurse und Rentenfonds zu diskutieren. Die Angestellten mögen mich, nehmen mir meine Marotten nicht übel und lesen mir jeden Wunsch von den Augen ab, und mein Sohn akzeptiert es, weil er glaubt, seine Leute würden durch meinen Anblick disziplinierter arbeiten. – Aber er ist schon ein guter Junge, hat den Laden im Griff.“

Pause. Lübbing schwieg weiter. Er hatte nicht das Gefühl, dass Schulz senior eine Antwort erwartete.

„Mein Großvater, natürlich Schuhmachermeister, ist noch mit seinen Produkten im Handkarren durch Stadt und Land gezogen, später dann an der Iburger Straße sesshaft geworden. Damals war das Herstellen von Schuhen noch echte Handwerkskunst." Er hob das rechte Bein: „Hier, dieses Paar, mein Meisterstück, trage ich seit über 60 Jahren. Mussten nur ein paar Mal angepasst werden, weil meine Füße sich verändert haben."

Lübbing betrachtete den Schuh. Das dunkelrote Leder glänzte noch wie am ersten Tag. Die Sohle war am Schuhboden wahrscheinlich sorgfältig handvernäht worden. Selbst als Laie konnte man die hochwertige Handwerksarbeit erkennen.

Der alte Mann fuhr fort: „Der sogenannte moderne Mensch weiß die Bedeutung von Schuhen nicht mehr zu würdigen. Glauben Sie, Marco Polo wäre ohne gute Schuhe bis nach China gekommen, oder Hannibal über die Alpen? Ich habe mich beim Tango in meine Frau verliebt - wegen ihrer Schuhe. Sie konnte darin leicht wie eine Feder tanzen, aber sich auch erotisch und fordernd bewegen."

Schulz senior schaute in die Ferne. Er war jetzt für kurze Zeit in einer anderen Epoche. Dann schüttelt er den Kopf, als erwache er: „Aber ich will Sie nicht langweilen. Heute ist es leider so, dass Schuhe größtenteils Ramschware aus asiatischen Fabriken sind, die mehr an Räuberhöhlen erinnern. Und wahrscheinlich profitieren Unternehmen wie unseres dabei auch noch von Kinderarbeit. Möchten Sie noch einen Espresso?"

Im Gespräch mit Schulz senior verging die Zeit des Wartens sehr schnell. Er verstand es, ein lockeres, leichtes Gespräch mit Niveau und ohne Langeweile zu führen. Irgendwie erinnerte er ihn an Dr. Habermann. Seine Antworten waren überlegt und machten Sinn, jede Ansicht wurde fundiert erklärt. Lübbing genoss es.

Nach einer guten halben Stunde kam die Antwort aus England. Schulz senior las sie mit Bedacht und meinte: „Typisch Watson, der arbeitet immer nach dem Motto, wenn schon, denn schon."

Er überreichte die Blätter Lübbing, der kurz auf die eng bedruckten Seiten mit englischem Text schaute. Wirklich ausführlich. Lübbing verabschiedete sich dankbar. Wenn Schulz senior ihn zu einem erneuten Besuch eingeladen hätte, hätte er sofort zugesagt.

Im Bus überkamen ihn wieder die Gedanken an Ullas Verhalten. Sie hatte ihn mit der rauen Abfuhr wirklich verletzt. Er hatte absolut keine Lust, heute noch einmal in die Polizeidirektion zu fahren. Kurz entschlossen nahm er sein Handy und rief Warnecke an: „Ich habe einige interessante Neuigkeiten, kann aber erst morgen wieder reinkommen."

„Ist in Ordnung, die anderen sitzen auch noch bei ihren Berichten."

Er vertiefte sich noch im Bus in die Unterlagen aus Luton. Watson senior hatte in der kurzen Zeit einiges herausgefunden, und seine Firma musste ein gutes Archiv haben. Lübbing sah aus dem Text, dass die Vorgänge mehr als ein Jahrzehnt zurücklagen. Er beschloss, das gesamte Material noch heute Abend zu übersetzen. Aber zuerst würde er Helen anrufen, er brauchte ein wenig emotionale Aufrüstung. Die seelische Wunde schmerzte sehr.

Kapitel 12

Lübbing war am nächsten Morgen pünktlich in der Direktion. Auch alle anderen erschienen rechtzeitig. Er suchte den Blick von Ulla, die ihm aber auswich. Nichts zu machen.

Warnecke grüßte recht kurz angebunden und erklärte dann: „Der Kollege Jeschke ist auch heute noch krank geschrieben."

Allgemeines Schweigen, jeder enthielt sich eines Kommentars. Schröder blickte an die Decke, Kerkhoff auf den Bildschirm vor ihm, Ulla Hufnagel auf den Boden. Nur Lübbing sah Warnecke an, der nun fortfuhr:„Also ziehen wir ein Resümee. Schröder und Ulla beginnen."

Schröder nickte Ulla zu.

„Zum Thema Thorwesten. Schröder und ich sind uns einig, dass er mit der Sache nichts zu tun hat. Die Persönlichkeit und sein bisheriges Leben sprechen absolut dagegen. Er war Berufssoldat, ebenfalls schon in Delmenhorst, und hatte mit Ende zwanzig einen Dienstunfall. Musste den Dienst als Fahrlehrer beenden und wurde Unteroffizier auf einer Waffenkammer. Der Unfall und die anschließende ungerechte Versetzung heraus aus dem aktiven Dienst, so hat er es wohl interpretiert, haben seine Persönlichkeit wahrscheinlich verändert. Er kompensierte seine entstandenen Minderwertigkeitskomplexe, indem er anfing, sein Umfeld zu drangsalieren. Klagte gegen die Bundeswehr auf Schadensersatz, aber der Unfall war nach Ansicht der Richter eindeutig selbst verschuldet. Dann gab es da noch ein Disziplinarverfahren, weil er Untergebene nicht korrekt behandelt hatte. Hätte mit seiner unehrenhaften Entlassung enden können. Ein wohlwollender Vorgesetzter sorgte dann dafür, dass er *auf eigenen Wunsch* ausschied und eine Anstellung als Zivilbeamter bei der Kreiswehrverwaltung erhielt. Ist im Büro als Hundertfünfzigprozentiger verschrien, geht dort aber allen Schwierigkeiten aus dem Weg. Seine Macken bekommen jetzt seine Familie und seine Nachbarn zu spüren. Unzählige Prozesse wegen Ruhestörung, nicht korrekt geschnittener Zweige, die auf sein Grundstück ragen, ständige Anzeigen wegen falsch geparkter Autos und Ähnlichem."

Sie verdrehte kurz die Augen. „Bei den Kollegen des zuständigen Reviers in Delmenhorst ruft allein schon die Nennung seines Namens Grausen hervor. Kein Kontakt mehr zu seinen Eltern und Geschwistern, es gab da mal einen langwierigen Prozess wegen eines Erbschaftsvertrages. Also kurz gesagt, ein verbitterter Choleriker, der sich jetzt darauf beschränkt, seine Familie und seine Nachbarn zu tyrannisieren, was leider keine Straftat ist. Wenn er überhaupt zu einem Mord fähig wäre, dann höchstens im Affekt und nicht so kaltblütig geplant wie in unserem Fall. Außerdem ist kaum vorstellbar, dass er bei seinem fiesen Charakter irgendwelche Mittäter finden würde." Ulla machte eine Pause. „Das war es."

Schröder nickte bekräftigend.

„Ich bin derselben Meinung", stimmte Warnecke zu. „Thorwesten fällt als Tatverdächtiger wohl aus. Im Übrigen ist sein Alibi lupenrein, das haben wir überprüft. Aber was ist mit dem anderen? Diesem Carboni."

Schröder räusperte sich: „Da wird es schon interessanter." Er schlug einen Aktendeckel auf. „Die Kollegen aus Bochum haben eine Menge Material geschickt. Ich habe dann noch mit einem Kommissar Matuschek gesprochen. Der meinte, wenn wir alles über Carboni haben wollen, sollten wir einen Mannschaftswagen zum Abholen schicken."

Schröder beschränkte sich nun wieder dienstlich korrekt darauf, aus der Akte vorzulesen. Für ihn war dieser Ausflug in die freie Rede geradezu ein Abenteuer gewesen. Wäre der zynische Jeschke anwesend gewesen, hätte er es wahrscheinlich nicht gewagt.

„Luigi Carboni, geboren am 19.04.1929, italienischer Abstammung. Lebt seit 1955 in Bochum, seit 1962 deutscher Staatsbürger. Mit einer Deutschen verheiratet, ein Sohn. Für die Kollegen ist er jahrzehntelang eine große Nummer in der Unterwelt gewesen. Offiziell war er immer Chef einer sehr erfolgreichen Import/Export-Firma. Groß dran gekriegt haben sie ihn nie. Eine Geldstrafe wegen Verstoßes gegen Einfuhrbestimmungen, eine Bewährungsstrafe wegen Steuerhinterziehung. Da hat der Steuerberater den größten Teil der Schuld auf sich genommen. Beide Strafen aus den siebziger Jahren. Hat sich vor ungefähr zehn Jahren aus dem Unternehmen zurückgezogen. Es wird jetzt von seinem Sohn Valentino geleitet."

Schröder schloss die Akte. „Ach ja, der Kollege aus Bochum meinte, Luigi Carboni habe die Firma wirklich übergeben, nicht bloß zum Schein. Er würde sich nur noch für sein geschichtliches Hobby interessieren und oft mit seiner Frau Reisen unternehmen."

„Das entspricht auch dem Bild, das der Platzwart von ihm abgegeben hat", warf Lübbing ein.

„Gut", meinte Warnecke, „aber im Augenblick ist er der beste Verdächtige, den wir haben, falls es nicht doch irgendwelche Verrückten waren. Er hatte einen Riesenstreit mit Habermann, er war ein Gangsterboss und er hat sicherlich immer noch Kontakte, um die richtigen Leute für eine solche Tat zu finden. Lübbing, was hat der Platzwart noch gesagt, wann ist wieder mit ihm in Schwagstorf auf dem Campingplatz zu rechnen?"

„Wahrscheinlich ab diesem Wochenende."

„Dann werden wir Herrn Carboni am Montag mal besuchen." Warnecke wandte sich an Kerkhoff: „Und wie geht es bei dir voran?"

„Mühsam. Ich sagte ja schon, es gibt Unmengen von Material im Internet. Ich habe die römischen und germanischen Vereine rausgefiltert, die schon mal in Kalkriese aktiv waren. Das sind 42. Habe dann mit dem Abtelefonieren der Römer angefangen und bisher acht Vereinsvorsitzende erreicht. Meine beiden Fragen waren immer die gleichen: Erstens, hat es in letzter Zeit größere Streitereien mit anderen Vereinen oder Campern gegeben? Zweitens, vermissen Clubmitglieder Gegenstände ihrer Ausrüstung, speziell Waffen? Resultat null."

Warnecke sagte nur: „Mach weiter damit."

„Allerdings", meinte Kerkhoff noch, „da ist eine Sache, die wir berücksichtigen sollten. Einer der Männer am Telefon ließ durchblicken, dass manche Waffen offiziell gar nicht existieren, vor allem hochwertige, die oft in speziellen Schmieden in Italien oder Frankreich hergestellt werden und bis zu mehreren tausend Euro wert sind. Entsprechend teuer war früher die Einfuhr. Da wurde dann schon mal geschmuggelt, und der Besitzer einer solchen Waffe würde einen Diebstahl niemals melden."

„Scheiße", entfuhr es Warnecke, „schöne Aussichten."

Er blickte noch einmal Schröder an: „Was haben die Techniker zu dem Ding gesagt, das Lübbing vom Campingplatz mitgebracht hat?"

Schröder ging zu seinem Schreibtisch, holte den Apparat und einen Aktendeckel daraus hervor. Er schlug ihn auf und räusperte sich, dann nahm er den Apparat zur Hand: „Also, der sieht einer Bohrmaschine ja nun sehr ähnlich, allerdings mit diesem seltsamen Aufsatz zusätzlich. Wie man sieht, ist dieser hohl und vorne offen, das ist wie eine Konservendose. Am hinteren Ende ist ein starker Metallboden eingesetzt. Der kann durch zwei Batterien und einen Schalter im Handgriff des Apparates magnetisiert werden."

„Und wozu dient das Ganze?", fragte Peter Kerkhoff.

„Das haben sich die Techniker auch gefragt. Niemand verstand den Sinn dieser Konstruktion. Ich hatte dann eine Idee und bin zum Einbruchsdezernat. Die wussten schon mehr damit anzufangen. Also es funktioniert folgendermaßen: Man setzt dieses Gerät, für das es wahrscheinlich Aufsätze in unterschiedlichen Größen gibt - wie man hier sieht, ist der austauschbar - auf ein Schloss und aktiviert den Magneten. Er ist ziemlich stark und das Schloss wird aus seiner Halterung gerissen, praktisch richtig rausgesaugt. Das gelingt allerdings nur bei ganz einfachen Schlössern, aber für das normale Schloss z. B. eines Vorratsraumes oder eines Campingwagens reicht es immer. Schnell, effektiv und ziemlich geräuschlos, meinte der Kollege vom Einbruchsdezernat. Wird gern von Einbrechern benutzt, die sich auf Privatwohnungen oder eben Campingwagen spezialisiert haben."

Alle hatten den Erklärungen von Schröder aufmerksam zugehört.

„Danke", sagte Warnecke. Und: „Gute Idee, die Kollegen vom Einbruch zu fragen." Schröder wurde rot, wie ein schüchterner Pennäler, der vor der ganzen Klasse gelobt wird.

Warnecke sprach Lübbing an: „Was hat dein Besuch in der Großhandlung gebracht?"

„Na ja, zunächst mal habe ich gelernt, wie man auf charmante Weise das Alter genießt."

„Was?", fragte Warnecke entgeistert.

„Ja, wirklich, aber ich erkläre dir das später", meinte Lübbing schmunzelnd. „Also", fuhr er fort, „die Stiefel gehören zu einer Marke, die Shelly Rangers heißt. Produktionsort im englischen Luton, Kampfstiefel. Zu erkennen an immer dem gleichen Basisprofil, das aber oft nach den Wünschen des Kunden variiert wird. Glücklicherweise hat der Seniorchef der Großhandlung nach wie vor gute Kontakte zu dieser englischen Firma. Und glücklicherweise hat diese Firma ein sehr gutes Archiv." Lübbing machte es spannend: „Also die Schuhe sind sozusagen identifiziert."

„Weiter", drängte Warnecke.

„Diese Profile gehören zu einer Partie, die von der britischen Armee bestellt wurde. Zu einer Zeit, als sich bereits der Krieg zwischen Großbritannien und Argentinien um die Falklands abzeichnete. Für den sumpfigen, oft leicht überfrorenen Boden der Inseln sollte das optimale Profil produziert werden. Dann ging der Krieg früher los und war schnell vorbei – und die Firma Watson & Sons blieb auf den Stiefeln sitzen, da das Beschaffungsamt der Armee sie nicht mehr wollte und lediglich eine kleine Entschädigung zahlte. Die gesamte Partie wurde eingelagert. 1993, während des Jugoslawienkonfliktes wurden 300 Paar aus der Partie zu einem geringen Preis an den Kommandanten eines Ortes namens Vukovar verkauft. Die anderen Schuhe wurden ein Jahr später recycelt."

„Was war das eben?", Schröder, sein sonstiges zurückhaltendes Wesen vergessend, unterbrach Lübbing aufgeregt. „Sagten Sie nach Jugoslawien verkauft?"

„Ja", antwortete Lübbing verblüfft, „nach Jugoslawien."

Schröder vibrierte förmlich: „Die Kollegen vom Einbruchsdezernat haben mir erklärt, das habe ich vorhin nicht erwähnt, dass dieses Werkzeug da“, er deutete auf den Apparat, „bisher immer nur bei Albanern oder Banden aus dem Kosovo aufgetaucht ist. Also Südosteuropäern!“

Schröders Worte wirkten. Einige Sekunden lang herrschte völlige Ruhe im Raum. Dann ließ Warnecke ein zischendes „Verdammt“ hören.

„Hat das denn wirklich eine Bedeutung?“, fragte Ulla Hufnagel schließlich.

„Ich weiß es nicht. Kann sein, kann nicht sein.“ Warnecke klang verbittert. „Ich weiß allmählich überhaupt nichts mehr. Ein ermordetes Lehrerehepaar, römische Waffen, die eventuell aus Italien oder Frankreich stammen, ein Mafioso, englische Kampfstiefel, die nach Jugoslawien geschickt werden, ausländische Einbruchsbanden. Wer soll denn da noch durchblicken?“

Der Ausbruch hatte ihm gut getan. Er dachte kurz nach: „Kerkhoff, ich muss dich bitten, deine Telefonate noch einmal von vorn zu beginnen. Klopf diese Vereine daraufhin ab, ob sie Mitglieder aus Italien oder Osteuropa haben. Wenn dann Namen vorliegen, werden diese Personen durchleuchtet. Ulla und Schröder helfen dir dabei. Damit ist in den nächsten Tagen genug zu tun.“

„Kurt, ich würde mich bis Montag ganz gerne absetzen“, brachte Lübbing ein. „Brauch mal ein wenig Ruhe.“ Er merkte, dass Ulla ihn ansah, reagierte darauf aber nicht.

„Ist schon in Ordnung, wenn wirklich was sein sollte, melde ich mich über das Handy“

Lübbing verließ den Raum. Er wusste, Ulla schaute ihn nach wie vor an. Warnecke ging mit ihm zusammen hinaus, er musste Dr. Laurenz Bericht erstatten. Draußen fragte er Lübbing: „Was hast du denn vor?“

„Nur ein paar Tage raus.“

„Sieh zu, dass du Ulla Hufnagel aus deinem Kopf kriegst.“

„Was soll ich?“, entgegnete Lübbing leicht empört.

„Du hast mich schon verstanden“, sagte Warnecke und klopfte an die Tür zu Dr. Laurenz’ Büro.

Auf dem Heimweg überlegte Lübbing. Wenn Warnecke es bemerkt hatte, wussten dann auch die anderen Beamten Bescheid?

Benahm er sich schon so seltsam oder hatte Ulla etwas erzählt? Aber wieso sollte sie über eine Sache sprechen, die für sie schon wieder erledigt war? Nein, es musste eindeutig an seinem Verhalten liegen.

Erst mal egal, er hatte ein paar hoffentlich erholsame Tage mit Helen vor sich. Während ihres Telefongespräches gestern Abend hatte sie ihm erzählt, sie wolle für ein paar Tage zu ihrem Bruder fahren, der in einer idyllischen Ecke des Osnabrücker Umlandes wohnte, und hatte Lübbing eingeladen, sie zu begleiten. Lübbing kannte und mochte Volker. Er nahm Helens Einladung sofort an.

Kapitel 13

Der Mörder bekam den Anruf am Dienstag. An der Stimme erkannte er den Mann, mit dem er diesen Jungen beseitigt hatte. Er wirkte äußerst ungehalten: „Ihr habt Mist gebaut!"

Der Mörder verstand nicht: „Wieso Mist? Dass die Frau anwesend war, konnten wir nicht wissen. Uns blieb gar keine andere Wahl, als sie auch zu töten. Und jetzt wollen wir unser Geld. Es ist nichts deponiert worden."

„Die Frau ist nicht weiter interessant. Aber ihr habt den falschen Mann umgebracht. Absoluten Mist gebaut!"

Der Mörder war einen Moment sprachlos. Dann: „Wir haben uns genau an die Anweisungen gehalten. Sind exakt nach den Instruktionen vorgegangen", protestierte er.

Die Stimme aus Deutschland ließ sich auf nichts ein. „Jedenfalls lebt die Zielperson noch und solange das der Fall ist, gibt es auch kein Geld! Erledigt erst euren Auftrag."

Der Mörder überlegte: „Okay, wenn ich zuverlässige Informationen bekomme. Damit nicht wieder etwas schief geht. Und wenn ihr die Spesen bezahlt. Wie soll es also weitergehen?" Er nahm seine Instruktionen entgegen und verlangte zum Schluss: „Dann will ich das Geld aber sofort mitnehmen." Er würde sonst Ärger mit seinen Männern bekommen.

„Mach deinen Job, dann bekommst du dein Geld."

Der Mörder drückte die Gabel des Telefons nieder und wählte gleich eine neue Nummer. Er erkundigte sich telefonisch nach den Zugverbindungen, hatte nach einigen Minuten alles zusammen und erklärte seiner Frau dann, dass er wieder für ein paar Tage fort sein werde.

Sie akzeptierte seine Worte schweigend, lediglich ihre Augen schauten ihn vorwurfsvoll und ein wenig traurig an. Worte würden sowieso nichts ändern. Sie hatte schon Hunderte dieser kurzfristigen Aufbrüche ihres Mannes erlebt. Als junges Mädchen, noch keine zwanzig, hatte sie ihn kennen gelernt. Damals arbeitete er für den STB, den tschechischen Geheimdienst. Unzählige

Tage und Nächte hatte sie auf ihn gewartet, wenn er mal wieder seinen obskuren Aufgaben nachging. Einwände halfen ohnehin nicht. Der STB, damals ein Vasall des sowjetischen KGB, musste oft die Drecksarbeit für den „großen Bruder" übernehmen. Und ihr Mann war ein Ass in der Abteilung für „nasse Angelegenheiten", aber das wusste sie nicht. Erst nach dem Zusammenfall des sowjetischen Imperiums hatten sie gewagt, eine Familie zu gründen, in der Überzeugung, es würden ruhigere Zeiten kommen. Die beiden Jungen war nun zwölf und zehn Jahre alt. Aber an der Arbeit ihres Mannes hatte sich nicht viel geändert.

Sie seufzte. Es würde sich wahrscheinlich nie etwas ändern. „Dann gehst du mit den Jungen aber morgen noch einmal schwimmen", forderte sie resolut.

„Auf jeden Fall, Liebes", antwortete der Mörder zärtlich.

*

Am Freitagmorgen saß er im Zug, der pünktlich vom Prager Bahnhof Holovice abfuhr. Er hatte sich die früheste Verbindung ausgesucht, außerdem war es eine, bei der er nur einmal, im Berliner Ostbahnhof, umsteigen musste. Sein Gepäck enthielt die Sachen, die ein Tourist, der gerne in der Natur wandert, üblicherweise mit sich führt. Im großen Reisekoffer lagen stabile Stiefel, ein Rucksack, Wanderkarten, eine Wasserflasche aus Aluminium. Der Inhalt des Expresspaketes, das sein Auftraggeber ihm geschickt hatte, war von seiner Frau hübsch als Geschenk verpackt worden. Es war zwar riskant, es mit sich zu führen, aber unumgänglich. Das Hotel in Deutschland hatte er noch von seinem Heimatort aus gebucht. Die Fahrkarten für die Rückreise steckten ebenfalls in seiner Brieftasche. Alles sah nach einem Naturfreund aus, der ein paar Tage ausspannen wollte.

Er entspannte sich während der Fahrt und blickte sinnierend auf die vorbeifliegende Landschaft. Mit einer Kontrolle rechnete er nicht. Gerade deshalb bevorzugte er auf dem Weg zu seinen Einsätzen immer die Bahn. Im Normalfall wollte nur ein gemütlicher Schaffner die Fahrkarten sehen. Mit dem Auto zu fahren, bedeutete seiner Meinung nach ein größeres Risiko. Man konnte in eine Verkehrskontrolle geraten, in einen Unfall verwickelt werden oder sogar Opfer eines Autodiebstahls werden! Er wusste die relative Sicherheit in öffentlichen Verkehrsmitteln sehr wohl zu schätzen.

Seine Gedanken wanderten zu seiner Frau, zur letzten Nacht voller Liebe und Zärtlichkeit. Er begehrte sie immer noch, auch nach all den vielen Ehejahren. Und das wollte er so lange wie möglich genießen. Er würde seinen Beruf aufgeben, bald schon. Schließlich war er auch schon über fünfzig, wenn auch fit und durchtrainiert. Es machte ihn immer stolz, wenn man ihn für genauso alt wie seine Frau hielt, die vierzehn Jahre jünger war. Nur ein paar Aufträge noch, dann könnten sie gemeinsam mit seinem verdienten Geld einen ruhigen Lebensabend genießen.

„Und auf der Bezahlung des ersten und des neuen Auftrages werde ich bestehen, zur Not bei meinen Geschäftspartnern Druck machen", dachte er. Er stand bei seinen Männern im Wort. Noch murrten sie nicht, weil sie ihm aus jahrelanger Erfahrung vertrauten. Und dieses Vertrauen wollte er nicht aufs Spiel setzen.

Etwas raschelte in der Innentasche seiner Jacke. Er griff hinein und hielt den Ausschnitt der Straßenkarte in der Hand, die der Mann bei der Übergabe des Peugeots verloren hatte. Er hatte den Zettel total vergessen, nun betrachtete er ihn interessiert. Das Gelände war ihm bekannt, es lag nicht weit vom Schauplatz der beiden Morde. Fast genau in der Mitte der Karte war eine Stelle mit einem dicken Kreuz markiert. Er beschloss, sich diesen Platz bei Gelegenheit anzusehen. Zufall konnte es kaum sein, dass sein Geschäftspartner ausgerechnet eine Skizze von der Gegend mit sich trug, in der auch der Tatort des Auftragsmordes lag.

Die Tür seines Nichtraucherabteils öffnete sich, und ein Mann betrat den Raum, der an seiner Soutane unschwer als Pfarrer zu erkennen war. Er grüßte freundlich, und der Mörder erhob sich höflich, deutete eine Verbeugung an. Er freute sich über den „geistlichen Beistand". Was konnte ihm Besseres passieren, als zusammen mit einem Geistlichen im Abteil zu reisen. Kontrolleure würden gewiss an ihnen vorbeigehen.

*

Seine Rechnung ging auf. Unbehelligt kam er kurz vor vier Uhr nachmittags in Osnabrück an, nahm den Weser-Ems-Bus in Richtung Bad Essen und stand eine halbe Stunde später vor dem Eingang des Hotels „Leckermühle". Hier, direkt am Mittellandkanal, kreuzten sich die Osnabrücker (B 51), die Mindener (B 65) und die Lingener Straße (B 218). Außerdem war die Haltestelle für mehrere Buslinien direkt vor der Haustür. Für seine Pläne ideal.

Die freundliche Dame an der Rezeption zeigte ihm den Weg zu seinem Zimmer. Nach einer ausgiebigen Dusche setzte er sich, nur mit einem Handtuch bekleidet, auf das Bett und griff zum Telefon, das auf dem Nachtschränkchen stand. Es war Zeit, sich bei seinem Auftraggeber zu melden.

Nach einigen Ruftönen wurde am anderen Ende abgenommen.

„Ja."

„Ich bin eingetroffen."

„Gut, gab es irgendwelche Probleme?"

„Nein, aber wie ist es mit der Geldübergabe, nachdem ich alles erledigt habe?"

Die Stimme am anderen Ende schwieg einen Moment: „Ich frag den Chef."

„Sag ihm, dass ich es unbedingt sofort mitnehmen will."

„Ich sagte doch, ich kläre das." Sein Gesprächspartner wurde ungehalten.

„Gut, was ist mit der Zielperson?"

„Trifft am Wochenende ein."

„Ich werde mich dann am Montag wieder melden. Und denkt an das Geld", der Mörder wollte auflegen.

„Halt, Moment noch!", kam es aus dem Hörer.

„Was ist?"

„Im Laufe der Ermittlungen ist schon der Name Carboni gefallen. Das solltest du wissen."

„Das macht mir keine Angst."

„Sei trotzdem vorsichtig", ermahnte ihn die Stimme.

Der Mörder legte auf und verzog spöttisch das Gesicht. Vorsichtig! Er war seit dreißig Jahren vorsichtig. Vorsicht war seine Lebensversicherung.

Man war also schon auf Carboni aufmerksam geworden, aber seine Planungen tangierte das nicht. Er würde in Ruhe und zum vereinbarten Termin seinen Auftrag ausführen. Zufrieden zog er sich für das Abendessen an und ging in die Gasträume im Erdgeschoss. Nach einer ausgezeichneten Mahlzeit in bester Stimmung nahm er einige Prospekte zur Hand, die auf die Sehenswürdigkeiten der Region hinwiesen. Er hatte noch zwei Tage Zeit, und er musste den Touristen spielen. Er beschloss, am morgigen Samstag ins benachbarte Bad Essen zu fahren und am Sonntag zum Museumspark Kalkriese.

„Kalkriese - der Täter kehrt immer zum Tatort zurück", dachte er. Bei dem Gedanken musste er schmunzeln.

*

Marita Sperling genoss den sonnigen Spätvormittag. Ihr Mann hatte sich nach dem Frühstück wie jeden Sonntag aufgemacht, um in seinem Büro die nächste Arbeitswoche vorzubereiten. Sie hatte die fünf Monate alte Manuela in den Kinderwagen gepackt, den fast dreijährigen Felix angezogen und war mit den beiden zu einem Spaziergang aufgebrochen. Während die Tochter selig im Kinderwagen vor sich hindöste, musste die Mutter den Tatendrang ihres Sohnes immer wieder bremsen, um ihn nicht aus den Augen zu verlieren. Für einen Dreijährigen war die naturbelassene oder bäuerliche Umgebung der Siedlung „Hinter dem Felde" ein Paradies.

Leider kannten immer mehr Autofahrer, die aus Osnabrück in Richtung Vehrte und Venne oder Engter wollten, mittlerweile die Abkürzung und sparten sich den weiteren Weg über die Icker Landstraße. Da das Gelände von der Bramheide zur Siedlung auch noch abschüssig war, fuhren viele mit überhöhter Geschwindigkeit diesen Weg. Marita Sperling hatte sich sogar von einigen besonders schlimmen Rasern die Nummernschilder notiert und an die zuständigen Behörden weitergereicht - und nie wieder etwas von ihnen gehört.

Alles Aufpassen hatte nichts genützt: Felix war schon um die Kurve verschwunden, hinter der das Icker Loch lag. Eindringlich rief die junge Mutter ihren Sohn. Felix kam auch brav zurück, zeigte in Richtung des Gewässers und plapperte: „Felix auch baden."

Die Mutter verneinte: „Felix, darin kann man nicht baden. Das ist zu kalt und dreckig. Heute Nachmittag fährt Papa wieder mit dir schwimmen."

Das junge Energiebündel stampfte wütend mit dem Fuß auf und krähte mit Nachdruck: „Felix aber jetzt baden. Wie der Onkel."

„Felix, du flunkerst, da badet doch kein Onkel."

Mittlerweile waren sie um die Kurve herum, und ein Blick sagte Marita Sperling, dass Felix irgendwie doch Recht hatte. Im Icker Loch „badete" jemand. Allerdings in merkwürdiger Haltung. Der Oberkörper war mit einem Sack oder Ähnlichem bedeckt, aber es war eindeutig ein menschlicher Körper, der da bäuchlings auf dem Wasser trieb. Marita Sperling entfuhr ein spitzer Schreckensschrei. Dann packte sie den verdutzten und erschrockenen Felix kurzerhand und setzte ihn ziemlich rücksichtslos auf seine Schwester in den Kinderwagen, drehte um und lief in halsbrecherischem Tempo nach Hause, um die Polizei anzurufen.

Markus Theis war wieder aufgetaucht.

Kapitel 14

Der Leiter des Belmer Polizeireviers, Jan Kaiser, nahm den Anruf von Marita Sperling entgegen. Es war nicht leicht, aus den Worten der Frau klug zu werden. Irgendjemand krähte zu den aufgeregten Worten der Anruferin zusätzlich in den Hörer. Die Frau unterbrach ihre Sätze immer wieder mit einem „Ist ja gut, meine Kleine" oder ähnlichen Worten, und dann waren im Hintergrund noch protestierende Laute zu hören, die für Kaiser wie „will baden, will baden" klangen. Ein komplettes Wirrwarr, ziemlich nervend, dabei wollte er gerade die erste Tasse Kaffee des Tages genießen.

Am anderen Ende der Leitung war Marita Sperling total mit ihren Nerven am Ende. Nicht nur, dass der Polizist wohl etwas begriffsstutzig war, ausgerechnet jetzt meinte die kleine Manuela auf ihrem Arm, lautstark das fällige Fläschchen einfordern zu müssen. Im Wohnzimmer auf dem Sofa hüpfte Felix protestierend hin und her und verlangte immer noch nach einem Bad im Icker Loch.

Marita Sperling wurde es zu viel. Sie machte kurzen Prozess: „Nun kommen Sie gefälligst her und schauen Sie es sich an!" Dann legte sie auf.

Kaiser schaute etwas irritiert auf den Hörer in seiner Hand. Dann seufzte er, ging nach nebenan und sprach einen der anwesenden Kollegen an: „Brauer, fahrt mal nach Icker raus. Da war gerade ein Anruf. Etwas komisch. Soweit ich die Frau verstanden habe, badet da jemand nur mit einem Sack oder Ähnlichem bekleidet im Icker Loch.

Brauer stutzte, dann grinste er und schüttelte den Kopf: „Der Sonntag fängt ja gut an." Er winkte dem jungen Kollegen, der anstelle des verstorbenen Ingo Schlattmann Dienst tat, und wenig später fuhren sie im Streifenwagen vom Hof des Reviers.

Kaiser setzte sich wieder an seinen Schreibtisch, genießerisch schlürfte er den ersten Schluck Kaffee und schlug die Wochenendausgabe der „Neuen Osnabrücker Zeitung" auf, die er endlich in Ruhe lesen wollte. Am Sonntagmorgen passierte meistens gar nichts auf dem Revier. „Richtig gemütlich", dachte er und vertiefte sich in den ersten Artikel.

15 Minuten später rief Brauer an.

„Jan, da schwimmt tatsächlich einer im Icker Loch. Aber von baden kann hier nicht die Rede sein."

„Wieso, weshalb nicht?"

„Weil er oder sie auf dem Bauch im Wasser treibt, mit einem über den Kopf gezogenen Sack."

„Scheiße!" Kaiser war für einen Augenblick konsterniert, dann sagte er: „Pass auf, ihr sperrt da provisorisch ab und haltet Schaulustige fern, ich schicke euch die Feuerwehr und einen Rettungswagen."

Er erledigte die notwendigen Anrufe, dachte einen Augenblick nach, dann griff er wieder zum Hörer und wählte die Nummer der Osnabrücker Polizeiinspektion.

*

Peter Kerkhoff nahm den Anruf entgegen. Eigentlich war er nur ins Büro gekommen, um weitere Telefonate mit römischen Interessengemeinschaften zu führen. Er hatte in der vergangenen Woche feststellen müssen, dass deren Ansprechpartner nicht leicht zu erreichen waren. Die meisten von ihnen gingen eben an den Werktagen zur Arbeit. Da schien ihm das Wochenende ein besserer Zeitpunkt zu sein. Zwischen zwei Gesprächen meldete sich die Zentrale, die einen Anrufer an ihn weiterleiten wollte.

„Kerkhoff!"

„Jan Kaiser, Leiter des Reviers in Belm. Wir haben hier eine Wasserleiche gefunden."

Kerkhoff ließ sich berichten. Etwas gelangweilt dachte er: „Prima, als wenn wir nicht schon genug mit den Morden zu tun hätten. Jetzt dürfen wir uns auch noch um einen Unfall kümmern." Er überlegte ernsthaft, ob er den Kollegen aus Belm nicht abwimmeln und an eine andere Abteilung verweisen könnte. Erst zum Ende des Gespräches schnellte Kerkhoff wie elektrisiert aus seinem Sitz hoch. „Was sagten Sie eben?"

„Ich sagte, die Leiche hatte einen zugeschnürten Sack über dem Oberkörper, und wie mir die Kollegen vor Ort berichteten, waren die Beine ebenfalls zusammengebunden."

Kerkhoff holte tief Luft, das war wirklich starker Tobak. Er bemühte sich dennoch, routiniert zu klingen. „Was haben Sie bisher veranlasst?"

„Die örtliche Feuerwehr wird die Leiche bergen. Die Kollegen haben die üblichen Absperrungen vorgenommen." Als von dem Kriminalbeamten am anderen Ende der Leitung keine Reaktion kam, fuhr er fort: „Eigentlich ist das jetzt der Zeitpunkt, wo die Spurensicherung kommen müsste."

„Ja, natürlich", beeilte sich Kerkhoff zu versichern, „wir kommen so schnell wie möglich. Die Kollegen sollen darauf achten, dass keine weiteren Spuren verwischt werden."

„Aber natürlich, Herr Kollege." Kaisers Stimme klang leicht spöttisch und er dachte sich: „Scheint ein noch recht frischer Knabe zu sein."

Kerkhoff beschloss, Warnecke anzurufen. Der war gerade im Garten seines Eigenheimes in Melle missmutig damit beschäftigt, die Sträucher zu schneiden, aufgrund des nicht sehr dezenten Hinweises seiner Frau, dass die Nachbarn schon viel weiter mit der Pflege seien. Er hasste Gartenarbeit, gestern hatte er schon den Rasen mähen müssen. Im Sommer war in der Siedlung, in der sie wohnten, fast zu jeder Tageszeit irgendwo ein störender brummender Motor zu hören. „Rasenmäherterrorismus" nannte er im Stillen dieses Verhalten.

Seine Frau brachte das Telefon nach draußen. Der Fund im Icker Loch deutete eindeutig auf ein Verbrechen hin. Er wies Kerkhoff an, die Spurensicherung aus ihrer Wochenendruhe aufzuscheuchen und sofort zum Tatort zu fahren. „Und verständige auch schon mal Schmitz, den Gerichtsmediziner. Wenn der sich noch heute an die Arbeit macht, haben wir morgen schon Ergebnisse. Ich mach mich von hier aus auf den Weg." Er legte die Heckenschere zur Seite und ging ins Haus, um seine Frau zu informieren.

„Schatz, es tut mir Leid, aber wir haben einen Toten. Ich bin da unabkömmlich."

Seine Frau schaute ihn spöttisch an: „Ja, ich sehe richtig, wie du leidest."

*

Als Warnecke zum Icker Loch kam, bot sich ihm das gewohnte Bild. Hinter der Absperrung beugte sich der Arzt gerade über die Leiche, die geborgen worden war und nun am Ufer lag. Die Kollegen der Spurensicherung warteten auf ihren Einsatz, erst musste der Arzt fertig sein. Weiter hinten stand schon der Wagen mit Leichensack und Zinksarg.

„Na, du hast dich aber beeilt", begrüßte Kerkhoff ihn.

„Man hat eben doch keine Ruhe, wenn so etwas passiert", erwiderte Warnecke.

„Ja, und es ist ja auch besser, wenn man den Tatort sofort in Augenschein nimmt."

Warnecke musste schmunzeln. Wahrscheinlich meinte Kerkhoff, etwas Weises gesagt zu haben. Dabei hatte gerade Warnecke diesen Grundsatz auf verschiedenen Seminaren, die er vor dem Polizeinachwuchs hielt, immer wieder erwähnt - und Kerkhoff war einer der Teilnehmer gewesen.

Warnecke ging zur Leiche hinüber. Sie war schon ziemlich aufgedunsen, alles andere als ein erbaulicher Anblick. Immerhin konnte man noch erkennen, dass es sich um einen relativ jungen, blonden Mann handelte. Sein verfärbtes Gesicht wurde zusätzlich von einer länglichen Wunde an der linken Stirnseite verunstaltet, die von der Augenbraue bis in den Haaransatz lief.

Der Arzt erhob sich, Warnecke schaute ihn fragend an: „Also?"

„Ich kann nur das Übliche sagen. Schwere Fraktur an der Stirn, ist wohl nicht zu übersehen. Das Alter schätze ich, bei aller Vorsicht, die bei Aussagen über eine Wasserleiche ohne Untersuchung geboten ist, auf Mitte zwanzig. Ich habe den Tod amtlich festgestellt, der Rest ist jetzt Sache der Gerichtsmedizin."

„Wie lange hat er im Wasser gelegen?"

Der Arzt zuckte die Schultern und dachte dann einen Moment nach: „Wenn man berücksichtigt, dass es sich um ein stehendes

Gewässer handelt, dass der Grund wohl ziemlich modrig ist, dass viel Laub oder Äste von den Bäumen ins Wasser fallen – alles Faktoren, die Fäulnisvorgänge im Wasser beschleunigen ...", er überlegte wieder einen Augenblick, „also, ich würde sagen knappe zwei Wochen. Aber das kann der Gerichtsmediziner bestimmt genauer definieren." Er war wirklich froh, seinen Job beendet zu haben.

Warnecke winkte den Kollegen von der Spurensicherung, das war jetzt ihr Job.

*

Stirpe-Ölingen war eine kleine Siedlung. Ein Wohnplatz am Mittellandkanal, zwischen den Gemeinden Ostercappeln, Bad Essen und Bohmte. Einige Dutzend schmucke Eigenheime, wenige darum verstreute Bauernhöfe. Und direkt am Kanal der Schützenplatz mit Vereinsgebäude, auf dem an diesem Wochenende die örtlichen Grünröcke den jährlichen Höhepunkt ihrer Saison feierten, das Schützenfest. Und da fast jeder in Stirpe-Ölingen dem Verein angehörte, war praktisch das ganze Dorf auf den Beinen.

Gut gelaunt begab sich Gerhardt Frantz zur Theke im Schützenhaus, an der zumeist männliche Bewohner des Ortes schon in Zweierreihen standen. Während er auf sein Gedeck wartete, schlug ihm jemand herzhaft auf die Schulter.

„Na Gerhardt, einfach hier so schön feiern? Was ist mit deinen Dienstpflichten?"

Gerhard Frantz war Polizist. Der ihn angesprochen hatte, war sein Nachbar Justus Kahmann, der wohl schon kräftig ins Glas geschaut hatte. Seine rote Nase und perlender Schweiß auf der Stirn waren eindeutige Anzeichen dafür.

„Du, ich schiebe verdammt genug Überstunden vor mir her. In meinem Job ist es nicht so gemütlich wie bei dir im Katasteramt!"

Kahmann legte Frantz begütigend die Hand auf die Schulter: „Sollte doch bloß ein Scherz sein. Übrigens, falls es dich interessiert, es gibt leider immer noch Idioten, die ihren Müll im Kanal entsorgen. Habe es kürzlich wieder beobachtet."

Frantz meinte resigniert: „Ja , leider sterben die nie aus. Wo war das denn?“

„Bei der Brücke an der Hunteburger Straße. War dort angeln. Da kamen die den kleinen Wirtschaftsweg reingefahren und haben ein ziemlich sperriges Teil ins Wasser geworfen.“

„Hast du sie erkannt?“

„Nein, war frühmorgens. Ich saß unter der Brücke, da beißen die Fische besser. Auf jeden Fall waren sie mit einem Kleinbus unterwegs.“

„Kennzeichen, oder so was?“

„Nein, ich sag doch, war frühmorgens. Gerade Dämmerung. Auch die Farbe konnte ich nicht genau erkennen. Irgendein dunkles Blau oder vielleicht auch Grün.“

Alle Polizisten des Altkreises waren nach den Morden in Kalkriese angewiesen worden, jede noch so kleine Auffälligkeit zu melden, und Frantz dachte nach. Das hatte wohl mit der Untat nichts zu tun. Oder doch? Oder nicht? Wie sollte er das entscheiden? Dann hatte er eine Idee. „Justus, wann war das denn?“

Kahmann runzelte die Stirn und überlegte einen Moment, dann nannte er das Datum.

Es war der Morgen nach den Morden gewesen. Frantz beschloss, Wochenende hin, Schützenfest her, noch am Abend in der Polizeiinspektion Osnabrück anzurufen.

*

Als Warnecke in der Polizeiinspektion ankam, hatte Kerkhoff schon Kaffee gebraut. „Glaubst du, dass diese Leiche etwas mit den anderen Morden zu tun hat?“

„Quatsch“, brummelte Warnecke, „das ist doch ein ganz anderes Strickmuster. Die Leiche hier sollte verschwinden, die Habermanns sollten gefunden werden. Die zeitliche Nähe ist wohl reiner Zufall. Mir werden es nur allmählich zu viele Leichen.“

„Wie soll es jetzt weitergehen?“

„Wir müssen die Ergebnisse der Spurensicherung und der Gerichtsmedizin abwarten. Ich werde aber beide Abteilungen sofort anrufen, die Resultate will ich unbedingt Montagmorgen auf dem Tisch haben. Und ruf du die Kollegen an, morgen ist schon um sieben Uhr Besprechung. Wir haben verdammt viel zu tun."

„Ulla ist aber übers Wochenende weg und wird erst mittags wieder in Osnabrück sein."

Warnecke erinnerte sich, er hatte es selbst genehmigt. „Na ja, dann kommt sie eben mittags."

„Und Lübbing?"

„Es reicht, wenn der wie gewohnt um neun erscheint. Wir besprechen sowieso erst den neuen Fall."

„Und Jeschke?", fragte Kerkhoff noch einmal, allerdings sehr vorsichtig.

„Jeschke?", Warneckes Stimme wurde lauter. „Wenn der nicht morgen früh um sieben seinen Arsch hierher in Bewegung setzt, dann ..."

Kerkhoff guckte entgeistert.

„Entschuldigung", Warnecke wusste, er war zu weit gegangen. „Also sag dem Kollegen Jeschke, dass ich sein pünktliches Erscheinen am Montag zwingend erwarte!"

Kerkhoff nickte.

„Ich habe einfach keine Lust mehr auf Jeschkes exzentrische Eskapaden", dachte er, „ganz gleich, was der für Probleme hat."

Um sechs Uhr klingelte das Telefon. Warnecke dachte sofort an seine Frau, wappnete sich innerlich und war entsprechend kurz angebunden. „Ja?"

„Hier Gerhard Frantz", meldete sich eine Stimme, „Kollege Warnecke?"

Warnecke erinnerte sich an Frantz. Sie kannten sich vom Meller Polizeirevier. Ein solider Polizeibeamter, der sich in seinem Revier bestens auskannte. „Hallo Frantz, was gibt es denn?"

„Ja, Herr Kollege, wir sind doch wegen der Morde in Schwagstorf zu besonderer Aufmerksamkeit angehalten, und ich wollte da was melden. Weiß zwar nicht, ob das wichtig ist, aber das könnt ihr ja dann entscheiden." Die Stimme klang unsicher.

„Na, denn mal los", meinte Warnecke jovial, „alles kann wichtig sein."

„Also, ein Bekannter von mir ist Angler. Sitzt oft am Mittellandkanal. Na ja, und der hat beobachtet, wie Männer etwas im Kanal versenkten. Ich meine, das muss nichts bedeuten. Früher wurde hier ja alles Mögliche in den Kanal geworfen, und einige machen es heute noch, um die Gebühren auf der Deponie zu sparen. Aber wie gesagt, die Anweisung ...", die Stimme verstummte.

Warnecke war gelangweilt. Müllentsorgung im Kanal war nun wirklich nicht seine Zuständigkeit.

Frantz fuhr fort: „Es war an der Brücke Hunteburger Straße und, deshalb rufe ich Sie ja eigentlich an, es war frühmorgens nach der Nacht, in der die beiden alten Leute umgebracht worden sind."

Warnecke setzte sich ruckartig auf. „Was? Wiederholen Sie das!"

Frantz wiederholte brav den Satz.

„Danke, Frantz. Ich muss grad mal überlegen ..." Natürlich konnte es sich um illegale Müllentsorgung handeln und überhaupt kein Zusammenhang mit den Morden bestehen. Aber der Sache musste nachgegangen werden. „Glauben Sie, Ihr Bekannter würde uns auch jetzt noch die Stelle im Kanal einigermaßen genau zeigen können?"

„Das nehme ich doch stark an", die Stimme von Frantz klang erleichtert. Er hatte schon befürchtet, man würde ihn als übereifrigen Deppen ansehen, jetzt fühlte er sich ernst genommen. „Der kennt praktisch jeden Quadratmeter des Kanals."

„Gut, dann bitten Sie ihn doch, sich morgen mal kurz freizunehmen. Falls sein Arbeitgeber Schwierigkeiten macht, rufen Sie dort an und erklären, dass es sich um eine polizeiliche Untersuchung handelt. Wir treffen uns, sagen wir, mittags um zwölf an der Brücke?"

„Geht in Ordnung", bestätigte Franz. „Und einen schönen Abend noch."

Warnecke telefonierte noch fast eine Stunde weiter herum, er brauchte Taucher und ein Boot. Dann hatte er trotz des Wochenendes eine Zusicherung von höherer Stelle. Die betreffenden Kollegen würden mitsamt ihrer Ausrüstung am Montag pünktlich zur Stelle sein.

Er lehnte sich gerade gemütlich in dem Bürosessel zurück und überdachte den ereignisreichen Tag, als das Telefon erneut klingelte.

„Warnecke."

„Kurt", die Stimme seiner Frau war schneidend, „ich sitze hier seit einer Stunde mit deinem Bruder und seiner Frau, den Käseauflauf habe ich schon zweimal aufgewärmt, und ich erwarte, dass du auf der Stelle kommst!"

„Sofort, ich komme sofort", versicherte er.

Mord ist Mord und Verwandtenbesuch ist Verwandtenbesuch. Bei seiner Frau hatte eindeutig Letzteres Priorität. Auf der Rückfahrt kaufte er noch schnell am Bahnhof einen Blumenstrauß. So etwas half immer.

Kapitel 15

Der Mörder hatte zwei angenehme und erholsame Tage verbracht. Jetzt, am frühen Sonntagabend, bereitete er sich auf seinen Auftrag vor.

Am Samstag war er wie geplant in Bad Essen gewesen. Er hatte die wenigen Kilometer von Leckermühle bis in den Ort zu Fuß zurückgelegt, immer am Osthang des Wiehengebirges entlang. Das Kurbad gefiel ihm, insbesondere der schmucke alte Ortskern, und die alte Wassermühle weiter oben erinnerte ihn an seinen Geburtsort und die Tage seiner Kindheit. Danach hatte er eine ganze Weile auf der Terrasse des Eiscafés „Venezia" an der Lindenstraße in der Sonne gesessen und die vorbeiflanierenden Paare und Familien beobachtet. Am Sonntag hatte er sich dann im Museumspark umgesehen.

Er prüfte noch einmal den Inhalt seines Rucksackes und stellte fest, dass er nichts vergessen hatte. Als er seinen Zimmerschlüssel an der Rezeption abgab, fragte ihn die freundliche Dame hinter dem Tresen, wie er Kalkriese gefunden habe.

„Schön. Und klug." Er fand das richtige deutsche Wort nicht, doch sie verstand, was er meinte. In Wirklichkeit waren seine Gefühle aber zwiespältig gewesen. Er hatte sich kurz im Freigelände aufgehalten, wobei er den Ort, an dem sie gemordet hatten, nicht weiter beachtete, fand das Museum hochinteressant und für einen Laien wie ihn sehr anschaulich gestaltet, haderte einen Augenblick damit, dass der hohe Turm gesperrt war. Umständlich entzifferte er das erklärende Schild am Fahrstuhl: *„Verehrte Gäste, aufgrund von Wartungs- und Ausbesserungsarbeiten ist das Sicherheitsgitter auf der Aussichtsplattform entfernt werden. Der Turm ist deshalb für den Besucherverkehr gesperrt. Wir danken Ihnen für Ihr Verständnis. – Museumspark Kalkriese."*

Was ihn gestört hatte, war die Masse der Besucher. Selbst im Museum war eine ständige Unruhe, außerdem hatte er sich in großen Menschenmengen noch nie wohl gefühlt, obwohl sie manchmal einen guten Schutzschild boten.

Bevor er ins Hotel zurückgekehrt war, hatte er in dem Verkaufsraum gegenüber der Kasse noch eine Flasche germanischen Met gekauft. Er hatte mal gelesen, dass Met süßlich sein sollte, und seine Frau liebte leicht alkoholische, süße Getränke. Nach Möglichkeit brachte er ihr von seinen Reisen immer etwas mit.

Dann war ihm eingefallen, dass er sich den auf der gefundenen Straßenkarte markierten Ort angucken könnte. Mit seinen raumgreifenden Schritten war er innerhalb von zehn Minuten da. Das Areal war abgesperrt und als Ausgrabungsgelände kenntlich gemacht worden. Er stutzte: Was hatte ein Mann wie sein „Geschäftspartner" mit Archäologie zu tun? Das erschien ihm ziemlich unwahrscheinlich. Er schaute sich um, bückte sich, nahm einen stabilen Ast und stocherte im Boden herum. Schon bald merkte er, dass im Boden etwas vergraben war. Ein Blick in die Runde zeigte ihm, dass er immer noch allein war. Er holte Handschuhe aus seinem Rucksack, zog sie über und begann, mit den Händen zu graben. Nach drei Minuten hielt er einen Behälter in der Hand, der mit einem historischen Fundstück nun wirklich nichts zu tun hatte. Nachdem er den Inhalt untersucht hatte, verstaute er ihn wieder in dem Loch und sorgte dafür, dass man keine Spuren seiner Grabung sah.

Auf dem Rückweg zur Bushaltestelle dachte er nach. Es war ihm völlig klar, dass es einen Zusammenhang zwischen seinem Auftrag und diesem Areal gab. Allerdings welchen? Auch wenn er darauf noch keine Antwort wusste, es konnte vielleicht noch einmal nützlich sein, von diesem Depot zu wissen.

Später im Hotel erklärte er der Empfangsdame, dass er am Dienstagvormittag abreisen würde und heute Abend noch einmal nach Osnabrück fahren wolle. Er brauche ein wenig Abwechslung.

Sie nickte verständnisvoll und blickte ihm nach, als er zum Ausgang ging. „Ein angenehmer Gast", dachte sie, „nett, höflich und zurückhaltend - und attraktiv noch dazu." Sie gönnte ihm den netten Abend in der Stadt. Ihr fiel überhaupt nicht auf, dass er seinen Rucksack dabeihatte und feste Stiefel trug. Zwei Dinge, die man in den Kneipen der Osnabrücker Altstadt absolut nicht brauchte.

Der Mörder ging zur Bushaltestelle, die dreißig Meter entfernt seitlich des Hoteleingangs lag. Dort wartete er zehn Minuten. Er wusste, dass kein Bus kam. Als der Verkehr es zuließ, überquerte er die Bundesstraße und machte sich zu seinem Ziel auf. Seine Route verlief parallel zur B 218. Er mied die Straßen, benutzte lieber Feld- und Wirtschaftswege. In 60, maximal 80 Minuten würde er an seinem Ziel sein. Er schaute auf die Leuchtziffern seiner Uhr: Zeit genug. Zufrieden schritt er voran.

*

Genüsslich kauend saß Lübbing am Montagmorgen gemütlich in seiner kleinen Küche beim Frühstück. Er hatte ein paar schöne Tage mit Helen und ihrem Bruder verbracht und fühlte sein inneres Gleichgewicht wieder halbwegs hergestellt. Mit Helen hatte er über Ulla Hufnagel gesprochen, und in ihrer praktischen, logischen Art hatte sie ihm geraten: „Stell sie doch einfach mal. Direkt fragen, was mit ihr los ist. Eine Abfuhr hast du dir doch schon geholt. Was kann denn noch groß kommen? Gibt es eine zweite, weißt du anschließend vielleicht wenigstens warum. Außerdem würde ich mal diskret Warnecke nach ihr fragen, er kennt sie doch wohl schon etwas länger."

Lübbing hatte darauf nicht geantwortet, aber die ganzen Tage über Helens Empfehlung nachgedacht. Er war zu dem Schluss gekommen, dass Helen Recht hatte, und beschloss, das Problem in den nächsten Tagen anzugehen. Auch weil – das hatte er sich eingestanden – Ulla Hufnagel ihm wirklich etwas bedeutete.

Ansonsten hatte er die Tage im Haus von Helens Bruder genossen. Es lag wunderschön am Wellinger Berg, dem östlichsten, kleinen Gemeindeteil Belms. Sie hatten lange Spaziergänge um den naheliegenden Golfplatz gemacht, hatten das Ossenbrock durchstreift und waren einmal bis zur Schelenburg in Schledehausen gewandert.

Viele gute Gespräche hatte Lübbing mit Helen und ihrem Bruder geführt. Volker war ein ganz anderer Mensch als seine Schwester. Freundlich zurückhaltend. Wo Helen mit ihrem Temperament spontan reagierte, überlegte er bedacht. Er wirkte nach außen hin sehr konservativ, liebte klassische Musik und kümmerte sich sehr ernsthaft um die von den Eltern geerbte Firma, an deren Gedeihen auch Helen mit einer jährlichen Vergütung partizipierte. Wenn Helen sich mal wieder über eine ihrer alternativen Ideen ausließ und sie vehement verteidigte, argumentierte er aber nicht etwa aus der Position des eloquenten, etablierten und erfolgreichen Unternehmers, sondern bemühte sich aufrichtig um Verständnis und diskutierte sehr intensiv mit ihr. Lübbing bemerkte die große Liebe, die diese beiden Geschwister, trotz aller Gegensätze, miteinander verband. Vielleicht war der frühe Unfalltod ihrer Eltern der Grund dafür.

Am Samstagabend waren sie den Berg Richtung Belm hinuntergegangen und hatten die örtliche Gaststätte besucht. Lübbing, der gute Kneipen zu würdigen wusste, fühlte sich schon nach wenigen Minuten pudelwohl. Eine Einrichtung, wie sie sein sollte, zweckmäßig und nicht dekorativ überladen. Das Pils hatte die richtige Krone und die richtige Temperatur. Es waren nur einige Wellinger anwesend, die freundlich grüßten, aber ansonsten auf neugierige Blicke verzichteten.

Lübbing hatte sich schon am Samstagabend nach ihrer Rückkehr aus Belm von Helen und Volker verabschiedet, er wollte am Sonntag schon früh los. Ihm war eingefallen, dass er noch aktuelle Bilder vom Museumspark Kalkriese brauchte, wenn er seinen Artikel wirklich an das Hamburger Magazin verkaufen könnte. Volker hatte ihm ein Fahrrad geliehen, das er einfach am Belmer Tie abstellen sollte, er würde es später abholen lassen. Von dort war er mit dem Bus weiter nach Kalkriese gefahren.

Auch Lübbing hatte sich durch die große Menge der Besucher im Museumspark gestört gefühlt. Hätte er gewusst, dass der Turm wegen der Bauarbeiten gesperrt war, wäre er nicht an diesem Tag hierher gekommen. Er war einmal über das Gelände getrottet und hatte Aufnahmen gemacht, so gut es angesichts der vielen Besucher eben ging. Ohne es zu wissen, war er auch an der Stelle vorbeigekommen, an der die Habermanns umgebracht worden waren.

Dem Fahrplan an der Bushaltestelle vor dem Museumspark hatte er entnehmen können, dass ihm bis zur Abfahrt noch fast eine Stunde Zeit blieb. Gemütlich war er zur Venner Straße gebummelt. Er wusste, gut 200 Meter weiter in Richtung Engter gab es ein gemütliches Bauernhofcafé. Ein Blick auf den Zaun rechter Hand, der den Museumspark umsäumte, hatte ihn stutzen lassen. Das Maschengeflecht war an einer Stelle notdürftig zusammengeflickt worden. Hatten sich hier die Täter mit den Habermanns durch den Zaun gezwängt?

Er hatte sich vorzustellen versucht, was in dieser Nacht geschehen war. Was hatten die beiden alten Leute gedacht? Hatten sie geahnt, dass hier der Ort ihres Todes war? Waren sie panisch oder starr vor Angst?

Er hatte plötzlich keine Lust mehr gehabt, das Café zu besuchen. Stattdessen hatte er die Straße überquert und war einen Wirtschaftsweg entlanggegangen, der den Kalkrieser Berg hoch zur Schmittenhöhe führte, um seine Gedanken abseits der überlaufenen Wege zu sammeln. Auf dem Rückweg hatte er etwas tiefer im Wald ein eingezäuntes Areal bemerkt, das er auf dem Hinweg gedankenversunken übersehen hatte. Ein Schild war an dem Zaun befestigt: AUSGRABUNGSGELÄNDE - BITTE NICHT BETRETEN.

„Die Forscher buddeln sich also schon hier durch das Gelände", dachte Lübbing. Der Museumspark würde noch größere Formen annehmen.

*

Die Besprechung in der Polizeiinspektion begann auf die Minute pünktlich. Knut Jeschke war auch da. Warnecke war froh darüber. Zwar würde er irgendwann mit ihm über sein unmögliches Verhalten sprechen müssen, aber erst mal war es wichtiger, die Fälle zu klären.

„Beim Todesfall am Icker Loch haben die Kollegen von der Spurensicherung und aus der Gerichtsmedizin wirklich im Akkord gearbeitet. Von jeder Abteilung schon eine Akte." Warnecke öffnete die erste Mappe: „Der Name des Opfers ist bekannt, weil sein Führerschein in der Brusttasche steckte. Markus Theis, 22 Jahre, wohnhaft in Osnabrück. Nach Meinung von Schmitz, dem Mediziner, hat er circa zwei Wochen in dem Teich gelegen, plus minus zwei bis drei Tage." Warnecke reichte Aufnahmen des Toten herum.

„Das Opfer lebte noch, als es ins Icker Loch geworfen wurde, man fand Wasser in der Lunge. Die Wunde an der linken Kopfhälfte wurde mit einem stumpfen Gegenstand verursacht. Der Schlag ist mit erheblicher Kraft erfolgt. Es gibt am Körper des Opfers keinerlei Anzeichen für eine Gegenwehr. Keine Kratzer, kein abgebrochener Fingernagel, keine weiteren Hämatome. Schmitz meint, der Schlag an den Kopf sei zwar von vorn, aber wohl völlig überraschend für Theis gekommen. Der Bewusstlose sei eingeschnürt und dann ins Wasser geworfen worden." Er schaute seine Kollegen an. Keiner sagte etwas, die Folgerungen des Gerichtsmediziners erschienen allen logisch.

Der Kommissar klappte den zweiten Ordner auf: „Zum Ergebnis der Spurensicherung. Nach Ansicht der Kollegen ist der Fundort der Leiche höchstwahrscheinlich nicht der Tatort. Sie haben im Umkreis von 150 Metern rund um das Ufer des Icker Lochs keinerlei Blutspuren gefunden. Geht man davon aus, dass der Mann nach dem Schlag zu Boden gegangen ist und zumindest die aufgeplatzte Augenbraue relativ stark geblutet hat, hätten sie eigentlich etwas finden müssen. Auch in einem größeren Radius eingesetzte Hunde haben nichts angezeigt. Ein Gegenstand, der als Tatwaffe in Frage kommt, wurde ebenfalls nicht gefunden."

Warnecke machte eine Pause, trank einen Schluck Kaffee und fuhr fort: „An der Kleidung keine verwertbaren Spuren. Die Leiche war zu lange im Wasser. Hinweise gibt uns vielleicht der Sack, der ihm übergestülpt worden war. Es war eine Verpackung von polnischer Kohle. Die benutzte Kordel ist Massenware, wie sie zum Beispiel als Paketband benutzt wird. Interessant ist dieses Stück Papier hier", er hielt eine Kopie hoch. „Der Mietvertrag über ein Auto eines Osnabrücker Autoverleihers, befand sich ebenfalls noch gut lesbar in der Brusttasche des Opfers. Die Datumsangabe zeigt, dass der Wagen an einem Tag ausgeliehen wurde, der in der Nähe des angenommenen Todeszeitpunktes liegt. Schröder, kannst du mit denen Kontakt aufnehmen und klären, ob Theis den Wagen selbst ausgeliehen hat und ob er von jemandem begleitet wurde? Und ob der Wagen wieder aufgetaucht ist?"

Bevor er mit dem Blatt in der Hand verschwinden konnte, rief Warnecke hinter ihm her: „Ach, und erkundige dich bitte, ob dieser Markus Theis bei uns aktenkundig ist."

Warnecke: „Jetzt haben wir zwei Fälle am Hals. Wir müssen überlegen, wie wir weiter vorgehen."

„Ich würde sagen", schlug Kerkhoff vor, „Schröder konzentriert sich auf diesen Theis. Er ist ja nun sowieso schon dran. Wir anderen machen mit den Habermanns weiter. Müssen nur die Arbeit ein bisschen anders einteilen."

Warnecke überlegte, dann nickte er: „Okay, du machst weiter mit diesen römischen Vereinen. Wenn Ulla heute Mittag kommt, steigt sie auch wieder mit ein." Kerkhoff nickte.

Jeschke meinte: „Und ich mach dann wohl weiter mit diesen Schuhen?"

Kerkhoff guckte spöttisch zu Jeschke hinüber. Warnecke meinte lapidar: „Das ist längst erledigt. Hat Lübbing gemacht."

Jeschke lief rot an.

„Lübbing! Das war meine Sache und außerdem basierend auf Ermittlungsergebnissen. Also Interna, in denen er nicht rumzustöbern hat!", protestierte er lautstark.

Warnecke konterte: „Das *war* deine Sache, Jeschke. Die Betonung liegt auf *war*. Wenn du deine Sachen erledigen willst, musst du auch anwesend sein und nicht im Schmollwinkel sitzen. Und was ist Internes an Schuhen mit Profilen, die jederzeit im Handel erhältlich sind? Im Übrigen hat Lübbing die Sache gut erledigt. Und jetzt lass mich mit deinen Egotrips zufrieden."

Jeschke öffnete den Mund, um zu antworten, aber Warnecke war schneller: „Du fährst heute Mittag mit mir zum Kanal raus, und anschließend befragen wir diesen Carboni in Schwagstorf, basta!"

*

Lübbing kam um kurz vor neun ins Polizeipräsidium. Er wunderte sich, dass Warnecke, Kerkhoff und sogar Jeschke schon anwesend waren. Leere Kaffeetassen auf den Schreibtischen deuteten darauf hin, dass sie schon länger im Haus waren.

„Haben heute früher angefangen", erklärte Warnecke. „Es wurde am Wochenende eine Wasserleiche gefunden, die nicht ganz freiwillig in dem betreffenden Teich gelandet ist."

Bevor Lübbing weiter nachfragen konnte, kam Schröder herein. Er hatte einen relativ dicken Aktenordner in der Hand.

Warneckes fragender Blick genügte Schröder, um anzufangen: „Das gemietete Auto. Die Firma hat in der letzten Woche Anzeige erstattet. Der Wagen war nur für die Mindestdauer, drei Tage, gemietet worden und schon einige Zeit überfällig. Dass Theis der Mieter war, ist unstrittig, die Filiale hat die Kopie seines Ausweises vorliegen. Und eine Mitarbeiterin konnte sich erinnern, dass er allein gekommen ist."

„Theis konnte den Wagen aber wohl nicht zurückbringen, weil er zu diesem Zeitpunkt wahrscheinlich schon tot im Wasser lag", meinte Warnecke. „Was ist es denn für ein Wagen gewesen, was Besonderes?"

„Eigentlich nicht", antwortete Schröder, „ein sogenannter Familienvan. Ein Peugeot 806, dunkelblau mit getönten Scheiben. Laut Auskunft der Verleihfirma sind die sehr beliebt."

„Aber man bringt doch niemanden um und entsorgt ihn im Wasser, um an solch ein Auto zu kommen", kam es von Kerkhoff.

„Komisch ist das schon", assistierte ihm Warnecke grübelnd. „Bin gespannt, ob und wo das Auto wieder auftaucht."

Schröder wechselte das Thema: „Die Akte Theis aus dem Archiv ist interessant."

Warnecke nickte ihm auffordernd zu.

„Theis ist in Heimen groß geworden. Er war noch kein Jahr alt, als sein Vater verschwand und die Mutter sich ein paar Monate später umbrachte. Mit vierzehn wurde er das erste Mal aktenkundig. Er war abgehauen und als kleiner Drogendealer wenig später aufgegriffen worden. Ähnliches die darauf folgenden vier Jahre. Flucht aus den Heimen oder dem Jugendarrest, immer wieder Drogendelikte. Dazu als Stricher unterwegs. Seit vier Jahren nicht mehr straffällig geworden. Bis vor knapp drei Wochen das Ding mit dem Autoverleih passierte."

„Du meinst, er hat vor vier Jahren, also mit achtzehn, doch noch den Bogen gekriegt?", fragte Warnecke.

„Keinesfalls. Ich habe noch mit den Kollegen vom Rauschgift und der Sitte geredet. Sie kennen Markus Theis gut. Er geht nach wie vor auf den Strich, hat nach ihrem Kenntnisstand aber hauptsächlich Stammkundschaft. Und er scheint nach wie vor abhängig zu sein, dealt aber nicht mehr auf der Straße, sondern besorgt sich anscheinend nur noch den Eigenbedarf."

Jeschke meinte höhnisch: „Nur noch für den Eigenbedarf, was für ein lieber Junge. Und nur noch Stammkundschaft. Er ist wohl zum Adel der Stricher aufgestiegen. Wahrscheinlich wäre er demnächst in ein Resozialisierungsprogramm mit Wellness-Center und allem Schickimicki gesteckt worden, hätte nicht jemand kurzen Prozess mit ihm gemacht."

Lübbing fand Jeschkes Worte einfach nur dämlich. Gäbe es mehr vernünftige Programme, um Menschen wie Theis von der Straße zu holen, hätte Jeschke auch weniger bittere Berufserfahrungen gemacht. Aber Lübbing hielt Knut Jeschke mittlerweile ganz einfach für zu blöd, um einen derartigen Zusammenhang zu begreifen.

Schröder fuhr fort, ohne weiter auf Jeschkes Bemerkung einzugehen: „Einer der Beamten meinte, sie hätten sich in den letzten Jahren nicht weiter um Theis gekümmert, obwohl sie wussten, was mit ihm los war. Er war für sie *einer der Guten*, so drückte es der Kollege tatsächlich aus. Kein Dealen auf der Straße mehr. Das Strichen sehr diskret. Er hielt sich an das ungeschriebene Gesetz, keine Kontakte im Bahnhof zu knüpfen. Blieb der ganzen Szene auffällig fern. Für die Kollegen war das okay, sie haben eine Menge Burschen, die ihnen mehr Schwierigkeiten machen."

„Tolle Arbeitsauffassung", brummte Jeschke.

„Ach Knut", Warnecke wurde ungehalten, „du weißt doch selbst, wie unterbesetzt die gesamte Inspektion ist. Was bleibt den

Kollegen denn anderes übrig, als die Fälle nach Gewichtung zu sortieren? Komm jetzt, wir müssen los zum Kanal."

„Und was ist mit mir?", wollte Lübbing noch wissen.

Warnecke zuckte die Schultern: „Im Augenblick gibt es für dich nichts zu tun. Mach dir einen schönen Tag. Oder denk noch einmal über Dr. Habermann nach – oder fang mit deinem Artikel an. Tschüss." Er ließ Lübbing einfach stehen.

*

Lübbing trödelte einige Minuten im Büro herum. Schröder arbeitete konzentriert an seinem Schreibtisch, um die Akte Markus Theis zusammenzufassen. Kerkhoff schaute wieder auf seinen Bildschirm.

Schließlich fragte Lübbing in den Raum hinein: „Wo ist eigentlich Ulla Hufnagel?"

Schröder und Kerkhoff blickten sich vielsagend an. Dann sagte Schröder: „Sie hatte etwas Privates zu erledigen. Kommt gegen elf."

Lübbing schaute verstohlen auf seine Uhr. Das waren noch fünfundvierzig Minuten. Er würde warten.

Ulla kam schon kurz vor elf. Sie begrüßte Lübbing sehr reserviert. Dann fragte sie Kerkhoff: „Na, gibt es was Neues?"

„Eine ganze Menge, aber das kann dir Schröder besser erklären. Der hat auch die Akte vom neuen Fall."

„Neuer Fall?", fragte sie erstaunt.

Schröder winkte sie zu sich und gab alle Neuigkeiten im Telegrammstil an sie weiter. Abschließend erklärte er: „Warnecke und Jeschke sind vorhin raus zum Kanal." Dann gab er ihr die Akte vom Fall Theis. „Das liest du am besten selbst, dann kann ich hier weitermachen. Den aktuellen Sachstand stelle ich gerade fertig."

Ulla wollte mit der Akte rüber zu ihrem Schreibtisch.

Lübbing hatte genug vom Warten. „Ulla, hast du einen Augenblick Zeit?"

Sie blickte ungehalten. „Was ist denn?"

Lübbing öffnete die Tür und wies auf den Flur. Sie kam tatsächlich mit.

Draußen, und nachdem Lübbing die Tür geschlossen hatte, fragte sie schnippisch: „Also, was ist noch?“

Lübbing bemühte sich, möglichst unaufgeregt zu antworten: „Was noch ist? Du hast mich vor ein paar Tagen auf diesem Flur abserviert wie einen dummen Jungen. Das mag dein gutes Recht sein, aber ich will wenigstens wissen warum.“

„Lübbing, ich hatte dir gesagt, keine Verpflichtungen. Der Abend war eine Laune, mehr nicht. Und jetzt habe ich meine Arbeit zu erledigen.“ Sie wandte sich der Bürotür zu. Lübbing hielt sie am Arm fest.

„Ulla, was ist mit dir? Auf der Hinfahrt nach Delmenhorst war dir schlecht. In der Nacht bei mir hast du total unruhig geschlafen. Du hast immer wieder aufgestöhnt und stark geschwitzt. Am anderen Morgen war dir wieder schlecht. Bist du krank, dann sag es doch.“

Sie schaute ihn einen Moment forschend an, dann wurde ihr Gesichtsausdruck resignierend: „Lübbing vergiss es einfach, einfach vergessen. Okay?“

Ohne eine Antwort abzuwarten, ging sie ins Büro. Lübbing hinterher. Er wollte nur noch seinen Rucksack holen und dann nichts anderes, als schnell verschwinden. In dem Moment, als er sich von Schröder und Kerkhoff verabschieden wollte, stöhnte Ulla Hufnagel gequält auf. Die drei Männer blickten zu ihr hin. Sie hatte mittlerweile die Akte mit dem Fall Theis geöffnet und schaute entsetzt hinein. Ihr Gesicht verlor jede Farbe. Sie würgte und hielt schnell die Hand vor den Mund. Dann stürzte sie aus dem Büro, und Lübbing sah durch die geöffnete Tür, wie sie gegenüber auf der Toilette verschwand. Er lief hinterher und betrat die Damentoilette. Mehrfach kam aus einer der Kabinen ein würgendes Geräusch und gleichzeitig klatschte etwas in die Keramik. Ulla Hufnagel übergab sich wieder und wieder.

„Ulla, kann ich dir helfen?“

Als Antwort nur ein gurgelndes Geräusch. Dann, fast unverständlich: „Nein, hau ab.“

Er ging wieder hinüber ins Büro. Schröder und Kerkhoff standen an Ullas Schreibtisch. Hilflos fragte er sie: „Was hat sie denn bloß?“

Kerkhoff tippte auf die Akte vor ihm, entnahm ein Bild und hielt es hoch. „Das widerliche Foto von der Wasserleiche", sagte er, „das ist nichts für zartbesaitete Seelen. Schröder, du hättest sie vorwarnen sollen. Allerdings, eine Kriminalbeamtin sollte da schon abgebrühter sein. Komisch."

Lübbing drehte sich um und verließ den Raum, ohne noch etwas zu sagen. Ihm war auch zum Kotzen.

*

Als Warnecke und Jeschke die Kanalbrücke in Herringhausen erreichten, waren die angeforderten Einsatzkräfte schon an Ort und Stelle. Unterwegs hatte Warnecke Jeschke noch einmal vorsichtig auf sein Verhalten der letzten Tage angesprochen, war aber ziemlich rüde abgeblockt worden. „Ich will nicht drüber reden, mich widert das alles nur an", war sein einziger Kommentar. Warnecke ließ es bleiben und versuchte, sich den Rest der Fahrt auf seine Fälle zu konzentrieren.

„Hallo, Frantz", begrüßte Warnecke den Polizisten, der ihn informiert hatte. Der freute sich, dass Warnecke ihn wiedererkannte. Er wies auf einen Mann neben ihm. „Das ist Justus Kahmann, er hat den Vorgang beobachtet."

Warnecke gab dem Mann die Hand und sagte jovial: „Na, Herr Kahmann, dann zeigen Sie uns mal die Stelle."

Frantz antwortete stolz: „Schon alles geschehen. Ein Boot brauchen wir auch nicht, es muss ziemlich nahe an der Uferböschung liegen. Der Taucher wartet nur noch auf Ihr Kommando."

Warnecke nickte dem Froschmann zu, der stieg ins Wasser und tauchte. Nach etwa einer Minute kam er wieder hoch und schüttelte den Kopf.

„Vielleicht kann er zwei, drei Meter weiter zur Mitte hin suchen, die vorbeifahrenden Schiffe erzeugen hier einen ziemlichen Sog", informierte Kahmann.

Warnecke instruierte den Froschmann mittels Handzeichen. Der tauchte wieder ab, war aber schon nach nicht mal einer Minute wieder an der Wasseroberfläche. Hektisch signalisierte er, dass er eine Bergungsleine brauchte. Es dauerte etwas länger, bis er wieder auftauchte. Er gab Handzeichen, die Leine einzuholen. In kurzer Zeit lag ein Seesack auf der Uferböschung.

Warnecke öffnete ihn. Er enthielt Waffen, alte Waffen. Er drehte sich zu Jeschke um: „Knut, ruf die Kollegen in Osnabrück an. Wir haben die Tatwaffen."

Kapitel 16

Der Mörder war erst am frühen Morgen wieder ins Hotel gekommen. Dem Nachtportier hatte er einen kleinen Schwips vorgegaukelt. Schließlich war er offiziell in Osnabrück gewesen, um sich zu amüsieren. Der Portier nahm es gelassen zur Kenntnis, er hatte schon viel unangenehmere Nachtschwärmer erlebt. Der Mann war immer noch höflich. Er bot sich sogar an, ihm die Treppe hochzuhelfen, was dankend abgelehnt wurde.

Der Mörder schlief bis zehn. Eine Stunde länger als geplant. Normalerweise konnte er sich auf seine innere Uhr verlassen, aber die Arbeit gestern Nacht war schwer gewesen: Er hatte mehrere Kilometer eine nicht unerhebliche Last geschleppt. Jetzt duschte er ausgiebig, abwechselnd heiß und kalt, um den leichten Muskelkater zu vertreiben. Bevor er zu einem späten Frühstück sein Zimmer verließ, telefonierte er.

Die bekannte Stimme meldete sich: „Ja."

„Erledigt."

„Gut."

„Was ist mit meinem Geld?"

„Tja, es gibt da ein Problem. Ich kann über eine so große Summe nicht verfügen, und der Chef ist erst am Donnerstag wieder da."

„So war das nicht vereinbart. Ich bin bei meinen Männern im Wort. Sie haben Familie und sind auf das Geld angewiesen. Ich will jetzt einen konkreten Termin, sonst beordere ich sie hierher."

Die Stimme am anderen Ende versicherte eilig: „Das ist doch nicht nötig. Uns ist ein dummer Fehler unterlaufen. Sicherlich unprofessionell, aber du bekommst dein Geld so schnell wie möglich." Dann schmeichelnd: „Schon im Hinblick auf eine weitere Zusammenarbeit. Wir sind, bis auf den dummen Fehler, sehr zufrieden mit dir und deinen Männern."

Der Mörder verzog das Gesicht. Ein plumper Satz. Er überlegte. Was hatte er für Möglichkeiten? Er musste mit dem Geld zurückkommen, sonst verlor er das Vertrauen seiner Männer. Gut, er konnte es aus seinem Privatguthaben bezahlen, aber das behagte ihm überhaupt nicht. Andererseits war er auf seine Leute angewiesen. Sie waren nun schon über Jahrzehnte ein Team. Im Einsatz konnte sich jeder auf den anderen verlassen. Diesen aktuellen Auftrag hatte er zwar allein übernommen, aber aus Erfahrung wusste er, dass professionell ausgeführte Morde meistens nur im Team funktionierten. Er hatte seine Entscheidung getroffen.

„Wann kriege ich das Geld?"

„Wenn du am Donnerstagnachmittag kommst, steht die Summe mit Sicherheit zur Verfügung."

„Auf keinen Fall, ich reise dem Geld nicht hinterher. Du bringst es nach Osnabrück."

„Okay, okay, das wird dann aber Freitag werden."

„Ich sage rechtzeitig Bescheid, wo ich zu finden bin und wann." Er legte auf.

Die Stirn runzelnd, dachte er nach. Das gefiel ihm alles nicht, es war gegen den Plan. Er hasste es, wenn etwas gegen seinen Plan lief. Dann wandte er sich den aktuellen Problemen zu. Er müsste nun also bis Freitag bleiben. Am besten wäre es, er würde wie schon angekündigt hier auschecken und sich für die restlichen Tage ein Hotel in Osnabrück nehmen. Die Leckermühle lag zu nahe am Tatort, und die Leiche der letzten Nacht würde mit Sicherheit noch heute gefunden werden, das war schließlich so gewollt. Er brauchte ein Hotel in Osnabrück, am besten in Bahnhofsnähe. Er war froh, etwas Praktisches tun zu können, wählte die Nummer des zentralen Reservierungsservice in Osnabrück. Er hatte Glück und bekam ab Dienstag ein Zimmer in einem Hotel, direkt am Bahnhofsvorplatz.

*

Heinz Kölmer war bester Laune, als er die B 218 entlangfuhr. Er hatte am Morgen einen Termin in Lingen wahrgenommen, der viel erfolgreicher als erwartet verlief – und viel schneller erledigt war. Nun war er auf dem Weg nach Minden zu einem Kunden, den er seit Jahren kannte und mit dem es noch nie Probleme gegeben hatte. Also würde er rechtzeitig zu seinem wöchentlichen Doppelkopfabend daheim sein. Er genoss die Fahrt, aus dem Radio klang der „Holzmichel“, eines seiner derzeitigen Lieblingslieder, und er pfiff zwar falsch, aber munter mit. Gerade hatte er den Schwagstorfer Kreisel verlassen, als er einen Druck auf der Blase verspürte. Er versuchte zunächst, ihn zu ignorieren, weil er in Bad Essen sowieso einen Zwischenstopp einlegen wollte, aber das Bedürfnis wurde immer dringender.

„Der verdammte Kaffee“, dachte Kölmer.

Nach einigen weiteren Kilometern hielt er am rechten Straßenrand an. Er stieg aus und suchte eine Stelle, um sich zu erleichtern. Rechts der Straße war ein leicht ansteigendes freies Feld, da konnte er seine „Privatsache“ wohl eher nicht verrichten. Auf der anderen Seite sah er erstens einen Elektrozaun, den er mit seinen 120 Kilo schlecht übersteigen konnte, und zweitens standen auf der Weide mehrere Rinder, von denen er nicht wusste, ob es friedfertige Ochsen oder angriffslustige Jungbullen waren. Etwas hilflos sah er sich weiter um. Dann entdeckte er auf seiner Seite in etwa 50 Meter Entfernung einige Findlinge, umgeben von Büschen, die etwas Deckung zu der Straße versprachen.

Er machte sich auf den Weg. Zwischen den Sträuchern nahm er so Stellung, dass der größte Teil seines Körpers zur Straße hin verdeckt war und erleichterte sich. Gerade zog er den Reißverschluss wieder hoch, als er neben einem der Findlinge etwas blinken sah. Neugierig trat er näher und entdeckte ein Schwert, das im Boden steckte. Er zog es heraus, es sah antik aus. Dann schaute er hinter den Findling, an dessen Seite er die Waffe gefunden hatte. Der Anblick ließ ihn sekundenlang erstarren. Dann rannte er, das Schwert immer noch in der Hand, zum Auto, griff das Handy, wählte den Notruf und stammelte seine Meldung hinaus.

*

Warnecke und Jeschke erreichte der Anruf gerade, als sie wieder losfahren wollten. Peter Kerkhoff informierte sie. „Kurt, wir haben da eine neue Leiche, gleich bei euch um die Ecke.“

„Was?" Warnecke war fassungslos.

„Ja, du kannst es ruhig glauben. Felsener Feld heißt das Gelände. Wenn ihr vom Kanal kommt, liegt es linker Hand. Ihr könnt es nicht verfehlen, außerdem werden die örtlichen Kollegen schon da sein."

Warnecke winkte geschäftig nach Jeschke, der sich noch mit Frantz unterhielt.

Der kam angetrottet und meinte missmutig: „Was ist denn jetzt schon wieder?"

„Wir haben noch einen Toten. Nicht weit weg von hier. Steig ein", befahl Warnecke, und er rief Frantz zu: „Sie kommen auch mit!"

Frantz wirkte verdattert, stieg aber hinten ein. „Ich erkläre Ihnen alles während der Fahrt", sagte Warnecke über die Schulter.

Sie waren in wenigen Minuten am Felsener Feld. Schon von weitem sahen sie zwei Streifenwagen und eine Ambulanz am Straßenrand und weiter hinten auf dem Gelände Sträucher, die bereits mit Bändern abgesperrt waren. Auch einige neugierige Autofahrer hatten angehalten, waren ausgestiegen oder reckten ihren Kopf aus dem Seitenfenster.

Ein Polizist grüßte, als er die Gruppe auf sich zukommen sah. Er wandte sich an Frantz, da er die Beamten in Zivil nicht kannte. „Ziemlich üble Sache, Gerhardt, da liegt einer, den man einen Kopf kürzer gemacht hat. Mit einem Schwert."

Warnecke mischte sich ein: „Woher wissen Sie, dass es ein Schwert war?"

Der Wachtmeister schaute ihn fragend an. Frantz erklärte schnell, wer Warnecke und Jeschke waren. Der Polizist öffnete den Kofferraum des Streifenwagens und holte eine durchsichtige Plastiktüte hervor. Ihr Inhalt: ein Schwert. „Wurde von dem da gefunden", er deutete auf einen korpulenten, blassen Mann, der etwas abseits stand. „Ein Vertreter. Er musste pinkeln und hat dabei die Leiche entdeckt. Das Schwert steckte direkt daneben im Boden."

Warnecke starrte grimmig auf die Tüte. Noch ein Mord mit einer antiken Waffe. „Das werden allmählich ein paar Leichen zuviel", dachte er zynisch. „Weiß man, wer das Opfer ist?"

Der Wachtmeister antwortete: „Ja, der Personalausweis steckte in der Innentasche seiner Jacke. Vertuschen wollte da wirklich niemand etwas." Er zog einen Notizblock aus der Gesäßtasche und las vor: „Luigi Carboni, wohnhaft in Bochum, Prinz-Regent-Str. 124."

„Wer?", fragten Jeschke und Warnecke entgeistert unisono.

„Luigi Carboni, klingt italienisch. So wie Spaghetti Carbonara. Aber aus Bochum. Was der wohl bei uns in der Gegend wollte?"

Warnecke fasste sich: „Er ist Camper auf dem Platz am Kronensee. Wir wollten ihn eigentlich gleich besuchen", erklärte er.

„Am Kronensee, dann ist das vielleicht auch der Tatort."

„Wieso, der Tatort?"

„Zwischen den Steinen ist er nur abgelegt worden. Keine großen Blutspuren, was bei einer Enthauptung der Fall sein müsste. Außerdem liegt dort ein blutiges Laken oder ähnliches. Und eine Plastiktüte, ebenfalls blutverschmiert." Man sah dem Wachtmeister den Stolz auf seine Schlussfolgerungen an.

Warnecke überlegte, dann entschied er.

„Jeschke, ich will jetzt mit dem Team sprechen. Wir müssen gemeinsam diese ganze verquaste Sache entwirren. Ruf über Funk in Osnabrück an, wir sind spätestens in 45 Minuten da. Und ich will auch Lübbing dabeihaben."

Bevor Jeschke zu einem Protest ansetzen konnte, fügte Warnecke hinzu: „Nun, was ist? Los!"

Jeschke verzog sich in das Wageninnere und begann zu telefonieren.

Warnecke sprach Frantz an: „Sie kriegen das hier doch sicherlich auch allein hin?"

„Es wäre nicht das erste Mal."

„Gut. Also, wenn die Spurensicherung kommt, die sollen sich zuerst um dieses Schwert kümmern. Sobald sie damit fertig sind, möchte ich, dass es sofort zum Kulturgeschichtlichen Museum nach Osnabrück gebracht wird, zu Professor Rodenheim. Schicken Sie ruhig einen Streifenwagen. Zweitens. Fahren Sie zum Campingplatz und inspizieren den Campingwagen von Carboni. Ich befürchte allerdings, dass es kein schöner Anblick sein wird. Dann veranlassen Sie alles Weitere. Geht das klar?"

„Kein Problem", bestätigte Gerhardt Frantz, „aber was erwartet uns denn in dem Campingwagen?"
„Ich befürchte, dort wurde Signore Carboni enthauptet."
Er ließ einen ziemlich entsetzten Gerhardt Frantz zurück.

*

Der Mörder wählte die gewohnte Nummer und gab durch, in welchem Hotel und unter welchem Namen er ab Dienstag zu erreichen sein würde. Sein Gesprächspartner nahm es zur Kenntnis und meinte dann: „Sie haben den Jungen gefunden."
„Welchen Jungen?"
„Na den, den du im Wasser versenkt hast."
Ach so, er hatte schon nicht mehr daran gedacht. Er sagte gelangweilt: „Das ist doch nicht wichtig, oder bringen sie beide Fälle in einen Zusammenhang?"
„Nein, aber sie wissen jetzt über den Wagen Bescheid, den ihr benutzt habt."
„Und der Wagen ist weit weg von Deutschland, den wird keiner mehr finden."
„Trotzdem, ich habe ein ungutes Gefühl. Du solltest zusehen, dass du hier wegkommst."
„Nicht ohne das Geld!"
Der Mann am anderen Ende der Leitung beruhigte ihn: „Okay, okay, das Geld steht ab Freitagmorgen zur Verfügung. Wo soll ich es hinbringen?"
Der Mörder instruierte ihn genau: „Und sei pünktlich, ich muss den Zug kriegen."
Sie vereinbarten, alle 24 Stunden miteinander zu telefonieren.

*

Als Warnecke und Jeschke in der Inspektion ankamen, fanden sie nur Kerkhoff und Schröder vor. „Lübbing kommt etwas später, und Ulla ist mal eben vor der Tür", erklärte Kerkhoff. Er berichtete kurz von dem Vorfall mit dem Bild der Wasserleiche.

Kurz darauf betrat Ulla Hufnagel den Raum. Warnecke schaute sie prüfend an. Sie war noch blass, wirkte aber einigermaßen erholt. Dann berichtete er, wie sich die Situation in Schwagstorf darstellte, beantwortete die eine oder andere Frage der Kollegen und stellte abschließend fest: „Für mich steht außer Zweifel, dass es sich um dieselben Täter handelt. Die gleiche Brutalität, wieder eine römische Waffe ..."

Die Tür öffnete sich, Lübbing betrat das Zimmer. Er zuckte entschuldigend die Schulter und lehnte sich an die Wand im Hintergrund. Jeschke bemerkte höhnisch: „Ah, der Herr Starreporter! Schon fleißig über die Recherchen in die Redaktion berichtet?"

Lübbing konnte nicht anders, er ertrug diesen unsäglichen Charakter nun schon einige Tage. Sein rechter Arm hob sich, und Jeschke schaute auf einen Stinkefinger. Der Polizist explodierte förmlich, er sprang auf: „Das ist Beamtenbeleidigung. Ihr habt es alle gesehen, eindeutig Beamtenbeleidigung. Damit sind Sie draußen Lübbing, eindeutig ..."

Überraschenderweise war es Schröder, der Jeschke ins Wort fuhr: „Knut, nun halt mal deine Schnauze. Du provozierst hier seit Tagen. Wenn hier einer rausfliegt, bist du das!"

Jeschke schaute verdutzt auf den Sprecher. Von Schröder hatte er so etwas am wenigsten erwartet. Er schaute in die Runde. Jeder seiner Kollegen erwiderte kühl seinen Blick, sagte aber kein Wort. Jeschke merkte, was die Stunde geschlagen hatte. Er zog seinen Stuhl wieder zu sich heran, setzte sich und blickte wortlos auf den Schreibtisch.

Warnecke räusperte sich: „Dann können wir wohl fortfahren. Also, wie ich bereits sagte, beide Male römische Waffen. Allmählich neige ich zu der Theorie, dass da wirklich irgendwelche Durchgeknallten noch einmal die Varusschlacht durchspielen."

Er wandte sich an Kerkhoff: „Peter, damit werden deine Recherchen noch wichtiger. Diese römischen und germanischen Vereine. Wie weit bist du damit?"

„Na ja, ich telefoniere mir wirklich die Finger wund. Aber richtige Resultate, nein. Es gibt natürlich immer mal wieder kleine Reibereien zwischen den Gruppen. Aber alles in allem, nur gesetzestreue Steuerzahler mit einem soliden Hintergrund - und eben mit dieser kleinen Macke, wenn ich das mal so sagen darf." Er fügte noch hinzu: „Außerdem bin ich mittlerweile ein wandelndes Geschichtslexikon. Wusstest du übrigens, Kurt, dass die Römer schon so etwas wie Kondome kannten?"

Warnecke schaute Kerkhoff missbilligend an: „Bringt uns das jetzt irgendwie weiter?" Aber Schröder und Lübbing ließen ein unterdrücktes Lachen hören, selbst auf Ulla Hufnagels Gesicht erschien ein Lächeln. Nur Jeschke zeigte keine Reaktion.

Das Telefon klingelte, Warnecke nahm den Hörer ab.

„Rodenheim vom Museum hier."

„Ach ja, Herr Professor, schön, dass Sie sich so schnell melden. Sie haben die antike Waffe also bereits begutachtet?"

Der Professor erwiderte: „Oberflächlich ja. Ob sie wirklich antik ist, kann ich noch nicht sagen. Sieht eher nach einer Nachbildung aus, allerdings einer guten. Aber sagen Sie mal, Herr Kommissar, geht da in Kalkriese jetzt eine neue Völkerschlacht los ?"

„Was meinen Sie denn damit?", fragte Warnecke überrascht.

„Die Waffe ist nicht römisch, sondern germanisch, eine *Spatha*, um genau zu sein."

„Eine was ...?", war alles, was Warnecke herausbrachte.

„Eine *Spatha*, ein sogenanntes Langschwert. Wurde im Kampf von den Germanen als Hiebwaffe benutzt. Und dann auch sehr gern bei der Enthauptung von Gefangenen. Das war bei unseren Vorfahren so gängige Praxis."

Warnecke versuchte, das Gehörte zu verarbeiten. „Sie meinen also ..."

Der Professor unterbrach ihn: „Ich meine nichts, und ich weiß auch kaum etwas, ich spekuliere. Aber überlegen Sie einmal. Da wird ein harmloses deutsches Rentnerehepaar umgebracht mit römischen Waffen, respektive Nachbildungen von römischen Waffen. Man kann anstelle von *deutsch* auch *germanisch* einsetzen. Einige Zeit später wird ein Italiener mit einer germanischen Waffe umgebracht. Setzen Sie einfach statt *Italiener Römer* ein. Schon komisch. Aber könnte es ein, dass da eine sehr merkwürdige und leider tödliche Fehde ausgetragen wird? Das ist allerdings nur eine

Idee, man macht sich so seine Gedanken. Aber dafür sind ja eigentlich Sie zuständig. So, das wäre es also. Sie können mich jederzeit anrufen, falls Sie noch Fragen haben."

Warnecke gab die Informationen an sein Team weiter. Jeder Anwesende war genauso ratlos wie er. Alle wirkten erschöpft.

Auch er hatte für heute genug. Geradezu sehnsüchtig dachte er an den Aktenstapel auf seinem Schreibtisch, der noch abzuarbeiten war. Die sonst so verhasste Routine erschien ihm jetzt geradezu verlockend. „Wir machen für heute Feierabend. Die Berichte der Spurensicherung und der Gerichtsmedizin bekommen wir sowieso erst morgen früh. Ich frage noch schnell bei Frantz nach, was es Neues gibt."

Nur Schröder hatte noch eine Frage: „Was ist mit dem zweiten Fall? Markus Theis, die Wasserleiche."

Warnecke überlegte einen Augenblick: „Kannst du da dran bleiben? Die Sache in Schwagstorf hat zwar Vorrang, aber wir können den Fall auch nicht links liegen lassen."

Schröder nickte und zog einige Blätter aus einem Aktendeckel: „Hier sind schon mal Fotos von dem Fahrzeug, das Theis ausgeliehen hatte." Er verteilte sie. Die Polizisten und Lübbing schauten kurz darauf. Sehr interessiert waren sie nicht.

Kapitel 17

Lübbing saß im „Palazzo“ und versuchte, die Geschehnisse der letzten Wochen zu überdenken. „Bisschen viel auf einmal“, dachte er. Das tragische Geschehen um die Habermanns hatte er mittlerweile ganz gut verarbeitet, aber die Sache mit Ulla Hufnagel saß tief. Manchmal wünschte er sich, er hätte eine eigene Familie. Könnte sich abends mit ihr beschäftigen, ein bisschen ganz alltägliche Liebe spüren. Einfach ablenken. Bei dem Wort Familie fiel ihm Helen ein. Sie war mit absoluter Sicherheit der Mensch, der ihm am nächsten stand. Er beschloss, sie anzurufen. Allein schon ihre Gegenwart würde ihm gut tun, auch wenn er wieder Probleme haben würde, halbwegs offen über seine Verfassung zu sprechen.

Sie war sofort am Telefon. „Ja?“

„Helen, hast du heute Abend Zeit?“ Einen Augenblick lang war Stille.

„Ich bin um halb neun bei dir.“

„Danke.“

Sie legte ohne ein weiteres Wort auf.

Lübbing hing weiter seinen Gedanken nach, schlürfte hin und wieder an seinem Eiskaffee. Der Mord an seinem alten Lehrer wurde immer mysteriöser. Dazu kam noch die Untat an diesem italienischen Camper. Er konnte sich kaum vorstellen, dass es sich bei den Tätern wirklich um durchgedrehte Geschichtsfreaks handelte. Aber was war es dann?

Er dachte an Warnecke. Dem musste allmählich auch alles über den Kopf wachsen. Drei vordergründig völlig sinnlose Morde, der ständige Knatsch mit dem Ekelpaket Jeschke und jetzt auch noch die Wasserleiche. Ein Stricher, umgebracht wegen eines stinknormalen Autos. Lübbing seufzte, das klang mehr nach New Yorker Bronx als nach Osnabrück.

Er stutzte, stinknormales Auto? Hatte Schröder nicht gesagt, es war ein blauer Van?

Hektisch wühlte er in seinem Rucksack und zog die Fotos hervor, die er eigentlich bei Gelegenheit Bensmann von der Zeitung überlassen wollte. Mehrere von ihnen zeigten im Hintergrund einen Hoteleingang, der zum Teil von einem davor geparkten Auto verdeckt wurde. Es war ein blauer Kleinbus oder – auf neudeutsch – ein Van.

Er nahm das Handy und hoffte, Warnecke in der Polizeiinspektion zu erreichen. Der war noch da.

*

Warnecke blickte Lübbing gespannt entgegen, als er den Raum betrat. „Also, was gibt es so Wichtiges?“

Er hatte sich in den wenigen Minuten auf dem Weg zur Inspektion etwas beruhigt und wählte seine Worte mit Bedacht. „Kurt, zunächst einmal: Alles ist nur Spekulation. Nur so ein Gedanke.“

Warnecke nickte und schwieg. Lübbing hatte ihm schon mal mit so einem intuitiven Gedanken geholfen. Sein Vorteil war manchmal, dass er kein ausgebildeter Kriminalbeamter war, der gelernt hatte, sich an Fakten, Ermittlungsergebnisse und logische Schlussfolgerungen zu halten. Und nach Warneckes Meinung, aber das würde er Lübbing natürlich nie sagen, hatte jeder Journalist einen Hang zum Spekulativen. Bei Lübbing war er bisher damit gut gefahren.

„Diese Wasserleiche, dieser Theis. Es war doch ein blauer Van, den der gemietet hatte ? Peugeot soundso?“

„Peugeot 806.“

Lübbing legte Fotos auf den Tisch. Warnecke betrachtete sie, dann fragte er aufgeregt: „Wo hast du die her?“

„Aufgenommen vor einem Hotel im Venner Moor. Ich hatte da beruflich zu tun. Zwei Tage vor dem Mord an den Habermanns.“

„... und zu einem Zeitpunkt, als Markus Theis wahrscheinlich schon tot war“, ergänzte Warnecke. Er wurde hektisch: „Ich rufe sofort die Kollegen zurück.“

Lübbing gab zu bedenken: „Und wenn ich nun total daneben liege?“

„Das wird sich zeigen, wenn wir an die Sache rangehen. Hör doch mal: Ein Stricher wird wegen eines geliehenen Wagens zur

Wasserleiche. Das gleiche Modell, wenn nicht derselbe Wagen, taucht ein paar Tage später in der Nähe eines weiteren Tatortes auf. Nein, da glaube ich nicht an Zufall, und außerdem ist es die beste Spur, die wir bisher haben. Da geht's jetzt mit Volldampf drauf!"

„Da wäre noch etwas." Er legte weitere Fotos auf den Tisch.

Warnecke starrte sie an und fragte schließlich: „Ja, und?"

Lübbing erklärte: „Hotelgäste beim Frühstück. Ich sollte nämlich ursprünglich die neue Inneneinrichtung fotografieren, die Außenaufnahmen waren nur Nebenprodukte. Diese Männer reagierten komisch, als sie merkten, dass sie aufs Bild kamen."

„Inwiefern komisch? Der eine sieht wütend aus, wahrscheinlich weil er nicht fotografiert werden will. Ich würde mich da beim Frühstück auch gestört fühlen."

„Das mag schon sein. Aber weißt du, ich mache das jetzt schon jahrelang. Selbst wenn sie es nicht möchten, bleiben die meisten Menschen doch sehr höflich, meistens sogar verlegen. Diese Gruppe da hat sehr vehement, sogar aggressiv reagiert. Es gab sogar noch eine verbale Auseinandersetzung mit dem Wirt, bevor ich verschwunden bin."

„Du meinst, das ist dir noch nie passiert."

„Na ja, sagen wir, sehr selten."

„Hast du was von dem Streit mit dem Wirt verstanden?"

„Nicht alles, nur der eine sprach ganz gut deutsch", er deutete mit dem Zeigefinger auf ein Gesicht auf dem Foto, „der Rest in einer mir unverständlichen Sprache."

Warnecke betrachtete das Konterfei auf dem Bild: „Wie klang es denn?"

„Ich würde sagen, irgendwie Osteuropäisch."

Warnecke schlug sich vor die Stirn: „Mensch, der Sack ...!"

„Der Sack, welcher Sack?"

„Der Sack, den man Markus Theis, unserer Wasserleiche, übergestülpt hat, kam aus Polen! Und dann die Erklärung von den Einbruchskollegen. Dieser gefundene Apparat vom Campingplatz kam doch wahrscheinlich auch aus Osteuropa."

Warnecke fasste sich: „Lübbing, ich muss jetzt das Team zusammentrommeln. Das wird heute eine Spätschicht."

Lübbing dachte an das Treffen mit Helen: „Dann kann ich jetzt gehen?"

Warnecke, den Telefonhörer in der linken Hand winkte lässig mit der Rechten, er war schon mit den Gedanken bei den nächsten Ermittlungsschritten: „Ja sicher, wir sehen uns morgen."

*

Auf dem Nachhauseweg hing Lübbing in Gedanken seinem Gespräch mit Warnecke nach. Hatte er wirklich Recht? Oder war nur seine Fantasie mit ihm durchgegangen? Egal, morgen würde er es vielleicht schon wissen. Er wollte allerdings nicht daran denken, wie ihn Jeschke behandeln würde, wenn er völlig daneben lag. Noch mal egal – Helen würde gleich kommen.

Als er seine Wohnung an der Katharinenstraße betrat, schaute er sich zunächst einmal um. Sah eigentlich alles ganz ordentlich aus. Helen mochte keine unaufgeräumten Wohnungen, hatte selbst allerdings das einmalige Talent, zum Beispiel eine picobello Küche innerhalb nur einer Stunde in ein Schlachtfeld zu verwandeln.

Sie kam pünktlich auf die Minute. Er holte den Riesling aus dem Kühlschrank und füllte zwei Gläser. Helen schaute ihn an und fragte mit hochgezogener Augenbraue. „Na?"

Immer dieses „Na". Dann wollte sie mehr wissen, sollte er sozusagen die Hosen runterlassen. Quasi ein Verhör.

Also, denn! „Nun, es ist wegen Ulla Hufnagel."

„Du meinst diese Bullin?"

„Das Wort Bullin gibt es meines Wissens überhaupt nicht in der deutschen Sprache. Im Übrigen, sie ist nicht nur ein Bulle", protestierte er, „sie ist eine schöne junge Frau. Kompliziert vielleicht, aber intelligent, sexy. Und ich glaube, sie ist krank. Irgendwie hab ich das Gefühl, sie mag mich auch." Erschöpft und resignierend fügte er hinzu: „Okay, du willst es doch hören. Ich bin total verliebt in sie."

Helen überlegte eine Weile: „Kannst du dich noch erinnern, über welche Frau du schon gesagt hast, dass du in sie verliebt bist?

Ich meine außer über mich und diese bescheuerte Psychologin vor zwei Jahren."

Lübbing schüttelte den Kopf.

„Dann ist es wohl Ernst", dachte Helen. Also gut. „Lübbing, kannst du dich nicht einmal im Leben mit Haut und Haaren in etwas hineinwerfen, du alter Feigling? Rein in die Sache, und wenn es schief geht, futsch, aus, und vorbei!"

„Natürlich, und das von dir. Ich denke noch an letztes Jahr, diese Schauspielerin, dieser ehemalige Fernsehstar. Der für ein halbes Jahr am Theater war. Deine große Liebe. Als sie dann weiterzog, musste ich dir wochenlang die verheulten Augen wischen!"

„Na und", erwiderte Helen locker, „da muss man dann auch durch. Es ist zwar jetzt einsam an der Spitze, aber das Essen ist eben besser."

Lübbing konnte nicht anders, er musste schallend lachen. Dann goss er nach. Seine trübe Stimmung war vorbei. Er war sogar wieder optimistisch, nahm sich vor, die Sache mit Ulla in den nächsten Tagen zu klären. Sie plauderten über dieses und jenes, Helen erzählte von einem neuen Projekt ihrer Lesbengruppe, erwähnte aber auch, dass ihr Bruder die kurzen Tage der Dreisamkeit in Wellingen sehr genossen hatte. „Er hat mir besonders aufgetragen, dir zu sagen, dass du mal wieder vorbeikommen sollst."

Ehe Lübbing antworten konnte, klingelte es. Er schaute auf die Uhr an der Wand, es war schon nach elf. Trotzdem öffnete er die Tür.

„Darf ich reinkommen?", fragte Ulla ein wenig unsicher.

Er trat zur Seite und nickte. Sie ging in das Wohnzimmer. Dort sah Helen ihr entgegen.

„Oh, Entschuldigung, ich wollte nicht stören."

„Das ist schon in Ordnung, nimm doch Platz", sagte Helen leichthin und machte es sich wieder in ihrem Sessel bequem.

Ulla ging zur Couch, Lübbing setzte sich neben sie. Nach einigen Augenblicken kuschelte sie sich an seine rechte Schulter. „Ich bin ziemlich kaputt." Dann blickte sie auf Helen gegenüber: „Entschuldigung, ist das hier etwa dein Platz, ich will mich nicht aufdrängen."

Helen lächelte: „Das ist zwar eigentlich mein Platz, aber immer nur in Krisenzeiten. Ist schon alles in Ordnung so.“ Sie ging zur Musikanlage, legte eine CD auf, die Ulla schon nicht mehr hörte: Sie war eingeschlafen. Lübbing genoss es, sie an seiner Schulter zu fühlen. Plötzlich war Helen ganz weit weg. Er hörte Don McLeans sanfte Stimme. *„Starry, starry night. Now I understand what you tried to say to me, how you suffered for your sanity, and how you tried to set them free. They would not listen, they did not know how.“* Und plötzlich war auch er ganz weit weg, wohlige Müdigkeit umschloss ihn.

Ein leichtes Rütteln an der Schulter weckte ihn. Helen. „Ich geh dann jetzt.“ Er nickte verschlafen. Bevor sie das Wohnzimmer verließ, sagte sie noch: „Lübbing, ich glaube, sie ist es wert.“ Dann hörte er die Tür ins Schloss fallen. Er nahm eine Decke, deckte Ulla damit zu und ging in sein Schlafzimmer.

Später in der Nacht wurde er noch einmal wach. Er schaute im Wohnzimmer nach Ulla. Sie lag immer noch zusammengekuschelt auf der Couch, hatte sich aber entkleidet. Die Decke bis ans Kinn gezogen, schlief sie fest. Ihr Haar war allerdings schweißdurchtränkt, und auch auf der Stirn standen Perlen.

„Ich muss mit ihr reden, endlich mit ihr reden“, dachte er und ging wieder ins Bett.

*

Der Mörder erhielt den Anruf kurz vor Mitternacht. Er runzelte die Stirn. Das Display des Handys zeigte, dass es sein Auftraggeber war. Sie hatten eigentlich ausgemacht, dass ausschließlich er sich alle 24 Stunden meldete. Trotzdem nahm er das Gespräch entgegen.

„Ja.“

„Bist du es?“

„Ja, wer sonst?“

„Hör zu, es läuft einiges schief. Sie haben jetzt einen Zusammenhang zwischen dem Jungen im Icker Loch und dem Wagen.“

„Na und, das haben wir doch schon diskutiert.“

„Es gibt also keine Spur von dem Wagen zu dir?"

Der Mörder wurde nervös. So aufgeregt, wie er nun war, konnte er nicht nachdenken. „Ich melde mich in fünfzehn Minuten wieder." Ohne eine Antwort abzuwarten, legte er auf. Er ging zum Waschbecken, nahm den Zahnputzbecher und goss sich ein Glas Wasser ein.

Es war alles beschissen. Der ganze Plan lief auch im zweiten Anlauf nicht rund. Schuld hatte sein Auftraggeber. Hätte der pünktlich gezahlt, wäre er schon lange weg. Aber nun musste er bis Freitag auf das Geld warten.

„Ruhig", beschwichtigte er sich selbst, „nur in der Ruhe liegt die Kraft." Er legte sich aufs Bett und überdachte seine Lage.

Die Sache mit der Wasserleiche und dem Wagen war doch problematischer, als er gegenüber seinem Gesprächspartner zugegeben hatte. Die Polizei würde das Fahrzeug suchen lassen. Routinemäßig würden sie auch die regionale Gastronomie befragen. Zwar hatte er immer falsche Namen benutzt, aber wenn der Hotelwirt gefunden werden sollte und ihn wirklich als Gast und Fahrer des Vans identifizieren könnte, würde er auch seinen Akzent erwähnen. Dieser würde die Polizei über kurz oder lang auf seine Spur führen. Allerdings gab es keine Verbindung zwischen der Leckermühle und dem Hotel, das er in Osnabrück gebucht hatte. Nach einigen Minuten beschloss er, die restlichen Tage noch in Deutschland zu bleiben. Es war zwar ein Risiko, aber er brauchte das Geld.

Er rief seinen Geschäftspartner zurück: „Es bleibt beim ausgemachten Termin."

*

Als Lübbing am anderen Morgen aufwachte, fand er zu seiner Überraschung einen gedeckten Frühstückstisch vor und hörte Ulla in der Küche rumoren. Sie rief leichthin: „Setz dich schon mal, ich bin gleich fertig."

Sie kam mit einem vollbepackten Tablett ins Wohnzimmer und stellte es auf den Tisch. „Ich habe an den Sachen in deinem Kühlschrank gesehen, dass du gern englisch frühstückst. Hoffe, das ist alles in Ordnung so."

Lübbing schaute auf das Tablett und nickte heftig.

Er beobachte sie, während sie aßen. Sie wirkte konzentriert, genoss das Frühstück. Auch erholt und entspannt sah sie aus, so als ob sie mit etwas abgeschlossen und sich für einen neuen Anfang entschieden hätte. Er hoffte sehr, dass dieser Anfang auch mit seiner Person zu tun haben würde.

Irgendwann fragte er: „Was war denn gestern in der Inspektion noch alles los?"

Ihre Miene verdüsterte sich kurz: „Nicht jetzt. Ich habe lange nicht mehr so gut gefrühstückt. Du wirst ohnehin nachher alles von Warnecke erfahren."

Lübbing gab sich damit zufrieden.

Kapitel 18

Als Lübbing mit Ulla in die Polizeiinspektion kam, waren die anderen Mitarbeiter des Teams schon da. Alle sahen übermüdet aus, besonders Warnecke und Schröder. Die Begrüßung war nur kurz, dann kam Warnecke zur Sache.

„Also, ich fasse noch mal die gestrigen Ergebnisse zusammen, auch wegen Lübbing."

Jeschke protestierte: „Das sind aber Interna."

Warnecke wurde etwas lauter: „Knut, dieses Interna-Gequatsche geht mir fürchterlich auf den Geist. Ohne Lübbing säßen wir heute Morgen hier und würden weiterrätseln wie die Tage zuvor. Du kannst zu Dr. Laurenz gehen und dich beschweren – oder hier vernünftig mitarbeiten. Ist das nun endlich mal klar?"

Jeschke hatte einen roten Kopf bekommen, sagte aber nichts, sondern nickte nur.

„Nun denn", sagte Warnecke befriedigt, „dann kann ich wohl fortfahren." Er begann noch einmal: „Zu gestern. Nach Lübbings Hinweis sind wir, wie ihr wisst, noch einmal alles durchgegangen. Das Profil der Reifen eines Peugeot 806 findet sich auch bei den gesicherten Spuren, die wir von dieser Haltebucht am Museumspark genommen haben. Ein weiterer Anhaltspunkt."

„Obwohl es sich um ein ganz gängiges Modell handelt, wie die Verleihfirma heute Morgen bestätigte", warf Jeschke ein.

Warnecke ließ sich nicht beirren: „Wie gesagt, nur ein Anhaltspunkt. Zweitens der Sack, den wir bei Markus Theis gefunden haben. Aus Polen, ein Kohlensack aus Kattowitz, wie aus der Beschriftung hervorgeht, also ein Hinweis auf Osteuropa."

Dieses Mal unterbrach Lübbing ihn: „Kurt, Kohle ist für Polen einer der wichtigsten Exportartikel, die liefern europa-, wenn nicht sogar weltweit. Ich war kürzlich in Irland, wo noch außer mit Torf größtenteils mit Kohle geheizt wird, da kam praktisch jeder zweite Sack aus Polen."

Warnecke ließ sich nicht irritieren: „Schön und gut, aber ich hatte eben gesagt, es sind zumindest Anhaltspunkte."

Er nahm eine Akte und schlug sie auf. „Vielleicht wird dieses die skeptischen Kollegen überzeugen." Er räusperte sich. „Wir haben gestern die Fotos von der Gruppe im Hotel vergrößert und an höher angesiedelte Dienststellen wie das LKA geschickt. Schröder und ich sind dann noch länger geblieben, und kurz nach Mitternacht kam eine interessante Antwort."

Er hielt einen vergrößerten Abzug hoch, der das Gesicht des Mannes zeigte, der bei dem Streit mit dem Hotelwirt deutsch gesprochen hatte, wie Lübbing erkannte. „Karel Frantisek, tschechischer Staatsbürger, geboren 1951, lebt mit Familie in der Nähe von Prag."

Warnecke hatte jetzt die ungeteilte Aufmerksamkeit seiner Kollegen. Er entnahm dem Ordner erneut mehrere Blätter.

„Frantisek trat 1970 in die Dienste des tschechischen Geheimdienstes, dem STB. Was er dort genau machte, lässt sich nicht mehr mit Sicherheit sagen. Es scheint aber, dass er für, sagen wir mal, sehr sensible Aufgaben eingesetzt wurde. Jedenfalls sagt dies das LKA nach Rücksprache mit dem BKA beziehungsweise dem BND. Nach dem Ende des kalten Krieges und des Warschauer Paktes verlor sich seine Spur zunächst, der Personalbestand der Geheimdienste wurde massiv heruntergefahren. 1991, während des Jugoslawienkonfliktes, tauchte er als Mitglied einer paramilitärischen serbischen Freischärlerbande überraschend wieder auf. Darüber gibt es Bildmaterial." Warnecke klopfte auf den Ordner.

„Unsere Kollegen vermuten, dass er am Massaker von Vukovar beteiligt war. Es gab später eine Untersuchung, aber eine aktive Beteiligung war ihm nicht nachzuweisen. Heute lebt er, wie schon erwähnt, in der Nähe von Prag und hat eine kleine Firma angemeldet, die mit mehreren Angestellten unterschiedlichste Arbeiten übernimmt. Er ist oft unterwegs, auch im Ausland. Angeblich Saisonarbeit bei der Ernte oder als Billiglohnarbeiter auf Baustellen und ähnliches. Aber das kann keiner so genau kontrollieren. Die Firma hat allerdings bisher immer korrekte Steuererklärungen abgegeben. Also, das sind die Neuigkeiten vom LKA." Warnecke schwieg einen Moment und ließ die Worte wirken.

Kerkhoff atmete hörbar aus: „Ein Söldner, der Typ ist nichts anderes als ein Söldner. Aber was hat das mit unseren vier Toten zu tun?"

Warnecke setzte noch einmal an: „Peter, nicht nur ein Söldner. Ich habe mich heute Morgen im Internet über Vukovar schlau gemacht. Eine kroatische Stadt an der Grenze zu Serbien-Montenegro, die Ende 1991 von der JNA, also praktisch von der serbischen Armee und von Paramilitärs besetzt wurde. Den Insassen des örtlichen Krankenhauses - Personal, Kranke, Verwundete - wurde freies Geleit auf ein Gebiet zugesichert, das sich unter kroatischer Kontrolle befand. Dann nahmen die Armee und die Söldner aber rund 400 Personen gefangen und brachten sie zu einer nahe gelegenen ehemaligen Schweinefarm. Dort wurden diese Menschen mehrere Tage misshandelt, schließlich ermordet und in einem Massengrab verscharrt. Dieser Frantisek ist nicht nur ein Söldner, sondern ein kaltblütiger Mörder, und dazu wahrscheinlich bestens ausgebildet, sodass er sich heute als professioneller Killer seinen Lebensunterhalt verdienen kann."

Es herrschte Ruhe im Raum, jeder der Anwesenden versuchte zu realisieren, was die Worte Warneckes bedeuteten.

Schließlich fragte Ulla Hufnagel: „Aber ist das Ganze dann nicht eine Nummer zu groß für uns? Wollen da nicht auch übergeordnete Dienststellen mitmischen? Die, die uns diese Erkenntnisse übermittelt haben."

Warnecke reagierte unwillig: „Bis jetzt habe ich noch nichts derartiges gehört. Auch von Laurenz nicht. Solange keine andere Anweisung kommt, machen wir weiter wie bisher. Das hier ist unser Zuständigkeitsbereich, wir sollten uns nicht schlechter machen, als wir sind. Wir wissen doch noch nicht einmal, wo der Kerl sich aufhält, falls er überhaupt noch in dieser Gegend ist. Sollte dann ein Zugriff möglich erscheinen, können wir immer noch ein SEK anfordern."

Lübbing sah fragend zu Ulla.

„Sondereinsatzkommando", klärte sie ihn auf.

Für Warnecke war das Thema LKA erledigt. Schröder ergriff das Wort: „Kurt und ich haben noch gestern Abend en face-Kopien aller vier Männer aus dem Hotel an die Kollegen im Altkreis Wittlage geschickt. Die sprechen jetzt mit dem Wirt des betreffenden Hotels und hören sich auch in der weiteren Gastronomie um." Er schaute auf die Uhr: „Die müssten eigentlich schon unterwegs sein."

„Gut", sagte Warnecke, „Kerkhoff, du machst trotzdem mit den römischen Vereinen weiter, solange es nichts Neues gibt. Ulla, Knut und Schröder werden dich unterstützen. „So, und ich mache mich auf den Weg. Habe nämlich heute Mittag einen Termin in Bochum bei der Witwe von Luigi Carboni. Muss nur noch mal die dortigen Kollegen anrufen, wie ich genau fahren muss."

„In Bochum", meldete sich Lübbing interessiert zu Wort, „wo denn da?"

„Prinz-Regent-Straße, wieso?", fragte Warnecke.

„Ich habe einige Zeit in Bochum gewohnt, und in dieser Straße sogar gearbeitet. Da gibt es eine Konzerthalle, die Zeche, war eine Zeitlang dort beschäftigt."

„Sag mal, gibt es eigentlich irgendeinen Job, den du noch nicht gemacht hast?", fragte Warnecke ironisch.

Lübbing konterte: „Polizist fehlt mir noch in der Sammlung, aber das Manko hole ich wohl gerade auf."

Alles lachte, nur Jeschke natürlich nicht. Sein ohnehin nicht sehr ausgeprägter Sinn für Humor konnte mit solch einer Äußerung schon überhaupt nichts anfangen.

Warnecke meinte aufgeräumt: „Weißt du was, Lübbing, wenn du nichts Wichtigeres zu tun hast, fahr doch einfach mit. Dann kannst du mir auch gleich den Weg zeigen."

Lübbing griff seinen Rucksack: „Wir können sofort los."

*

Die Fahrt verlief harmonisch, jedenfalls bis sie Bochum erreicht hatten. Ein Blick auf die Uhr hatte Lübbing gezeigt, dass sie noch reichlich Zeit bis zum Termin bei Frau Carboni hatten. Die Verlockung war zu groß, Warnecke eine Autobahnausfahrt weiter als nötig fahren zu lassen, um so am Ruhrstadion vorbeizukommen.

Er hatte sich während seiner Zeit in der Stadt, auch durch Arbeitskollegen angeregt, zu einem Fan der Blau-Weißen vom VfL Bochum gemausert, wobei ihr stetiges Underdog-Image in der Ersten Liga seine Sympathien für sie noch steigerte. Auch wenn er mittlerweile bekennender Fan des VfL Osnabrück war, verfolgte er doch die Ergebnisse der Bochumer Fußballer sehr genau. Ein Käppi mit dem Vereinsemblem lag heute noch in seinem Schrank.

Bis zum Stadion war er noch ein sicherer Lotse für Warnecke, aber danach ging absolut nichts mehr. Er hatte nicht damit gerechnet, wie sehr sich die Stadt verändert hatte. Nach 20 Minuten hatten sie sich total verfranst. Warnecke wurde immer nervöser, während Lübbing versuchte, nach außen die Ruhe zu bewahren. Warnecke fragte schließlich entnervt: „Sag mal, wann hast du eigentlich hier gelebt?"

„Anfang der achtziger Jahre."

„Was, Anfang der achtziger Jahre, vor zwei Jahrzehnten, du bist wohl bescheuert! Du hast allen Ernstes geglaubt, hier sähe es noch genauso aus wie früher?"

Lübbing wollte antworten, Warnecke verhinderte das mit einer hastigen Handbewegung: „Nein Lübbing, sag nichts, sag bitte nichts!" Wenn Lübbing jetzt damit gekommen wäre, dass man auch gut mit der Bahn hätte fahren können, er hätte ihn glatt aus dem Wagen geworfen. Nach einem verzweifelten Blick zum Autodach hielt er rechts an, stieg aus und fragte den erstbesten Passanten nach dem Weg. Innerhalb von zehn Minuten hielten sie vor dem Haus der Carbonis. Gerade noch rechtzeitig zum vereinbarten Termin.

*

Auf ihr Klingeln öffnete ein Mann mit zuviel Brillantine im Haar die Tür. „Sie wünschen?"

„Kurt Warnecke und Waldemar Lübbing. Kripo Osnabrück. Frau Carboni erwartet uns, wir ermitteln im Todesfall ihres Mannes."

Der Mann führte sie in einen geschmackvoll eingerichteten Salon. Die Möbel des Raumes waren gediegen. Kein Gelsenkirchener

Barock oder etwas Protziges, dafür dezent und sehr geschickt platziert, aber durchaus den Wohlstand der Hausbewohner erkennen lassend.

„Meine Herren, ich bin Gerda Carboni, bitte nehmen Sie doch Platz", sagte eine Stimme hinter ihnen.

Sie drehten sich um. Der älteren, elegant gekleideten Dame sah man auf den ersten Blick die trauernde Witwe nicht an. Allerdings war ihre Kleidung in dunklen Tönen gehalten und auch das sparsam aufgetragene Rouge konnte ihre Blässe nicht verbergen.

„Möchten Sie etwas trinken?"

Lübbing sagte höflich: „Ein Kaffee wäre sehr angenehm."

Sie klingelte mit einer kleinen Glocke, die auf dem Salontisch zwischen ihnen stand. Lübbing fühlte sich an den Schuhhändler Schulz senior erinnert.

Der Brillantinetyp erschien augenblicklich: „Bruno, bringen Sie doch bitte drei Mokka."

Sie wandte sich wieder den beiden Gästen zu: „Nun, meine Herren, was kann ich für Sie tun? Sie werden aber verstehen, dass ich augenblicklich wenig Zeit habe, es gibt so viele Dinge zu regeln", fügte sie hinzu.

„Frau Carboni", Warnecke ergriff das Wort, „zunächst möchte ich Ihnen mein Bedauern über den Tod Ihres Mannes ausdrücken. Ich kann Ihnen versichern, dass wir alles tun werden, um den oder die Täter zu fassen."

Sie schüttelte verärgert den Kopf: „Herr Kommissar, Ihr Beileid mag wohl aufrichtig sein, aber deshalb sind Sie doch nicht hergekommen. Ihre hiesigen Kollegen werden Ihnen doch mit Sicherheit die Akten über meinen Mann gesandt haben."

„Das allerdings", erwiderte Warnecke.

„Na, dann wissen Sie doch alles Polizeirelevante über Luigi."

„Frau Carboni, ich sage es jetzt so hart. Ihr Mann wurde auf brutale Weise umgebracht. Über hundert Kilometer von seinem Wohnort entfernt. Nach den Akten, die ich einsehen konnte, hätte ich hier einen Mord im Milieu noch verstehen können. Aber warum bei uns da oben, und warum die Vortäuschung eines germanischen Rituals?"

Gerda Carboni erhob sich: „Herr Warnecke, ich finde Etikette eine sehr angenehme Gepflogenheit, miteinander umzugehen. Bei Ihnen bin ich kurz davor, sie zu vergessen. Was meinen Sie denn mit Milieu? Die Lebensumstände prägen einen Menschen, aus seinen Erfahrungen zieht er seine Schlussfolgerungen. Für Sie war mein Mann ein Ganove, ein Gangster, und, weil er aus Italien stammte, wahrscheinlich ein Mafioso. Mein Mann war für mich die Liebe meines Lebens, fast fünf Jahrzehnte ein aufmerksamer, sympathischer Ehemann. Denken Sie, was Sie wollen aus Ihrer Gesetzeshütersicht, aber ich werde nicht zulassen, dass Sie in meiner Gegenwart sein Andenken beschmutzen. Ich muss Sie bitten, jetzt zu gehen!"

Warnecke war schon dabei, sich wütend zu erheben, als Lübbing sanft bat: „Frau Carboni, erzählen Sie mir doch bitte etwas über Ihren Mann. Wie haben Sie ihn kennen gelernt?"

Die Frau stutzte: „Warum wollen ausgerechnet Sie das wissen?"

„Es hat mich beeindruckt, was Sie eben gesagt haben", sagte Lübbing ruhig. „Man vergisst so gern, dass ein Mensch ganz unterschiedliche Facetten haben kann. Zeigen Sie uns doch die anderen Seiten Ihres Mannes. Das wird uns helfen, seinen Mörder zu finden."

Sie schaute ihn zweifelnd an, dann gab sie sich einen Ruck. „Meinen Mann habe ich kurz nach Kriegsende in Köln kennen gelernt."

„Was machte ein Italiener in solchen Zeiten in Köln?"

„Kriegsschicksal, Herr Lübbing. Er hatte sich noch als Jugendlicher von der italienischen Armee ködern lassen. Er stammt aus Crotone, ziemlich weit im Süden. Die Leute lebten dort größtenteils in Armut, wie auch Luigis Familie. Bei der Armee gab es wenigstens regelmäßige Mahlzeiten. Nach der Entmachtung Mussolinis und der italienischen Kapitulation begannen die deutschen Verbände, ihre ehemaligen Verbündeten zu internieren. Mein Mann war auch darunter. Er wurde in einem Eisenbahnwaggon nach Deutschland transportiert und landete in einem Zwangsarbeiterlager in der Nähe von Köln."

Sie machte eine Pause, die Lübbing nutzte um zu fragen: „Wo stammen Sie eigentlich her, Frau Carboni?"

Einen Augenblick schwieg sie: „Aus Insterburg. Ich weiß nicht einmal, ob das heute zu Polen oder zu Russland gehört. Damals hieß es Ostpreußen. Es war eine schöne Kindheit. Mein Vater war Kutscher des örtlichen Deputatsherren. Wir sind damals zu spät weggekommen, als die Russen unsere glorreiche Wehrmacht vor sich herjagten. Das war zum Teil auch meine Schuld, weil ich nicht fort wollte. Ich war als Mitglied im BDM glühende Nationalsozialistin, Hitler und seine Clique waren Götter für mich. Mein Bruder in der HJ wehrte sich auch. Da sind meine Eltern ein paar Tage zu lange geblieben. Sie haben versucht, uns zu überzeugen, statt uns zu befehlen. Jedenfalls bin ich als eine der letzten über die Ostsee rausgekommen, weil sich eine Frau um mich gekümmert hat, nachdem ich auf der Flucht von meinen Eltern und meinem Bruder getrennt worden war. Es war damals alles so ein Chaos, ich habe nie wieder von ihnen gehört. Irgendwann bin ich zusammen mit meiner Retterin dann in Köln gelandet."

Sie schwieg, in sich versunken, mehr als ein halbes Jahrhundert entfernt. Lübbing ließ ihr Zeit. Nach einer Minute fragte er: „Wie haben Sie Ihren Mann nun genau kennen gelernt?"

Sie schreckte hoch: „Junger Mann, wollen Sie das wirklich wissen?" *Junger Mann*! Lübbing fand, aus ihrem Mund klang es sehr charmant. Er nickte.

Sie schaute ihn noch einmal forschend an und meinte: „Gut, ich glaube, Sie werden es verstehen. Hoffentlich schockiere ich Ihren so korrekten Kollegen nicht."

Sie holte noch einmal tief Luft und sagte: „Mein Mann und ich haben uns in dem Bordell kennen gelernt, in dem ich damals arbeitete."

Warnecke verschluckte sich an dem Mokka, von dem er gerade einen Schluck nahm. Lübbing sah ihn missbilligend an.

Gerda Carboni beachtete Warneckes Reaktion nicht weiter. „Jawohl, in einem Bordell oder, wenn Sie so wollen, in einem Puff. Sie können heute wohl kaum nachvollziehen, wie die Situation damals war. Hunger, immer wieder Hunger, und keine Hygiene:

Wir haben mit sieben Personen in einem ehemaligen Kartoffelkeller gehaust. Eine Bekannte hat mich dazu gebracht. Eine junge Frau wurde von den Besatzungssoldaten sowieso ständig angesprochen, wenn nicht noch Schlimmeres passierte."

Ihre Stimme wurde fester: „Kurz gesagt, ich habe die Beine breit gemacht, und dafür plötzlich Lebensmittel, Nylons, Seife, Zigaretten, Medikamente und so etwas gehabt. Alles Sachen, die man dringend zum Überleben brauchte oder die man auf dem Schwarzmarkt bestens tauschen konnte. Mit anderen Worten, ich war eine Nutte!"

Warnecke blickte verblüfft. Aus dem Munde dieser eben noch so distinguierten Dame derart ordinäre Worte zu hören!

„Schockiert, Herr Kommissar?", fragte sie spöttisch, ohne eine Antwort zu erwarten.

Lübbing sagte ruhig: „Eine ordinäre Situation erfordert auch ordinäre Ausdrücke."

Sie lächelte und fuhr fort: „Mein Mann tauchte eines Tages einfach auf. Machte Geschäfte mit dem Bordellbesitzer. Er hatte Talent dafür, Geschäfte zu organisieren. Nach ein paar Monaten gehörte ihm der Laden. Irgendwann hat er mich gefragt, ob wir eine Familie gründen wollten. Ich habe ihn erst überhaupt nicht verstanden, dachte damals, er wollte so etwas wie einen Mafia-Clan ins Leben rufen, schließlich war er Italiener. Aber er hat es wirklich so gemeint, wie er es gesagt hat. Wir haben ein paar Monate später geheiratet, und ich war immer glücklich mit ihm."

„Frau Carboni, ich muss das jetzt fragen", Lübbing wählte seine Worte sorgfältig, „was ist mit den ganzen Akten, die sich im Laufe der Zeit bei der Polizei angesammelt haben?"

„Ach", Gerda Carboni winkte ab, „das meiste ist Hysterie. Ein Deutscher italienischer Abstammung, der zugegebenermaßen nicht immer ganz saubere Geschäfte abgewickelt hat. Solange ich ihn gekannt habe, hat er ganze zweimal Schläger angeheuert, um Geschäftspartner auf der Linie zu halten. Und das waren wirklich üble Typen, diese Leute. Zugegeben, Luigi war so etwas wie ein Bandit. Das hat er selbst immer gesagt, ich bin ein italienischer Bandit aus Crotone. Aber er hatte seine Prinzipien. Schmuggel ja, weil er nicht einsah, irgendwelche schwachsinnigen Steuern zu zahlen, die von korrupten Politikern eingeführt wurden. Ein Versicherungsbetrug machte ihm auch kein schlechtes Gewissen. Und damals, diese Verurteilung wegen Steuerhinterziehung, das war wirklich der Berater, der ihn damit reingelegt hat, auch wenn in Ihren Akten vielleicht etwas anderes steht." Ihre Stimme klang jetzt fast ein wenig zornig.

„Er hat sich vor Jahren zurückgezogen, weil das Geschäft immer härter und schmutziger wurde, wie er es ausdrückte. Es gab wochenlange Diskussionen mit unserem Sohn, Valentino. Der meinte, man müsse sich eben der veränderten Situation anpassen. Doch das war für Luigi keine Lösung. Aber es wurde immer schwieriger. Andere Geschäftsleute drängten in den Markt, meistens waren es solche, die man nur als Banden bezeichnen konnte. Viele aus Osteuropa. Eines Tages sagte mein Mann zu mir, dass es genug sei. Es sei Zeit, dass wir aufs Rententeil gingen, er wolle nun, dass Valentino die Geschäfte übernimmt. Er wolle nicht, wie in den vierziger Jahren, noch einmal mit Prostitution zu tun haben, und Drogenhändler halte er ohnehin für die schlimmsten Verbrecher."

„Wie haben Sie reagiert?"

„Erleichtert, glücklich. Wir haben danach im Alter noch einmal sehr schöne Jahre erlebt. Luigi hat sich an seine Wurzeln erinnert. Wenn wir in Italien waren, sind wir nur in kleinen familiären Dorfgaststätten abgestiegen, und in Schwagstorf hatten wir unseren Wohnwagen. Fast so einfach wie früher und genauso gut, sagte er immer."

Lübbing hakte noch einmal nach: „Frau Carboni, und wie lief das, nachdem Ihr Sohn die Firma übernommen hatte?"

„Mal so, mal so. Sie hatten zwar genaue Absprachen, aber Luigi hat sich immer wieder eingemischt. Da konnte er den Patron nicht ablegen, war wieder ein typisch italienisches Familienoberhaupt. Aber Valentino sagte immer, er komme damit schon klar."

Warnecke sagte das erste Mal nach längerer Zeit wieder etwas, er fragte: „Frau Carboni, wo können wir Ihren Sohn finden, wir müssten auch mit ihm sprechen."

„Er ist momentan geschäftlich unterwegs, aber als er erfahren hat, was geschehen ist, hat er seine Pläne geändert. Bruno, sein Privatsekretär sagte mir, er sei am Donnerstag wieder hier."

„Bruno", dachte Lübbing, „dieser zu stark brillantinierte Mokkaservierer sein." Er nickte Warnecke kurz bestätigend zu, bedankte sich für das Gespräch, dann erhoben sich beide. Der dienstbare Geist erschien, als hätte er hinter der Tür gelauscht.

„Ist schon gut, Bruno, ich bringe die Herren selbst hinaus."

Auf dem Flur drehte Warnecke sich noch einmal um: „Frau Carboni, was war denn mit dem Streit zwischen Ihrem Mann und Dr. Habermann?"

Sie winkte ab: „Ach das. Luigi war im Unrecht. Er konnte doch nicht wieder seinen alten Stellplatz beanspruchen, wenn er vergessen hatte, ihn rechtzeitig zu buchen. Ich habe ihm ordentlich den Kopf gewaschen, aber sein süditalienischer Stolz machte ihm Probleme. Allerdings wollte er in dieser Woche mit Habermann reden und sich entschuldigen. Das hatte er mir fest versprochen."

Sie waren schon im Vorgarten, als Gerda Carboni noch eine Frage stellte: „Herr Lübbing, Sie sind doch kein Polizist, oder?"

Lübbing lächelte: „Gott bewahre, ich würde auch nie ein guter werden."

Sie lächelte ebenfalls: „Kommen Sie wieder, jederzeit. Wenn Sie in der Gegend sind."

*

Auf der Rückfahrt herrschte erst einmal Schweigen, bis sie wieder auf der Autobahn waren. Schließlich fragte Warnecke: „Und was hat nun dein tiefschürfendes Gespräch mit Gerda Carboni gebracht?"

„Ich fand es interessant."

„Interessant. Für dich vielleicht. Aber hast du mal daran gedacht, dass diese Frau auch eine, salopp gesagt, Gangsterbraut sein kann?"

„Ach, Kurt, jetzt hör auf. Für mich war das eine sehr starke, imponierende Frau."

Warnecke sagte nichts mehr, das blieb auch die restliche Fahrt so. Er setzte Lübbing in der Katharinenstraße ab, hatte aber noch Durst auf ein - versöhnliches - Bier.

„Nein", sagte Lübbing sofort, „ich brauch jetzt meine Ruhe. Und du solltest dir öfter ein Geschichtsbuch zur Hand nehmen. Dann könntest du auch Handlungen von Menschen in früheren Zeiten besser einschätzen."

Warnecke wollte antworten, aber Lübbing war schon ausgestiegen.

Er freute sich auf einen gemütlichen Abend. Nach einer ausgiebigen Dusche stand er eine halbe Stunde später vor seinem CD-Regal. Er dachte, eigentlich müsse es heute etwas Italienisches sein. Aber keine Rockröhre wie Gianna Nannini, so gut sie auch war. Sein Blick fiel mehr zufällig auf die wenigen Klassik-CDs am Ende der Sammlung. Ottorino Resphigi, „Fontane di Roma". Eine leichte, verspielte, eingängige sinfonische Dichtung, das war genau das Richtige. Bei den Büchern hatte er weniger Probleme, Ignazio Silones Roman „Brot und Wein", hatte er schon lange nicht mehr gelesen. Er machte sich noch einen frugalen Imbiss zurecht und hatte seltsamerweise Durst auf ein Bier, obwohl Wein besser gepasst hätte. Wenig später perlte ein wohltemperiertes Jever im Glas. Dann machte er es sich auf der Couch bequem. Das Bier und das Essen in bequemer Reichweite.

Nach 45 Minuten klingelte es.

Kapitel 19

Lübbing drückte den Knopf, der die Haustür aufspringen ließ, und öffnete den Eingang zu seiner Wohnung. Ulla Hufnagel stand binnen Sekunden vor ihm. „Lübbing, ich will mit dir reden, oder ist es schon zu spät?“

„Komm rein.“

Sie setzte sich wieder auf die Couch, Lübbing dieses Mal in den Sessel gegenüber. Sie wollte nichts trinken, Lübbing holte sich ein neues Jever aus dem Kühlschrank. Er setzte sich wieder und schaute sie fragend an.

„Lübbing, hör mir jetzt zu und unterbrich mich nicht. Es ist wichtig. Ich habe die letzten Tage nachgedacht. Ich mag dich, und ich habe einen Entschluss gefasst.“

Sie holte tief Luft: „Lass uns in nächster Zeit glücklich sein, egal, wie lange es dauert. Frage nicht, warum und wieso. Einfach nur glücklich sein.“

Lübbing fasste sich und fragte: „Ulla, bist du krank?“

Sie sah ihn offen an: „Irgendwie schon. Aber bitte, Lübbing, frag jetzt nicht weiter. Du wirst schon noch alles erfahren, irgendwann. Ich möchte einfach mit dir zusammen sein, aber ich weiß nicht, wie lange es dauert. Wäre das eine Basis für uns?“

Lübbing antwortete nicht sofort. Er dachte nach. Sie wollte also nicht über ihre Krankheit reden. Das musste er akzeptieren. Auch er wollte mit ihr zusammen sein, da fiel ihm das Akzeptieren leicht. Er dachte an Helens Rat und hatte sich entschieden.

„Das wäre für den Anfang eine wundervolle Basis.“

Sie lächelte: „Dann hole ich mir jetzt auch ein Jever.“

Als sie wieder ins Wohnzimmer kam, ging sie zum CD-Regal und wählte aus. Wieder war es eine Bluesscheibe, die er schon längst vergessen hatte: der „Walkin Blues“ von Robert Johnson.

Sie setzte sich wieder auf die Couch, ohne ein Wort zu sagen. Minutenlang wirkte nur die Musik. Schließlich stand Lübbing auf und fragte: „Kommst du mit ins Schlafzimmer?“

„Ich dachte schon, du fragst überhaupt nicht mehr.“

*

Karel Frantisek hatte im „Hotel Hohenzollern“ vis-a-vis dem Osnabrücker Hauptbahnhof eingecheckt, dieses Mal unter dem Namen Pavel Szepan. Er meldete sich zur vereinbarten Zeit telefonisch bei seinem Geschäftspartner und erfuhr Neuigkeiten, die ihn erschrecken ließen.

„Sie wissen alles, eure Namen, haben sogar Fotos. Von dir kennen sie das meiste aus deiner Vergangenheit. Du musst jetzt wirklich schnellstens verschwinden“, kam es aufgeregt aus dem Apparat.

Nach außen hin ruhig sagte er: „Warte mal einen Moment.“

Er ging durch das Zimmer und starrte hinaus. Der Bahnhof, von dort gingen täglich Züge in seine Heimat. Er könnte innerhalb von Minuten verschwunden sein. Aber das Geld. Er glaubte seinen Auftraggebern nicht, dass sie es dann deponieren würden. Es war die größte Summe, die er jemals mit seinen Leuten verdient hatte. Aber die Polizei hatte die Namen und sogar Fotos. Woher nur Fotos? Ihm fiel plötzlich der Journalist ein, der eines Morgens im Frühstücksraum stand und Aufnahmen gemacht hatte. Verdammt! Hätte er sich doch bloß nicht auf einen Disput mit dem Wirt eingelassen, sondern dem Typen einfach den Film abgenommen. Mit Sicherheit würden seine Verfolger auch schon wissen, dass er in den letzten Tagen in Leckermühle gewohnt hatte. Aber von da müsste sich seine Spur eigentlich verlieren. Würde die Polizei nicht glauben, er hätte sich nach dem letzten Mord schnellstens abgesetzt? Das wäre doch nur logisch. Noch einen Augenblick überlegte er, dann stand sein Entschluss fest.

Er nahm den Hörer wieder zur Hand und sagte: „Es bleibt trotzdem alles beim Alten, genau wie besprochen.“

Der andere protestierte: „Hör mal, das geht doch nicht, das Risiko, sie ...“

„Doch, so wird es gemacht, es sei denn, du bringst das Geld vorher.“

„Ich habe dir doch gesagt ...“

„Also dann Freitag zur vereinbarten Zeit“, unterbrach er ihn barsch und legte auf.

Er spürte Schweiß auf der Stirn und ging ins Badezimmer, tauchte ein Handtuch in kaltes Wasser und kühlte sein Gesicht ab. Was hatte er zu tun? Noch knappe 60 Stunden. Er würde auf keinen Fall einen Fuß vor das Hotel setzen. Es würde langweilig sein, aber im Laufe der Jahre hatte er schon so oft auf irgendetwas gewartet, dass er eine stoische Ruhe entwickelt hatte. Dann fiel ihm noch etwas ein. Er müsste seine Leute in der tschechischen Heimat warnen. Sie sollten für einige Zeit untertauchen und sich neue Identitäten besorgen. Das gleiche galt für ihn, wenn er wieder zu Hause war. Aber das war nur ein kleines Problem, er hatte seine immer noch verlässlichen Quellen. Während er sich aufs Bett setzte, dachte Karel Frantisek bekümmert: „Aber für Jana und die Kinder wird es nicht leicht werden.“ Dann begann er mit seinen Telefonaten.

*

Noch verschlafen blinzelte Lübbing an die Zimmerdecke. Er war gerade aufgewacht. Er drehte sich nach rechts, wollte wieder die Wärme von Ullas Körper spüren, doch ihre Seite des Bettes war leer. Jetzt hörte er auch das Rauschen der Dusche aus dem Bad. Für ihn klang es wie himmlische Musik, zeigte es doch wirklich ihre Gegenwart nach dieser wunderbaren Nacht.

Er überlegte. Eigentlich wäre er heute mit dem Frühstück dran. Dann kam ihn ein anderer Gedanke. Er verspürte wieder Lust, und ein gemeinsames Duschen mit Ulla schien ihm im Moment viel verlockender als gebackene Bohnen in Tomatensoße und Toast mit Orangenmarmelade. Er schwang sich aus dem Bett.

Auf dem Weg ins Bad dachte er frivol: „Eine kleine Nummer am Morgen vertreibt Kummer und Sorgen.“ Dann öffnete er die Tür zum Badezimmer und erstarrte.

Die Dusche lief zwar, aber Ulla stand vor dem Waschbecken, hatte seine Utensilien auf der Ablage unter dem Spiegel an die Seite geräumt. Den Kopf gebeugt, sog sie gierig mit einem Röhrchen ein Pulver in die Nase ein, das als Linie auf der Ablage platziert war. Sie schreckte hoch, im Spiegel sah sie Lübbing in der

Tür stehen. Einen Augenblick starrten sie sich beide fassungslos an. Lübbing trat zwei Schritte vor, schob Ulla mit dem linken Arm derart hart an die Seite, dass sie fast in die Dusche gefallen wäre, wischte mit der rechten Hand den Rest des Pulvers in das Waschbecken und drehte den Hahn auf.

Sie protestierte: „Lübbing, nein, nicht!"

Er blickte sie kurz an: „Halt den Mund!", sagte er kalt. Dann ging er ins Wohnzimmer.

Es dauerte einige Minuten, bis sie auch das Bad verließ. Lübbing saß auf der Couch. Sie baute sich vor ihm auf: „Da ist der tolle, aufrechte Journalist also an einer Kokserin kleben geblieben. Das ist es doch, was du jetzt denkst! Aber keine Sorge, in fünf Minuten bin ich weg." Sie ging ins Schlafzimmer, um sich anzuziehen.

Als sie wieder herauskam, sagte Lübbing: „Setz dich."

Sie schaute ihn spöttisch an: „Nein danke, eine Moralpredigt brauche ich nun bestimmt nicht."

„Du sollst dich setzen!", schrie Lübbing sie an.

Erschreckt setzte sie sich tatsächlich in den Sessel gegenüber der Couch und wartete.

Lübbing schaute sie eine Zeit lang an, dann beugte er sich vor, und stützte das Kinn auf die geballten Hände: „Ich frage das nur einmal, wirklich nur einmal: Warst du mit mir im Bett, weil dich gerade eine Linie Kokain geil gemacht hat – oder war da noch etwas?"

Sie war erstaunt. Die Frage hatte sie nicht erwartet. Dann antwortete sie: „Lübbing, ich schwöre dir, in keiner Minute war ich da auf Koks. Oder was meinst du, warum es mir morgens dann so schlecht ging, dass ich im Bad gleich eine Linie ziehen musste?"

„Okay, abgehakt. Wir müssen jetzt überlegen, was wir machen. Ich habe keine Lust, mich total in eine Person zu verlieben, die dauerhaft auf Koks ist. Wie lange geht das jetzt schon?"

„Einige Zeit."

„Ich schlage Folgendes vor. Ich kenne Leute von einer Drogenhilfe, die arbeiten sehr diskret. Denen geht es wirklich um die Person, nicht nur um gute Statistiken, wie oft bei staatlichen Einrichtungen. Ich werde mit einigen von ihnen reden, du brauchst auf jeden Fall einen Therapieplatz."

Er dachte noch mal kurz nach: „Deine Kollegen dürfen allerdings nichts mitbekommen, sonst kannst du deinen Beruf an den Nagel hängen. Wie viel Urlaub steht dir eigentlich zu?"

Ulla hatte Lübbing nur zuhören können, ihre Gedanken waren seinen Planungen um einiges hinterher. Aber sie merkte, er wollte ihr wirklich helfen, also gab sie sich Mühe, eine Antwort zu finden. „Ich habe noch ellenlang Urlaub zu kriegen."

Lübbing sagte: Gut ...", aber sie unterbrach ihn. „Ich will mit den Kollegen auf jeden Fall noch diese Morde klären. Das lasse ich mir nicht nehmen. Warnecke würde das auch überhaupt nicht zulassen, so unterbesetzt, wie wir sind. Danach kann ich auf meinem Urlaub bestehen." Sie machte eine Pause, dann sagte sie mit Betonung: „Und dann will ich das auch."

Lübbing brauchte einige Zeit, bis er antwortete: „Okay, das ist eine Basis, wenn auch nicht besonders befriedigend für den Moment. Aber ich mache mit. Nach Klärung der Morde gehst du in eine Therapie, ich werde mich rechtzeitig um einen Platz bemühen."

„Danke."

„Ach noch etwas. Solange du die Therapie nicht begonnen hast, kommst du nicht mehr hierher."

Ulla schaute ihn bestürzt an: „Aber Lübbing, das kannst du doch nicht machen. Ich verspreche dir, ich werde kein ..."

Er unterbrach sie rau: „Nein. Rede dir nichts ein. Du hast selbst gesagt, du nimmst es schon einige Zeit. Also trau dir nicht zu, du packst das, mach dir nichts vor, Ulla. Und ich habe keine Lust auf solche Drogen und eine Userin in meiner Wohnung."

Sie nickte resigniert.

Sie redeten anschließend nicht mehr viel. Es wurde allerhöchste Zeit für die Polizeiinspektion, auch das Frühstück mussten sie auslassen.

*

Sie kamen verspätet am Kollegienwall an. Als sie gemeinsam den Raum betraten und grüßten, drehten sich die Köpfe der schon anwesenden Beamten zu ihnen. Jeschke schien wieder einen seiner Sprüche loslassen zu wollen, sah aber den warnenden Blick von Warnecke. Peter Kerkhoff lächelte wissend und fröhlich. Und Schröder, Lübbing wollte es kaum glauben, zwinkerte ihm verständnisvoll zu. „Wenn die wüssten", dachte Lübbing.

Das Telefon klingelte. Warnecke nahm ab. Er hörte einen kurzen Moment zu, dann sagte er: „Kollege Frantz, darf ich meinen Apparat auf laut schalten, meine Mitarbeiter hier würden sicher gerne mithören. Ja, gut, danke, einen Moment bitte."

Er sprach in die Runde: „Frantz ist dran, der Kollege aus dem Altkreis Wittlage. Er hat Ergebnisse zu den Fotos." Dann drückte er auf die Lautsprechertaste seines Telefons: „Gerhardt, Sie können jetzt beginnen."

Die Stimme von Gerhardt Frantz klang etwas blechern: „Der Wirt im Venner Moor hat den Mann eindeutig identifiziert. War unter dem Namen Blaschek dort abgestiegen. Ich habe auch die Namen von den anderen, kommen dann nachher als Fax. Die vier Männer arbeiteten angeblich als Saisonarbeiter für den Kanalhafen in Bohmte, fuhren auch mal spät weg, weil sie Nachtschicht hatten, wie ihr Chef im Hotel erklärte. Und jetzt wird es spannend", schepperte die Stimme von Gerhardt Frantz, „ich bin dann selbst zum Kanalhafen gefahren. Die Männer waren da völlig unbekannt, und Nachtschichten gibt es bei denen schon seit Jahrzehnten nicht mehr."

„Gute Arbeit, Frantz", lobte Warnecke.

„Moment, das ist noch nicht alles. Ich bin dann mal rüber zum Hotel Leckermühle. Sind ja nur knapp zweihundert Meter, praktisch einmal über die Kreuzung."

„Und", fragte Warnecke gespannt.

„Da war unser Mann auch bekannt. Kam letzte Woche und hat gestern Morgen ausgecheckt. Er nannte sich allerdings Jiri Kafka."

Warnecke fragte: „Ist dem Personal irgendetwas aufgefallen?"

„Nein. Nur dass er sehr höflich war. Ein wandernder Tourist, der den Altkreis Wittlage genießen wollte. Hat sich die ganzen Tage zu Fuß oder mit dem Weser-Ems-Bus in der Gegend herumgetrieben. Allerdings gibt es da etwas Merkwürdiges. In der Nacht von Sonntag auf Montag ist er angeblich mit dem Bus nach Osnabrück gefahren, um ein wenig Nachtleben und die Altstadt zu genießen, so hat er jedenfalls gesagt."

„Was war denn das Merkwürdige?", fragte Warnecke ungeduldig.

Frantz, am anderen Ende der Leitung, ließ sich nicht aus der Ruhe bringen: „Der Nachtportier hat sich gewundert, dass Kafka oder Blaschek, oder wie immer der jetzt heißt, vom Osnabrücker Nachtleben zurückkam und einen Rucksack trug und sehr verschmutzte Wanderstiefel an den Füßen hatte."

Warnecke fragte noch einmal nach: „Gerhardt, sonst noch etwas Relevantes?"

„Nein nichts, die Hotelangestellten gingen einfach davon aus, dass er am Dienstagmorgen wieder nach Hause gefahren ist."

„Danke, Gerhardt." Warnecke sah in die Runde: „Jetzt ist Frantisek eindeutig unser Mann. Fährt am Sonntag angeblich nach Osnabrück, um sich zu amüsieren. Mit Rucksack und Wanderstiefeln. In der Nacht, in der Carboni ermordet wurde."

„Wenn der die Leckermühle aber gestern Morgen verlassen hat, ist er doch längst über alle Berge. Schon wieder in Tschechien oder sonst wo, und als Profi weiß er sicher auch, wie man keine Spuren hinterlässt", bemerkte Kerkhoff skeptisch.

Warnecke stimmte ihm zu: „Das ist zu befürchten. Wir schicken auf jeden Fall den Kollegen in Prag ein Fahndungsersuchen." Er blickte bei den Worten Schröder an.

Schröder antwortete: „Geht klar", und sagte nach einigem Zögern: „Eins macht mich stutzig. Wieso hat er erst am Dienstag das Hotel in Leckermühle verlassen? Der Mord an Carboni geschah in der Nacht von Sonntag auf Montag. Er hätte also schon einen Tag früher verschwinden können. Wäre doch nur logisch, warum sich noch 24 Stunden der Gefahr aussetzen, von uns gefasst zu werden?"

Jeschke meinte: „Das kann doch aus allen möglichen Gründen sein. Vielleicht hat er auf etwas gewartet, vielleicht hat er sich einfach ausgeruht. Wenn er diesmal offensichtlich ohne Auto unterwegs ist, hat er wahrscheinlich kilometerweit eine Leiche getragen."

Schröder gab sich noch nicht zufrieden: „Aber wir wissen doch, dass der Mann ein Profi ist. Da kann man davon ausgehen, dass er im Vorfeld alles genauestens geplant und das Risiko minimiert hat, und dazu gehört doch wohl, nach der Tat schnellstens zu verschwinden. Ich finde, komisch ist das schon."

Auch Warnecke grübelte: „Ja, irgendwie merkwürdig." Plötzlich kam ihm ein Gedanke: „Knut, was hast du da eben gesagt?"

„Dass er sich vielleicht ausgeruht hat."

„Nein, nein, davor."

„Dass er vielleicht auf etwas gewartet hat."

„Genau, gewartet, er hat auf etwas gewartet", Warnecke war jetzt leicht aufgeregt. „Und vielleicht wartet er immer noch auf etwas. Nur nicht mehr in Leckermühle."

„Du meinst, er ist noch hier in der Gegend?", fragte Kerkhoff.

„Es ist eine Möglichkeit. Er hat vielleicht nur das Hotel gewechselt."

„Aber die Kollegen im Altkreis haben doch sicher die Befragung in allen Hotels, Pensionen und Ähnlichem beendet, sie hätten doch so etwas melden müssen", zweifelte Jeschke.

„Nicht im Altkreis. Da unten fällt er doch im Prinzip mit seinem Akzent auf wie ein bunter Hund. Wenn, dann ist er hier in Osnabrück und wartet - auf was auch immer. Also, Kopien von seinem Foto schnellstens raus an alle Reviere. Die Kollegen sollen damit in den Hotels nachfragen. Aber mit dem dringenden Hinweis, diskret zu sein. Auftritt nur in Zivil."

Alle machten sich an die Arbeit, das Team war vom Jagdfieber gepackt.

Nur Lübbing stand etwas überflüssig herum. Dann beschloss er, in den „Palazzo" zu gehen und einen Eiskaffee zu trinken. Er verabschiedete sich, fast niemand nahm es groß zur Kenntnis. Nur Ulla schaute ihm lange nach.

Kapitel 20

Die Suche nach Frantisek erwies sich überraschend schnell als erfolgreich. Schon am Donnerstagvormittag meldete sich ein Revier und gab die Neuigkeit durch. Warnecke war wie elektrisiert. „Passen Sie auf, Herr Kollege. Ich bin in fünf Minuten da. Wir treffen uns aber nicht im Hotel. Gegenüber ist die Spielbank, vom Foyer aus ist der Hoteleingang gut zu überblicken. In spätestens fünf Minuten also."

Er blickte in die Runde: „Er ist im *Hohenzollern* abgestiegen, direkt am Bahnhof. Ich muss da jetzt sofort hin." Warnecke zog sein Jackett über und verließ hastig den Raum.

„Na, nun geht es endlich mal voran", meinte Kerkhoff aufgeräumt.

„Wenn er es denn wirklich ist", antworte Jeschke, griesgrämig wie immer.

Die Tür ging auf. „Guten Morgen, die Herren", sagte Dr.Laurenz launig, „und einen guten Morgen natürlich auch für die Dame." Er deutete vor Ulla Hufnagel eine Verbeugung an. Er hielt viel davon, sich gegenüber seinen Untergebenen jovial zu geben, was ihm in der gesamten Polizeiinspektion niemand abnahm. „Wie geht es denn voran, sicher eine Menge zu tun? Und wo ist der Kollege Warnecke?"

Kerkhoff antwortete: „Es geht voran. Es gibt tatsächlich eine Menge zu tun. Und der Kollege Warnecke ist in der Spielbank."

Dr. Laurenz glaubte, nicht richtig gehört zu haben. Er stotterte ziemlich fassungslos: „Wie, was, wo ist er?"

Wieder war es Kerkhoff, der ungerührt sagte: „In der Spielbank. Aber er ist sicher bald wieder da. Hat nur wenig Geld mitgenommen."

Laurenz kriegte einen roten Kopf, drehte sich ohne ein Wort um und knallte die Tür hinter sich zu. Draußen auf dem Flur dachte er erbittert: „Wollen die mich auf den Arm nehmen oder tut sich hier tatsächlich ein Abgrund vor mir auf? So oder so, ich werde den Laden auf Vordermann bringen müssen."

Das wiehernde Gelächter im Büro der Kommission hörte er nicht mehr.

*

Das Hotel „Hohenzollern" lag quasi um die Ecke der Inspektion. Warnecke brauchte nur ein Stück den Kollegienwall hinunterzulaufen, links in die Heinrich-Heine-Straße am ehemaligen Pottgrabenbad einzubiegen, über die Hasebrücke zu gehen, und an der nächsten Kreuzung lag die Spielbank genau gegenüber.

Warneckes Kollege wartete schon.

„Ist er noch drin?", war die erste Frage des Kommissars.

„Mit Sicherheit. Nach Auskunft des Empfangschefs hat er das Hotel noch nicht einmal verlassen."

„Und der Mann ist sicher, dass es sich um den Gesuchten handelt?"

„Er ist sich sogar absolut sicher. Hat ihn aus nächster Nähe gesehen, weil er gerade Dienst hatte, als unser Mann eincheckte. Übrigens unter dem Namen Pavel Szepan. Er kommt bisher nur zu den Mahlzeiten runter und verschwindet anschließend sofort wieder auf seinem Zimmer. Nummer 221 im zweiten Stock."

Warnecke schaute auf die Uhr, es war fast Mittagszeit. Er beschloss, sich ins Hotel zu setzen, um den Mann selbst zu sehen, und bedankte sich bei dem Beamten für die gute Arbeit.

Im „Hohenzollern" wählte er einen Tisch, nahe am Eingang zum Restaurant, bestellte ein Kännchen Kaffee und schlug die Zeitung auf, die ihm der Kollege überlassen hatte. Nach 10 Minuten trat Karel Frantisek, der sich jetzt Pavel Szepan nannte, aus dem Fahrstuhl, durchquerte die Lobby und setzte sich im Restaurant an einen Tisch. Warnecke hatte ihn sofort erkannt. Der Mann wirkte sympathisch, hatte im Vorübergehen freundlich zum Empfang genickt und bedankte sich höflich, als ein Ober ihm die Menükarte brachte.

Warnecke hatte genug gesehen. Er zahlte seinen Kaffee und verließ das Hotel. Wieder ging er in das Foyer der Spielbank und rief im Büro an. Fast augenblicklich war Schröder am Apparat.

„Warnecke. Ich bin im Hotel gewesen."
Schröder fragte gespannt: „Und, ist er es?"
„Ohne jeden Zweifel."
„Was ist? Zugriff?"
„Nein, nein", wehrte Warnecke ab, „noch nicht, ich erkläre es euch gleich im Büro. Aber vorher brauche ich Jeschke hier. Er soll die Observierung fortsetzen. Ich bin im Foyer der Spielbank."
„Der ist gleich da", versicherte Schröder.
Jeschke kam wirklich innerhalb kürzester Zeit.
„Er hat ein Zimmer im zweiten Stock, Nummer 221", instruierte Warnecke ihn. „Das Hotel hat er bisher noch nicht verlassen. Du hast von hier den Eingang gut im Blick. Ich lass dich in ein paar Stunden ablösen. Ach so, du kannst ruhig mal ins Hotel reingehen. Aber nur einmal, setz dich so, dass du die Lobby einblicken kannst und bleib nicht länger, als man für einen Kaffee braucht. Bis dann." Warnecke machte sich auf den Rückweg zur Polizeidirektion.
Im Büro fand er nur Lübbing vor, der mittlerweile erschienen war, und Schröder, der erklärte: „Ulla und Peter sind kurz etwas essen gegangen."
„Gott sei Dank", dachte Lübbing, „ist Kerkhoff dabei. Dann muss sie wirklich etwas essen und sie kann sich nicht nur dieses Scheißzeug durch die Nase pfeifen."
Warnecke erklärte den Stand der Dinge.
„Warum greifen wir ihn uns nicht einfach?"
„Schröder, er ist ein Auftragskiller, und damit gibt es Hintermänner. Er sitzt nicht ohne Grund in diesem Hotel. Es war doch eure Idee, dass er auf etwas wartet, und jetzt warten wir mit ihm."
„Dann sollten wir uns ein Zeitlimit setzen."
„Gut, sagen wir bis zum Wochenende, wenn bis dahin nichts passiert - Zugriff. Und jetzt denken wir erst mal an das Naheliegende. Wir brauchen ein Sondereinsatzkommando, das auf Abruf in der Nähe des Hotels bereitsteht. Ich will nicht, dass irgendeiner von uns plötzlich diesem Killer allein gegenübersteht. Und wir platzieren noch andere Kripokollegen in der Gegend. Schröder, kümmerst du dich bitte um diese Dinge?" Der nickte.

„Ich würde insbesondere Leute im Bahnhof platzieren", riet Lübbing. „Und ich würde mir Fahrpläne der Züge besorgen."

„Wie kommst du jetzt darauf?"

Lübbing erklärte: „Erstens: Er hat doch anscheinend keinen Wagen. Zweitens: Wenn ich an seiner Stelle wäre, hätte ich für den Weg nach Deutschland die Bahn benutzt. Sicher, bequem und meistens auch pünktlich. Und drittens: Warum sollte er sonst wohl ein Hotel in unmittelbarer Nähe des Bahnhofs bezogen haben? Ich glaube, er ist mit einem Zug gekommen und will auch wieder mit einem zurück."

„Klingt logisch, was Lübbing sagt", assistierte Schröder.

„Und was ist mit den Fahrplänen, wofür sollen die gut sein?", fragte Warnecke.

„Wir wissen, dass er in der Nähe von Prag wohnt, dort Familie hat. Also ist die Wahrscheinlichkeit groß, dass sein Ziel eben Prag ist. Wir suchen die Verbindungen dazu aus den Plänen heraus, und du gibst zu diesen Zeiten immer eine erhöhte Alarmbereitschaft, oder wie das heißt, an die im Einsatz befindlichen Leute raus."

„Gute Idee", ließ sich Schröder wieder vernehmen.

„Das ist wirklich ein guter Gedanke", stimmte nun auch Warnecke zu. „Vielleicht ist an dir doch ein guter Kriminalist verloren gegangen."

„Meine Rede", bestätigte Schröder aufgeräumt ein drittes Mal.

Warnecke und Schröder begannen zu telefonieren, als ein dritter Apparat läutete.

Warnecke gab Lübbing Zeichen, das Gespräch anzunehmen.

Lübbing nahm ab und meldete sich etwas unsicher: „Polizeiinspektion, Lübbing am Apparat."

„Hier ist Professor Rodenheim, kulturgeschichtliches Museum. Ist Kommissar Warnecke zu sprechen?"

„Er telefoniert gerade auf der anderen Leitung. Kann ich Ihnen helfen?"

„Na ja, es geht eigentlich nur darum, dass wir nach unserem Ausgrabungsplan jetzt mit der Stelle anfangen wollen, wo die beiden Leichen gefunden worden sind. Ich wollte mich nur erkundigen, ob der Ort Ihrerseits freigegeben ist."

Lübbing antwortete: „Da bin ich überfragt. Aber ich werde Herrn Warnecke bitten, Sie deswegen anzurufen." Dann hatte er eine Idee. „Warum fangen Sie nicht erst auf der anderen Straßenseite an?" Ihm war das abgesperrte Gebiet im Wald zur Schmittenhöhe wieder eingefallen.

„Auf der anderen Seite? Soweit sind wir noch lange nicht. Das kann noch Jahre dauern, bis wir dort arbeiten."

„Ach so. Herr Professor, ich werde Herrn Warnecke auf jeden Fall Ihre Bitte mitteilen. Sie hören dann von uns."

„Komisch", dachte Lübbing, „sperren schon ab, obwohl es noch Jahre Zeit hat. Denen klaut doch keiner was."

Peter Kerkhoff und Ulla Hufnagel kamen zurück. Er schaute Ulla an, sie lächelte ihm zu. Eigentlich sah sie ganz munter aus. „Hoffentlich liegt das nicht an diesem Scheißzeug, sondern weil sie wieder eine Perspektive hat", wünschte Lübbing sich. „Es wird wirklich Zeit, dass diese Sache bald vorbei ist und wir uns endlich um uns selbst kümmern können." Noch heute würde er bei der Drogenhilfe anrufen.

*

Die neuen Erkenntnisse lösten eine extrem konzentrierte und temporeiche Arbeitsphase aus, in der Lübbing sich ziemlich schnell überflüssig vorkam. Er zog es vor, sich zu Hause seinen privaten Dingen zu widmen.

Am frühen Abend erhielt Warnecke einen Anruf aus Bochum. „Herr Warnecke, hier ist Valentino Carboni. Meine Mutter sagte mir, Sie wollten mich sprechen."

„Ach ja, Herr Carboni, gut, dass Sie anrufen. Es sind nur ein paar Kleinigkeiten, die ich noch wissen möchte. Ist es Ihnen recht, wenn wir das gleich am Telefon erledigen?"

„Kein Problem, Herr Kommissar, fragen Sie."

„Sie haben vor einiger Zeit ja die Firma Ihres Vaters als Nachfolger übernommen. Ihre Mutter sprach von gelegentlichen, sagen wir mal Meinungsverschiedenheiten zwischen Ihnen. Darüber möchte ich Näheres wissen."

Er antwortete sofort: „Dann wird meine Mutter Ihnen hoffentlich auch erzählt haben, dass es nichts Gravierendes war. Mein Vater hatte eine andere Auffassung, wie solch ein Geschäft zu führen sei. Sagen wir etwas antiquiert, ohne das böse zu meinen. Außerdem habe ich gewisse Geschäftszweige aufgegeben."

„Was meinen Sie damit?"

„Sie kennen doch sicher auch den Lebenslauf meines Vaters. Da ging vieles nicht ganz legal zu. *Der Bandit von Crotone*. Er hat mit dieser Bezeichnung kokettiert, was sicher auch an den Umständen jener Zeit lag, in der er die Firma aufgebaut hat. Ich habe das Unternehmen aber in die Legalität geführt, die über jeden Zweifel erhaben ist, und mit Erfolg, möchte ich betonen. Hier wird jetzt korrekt gearbeitet, hier werden korrekt die Steuern gezahlt. Wenn Sie wollen, können Sie sämtliche Unterlagen, auch die vertraulichen, jederzeit einsehen."

„Wahrscheinlich werde ich darauf sogar zurückkommen müssen. Aber danke für das Angebot –und auch für das Gespräch."

Warnecke hatte gehofft, von dem Sohn vielleicht doch noch einen Hinweis zu bekommen. Es sah zwar alles danach aus, dass sie den vierfachen Mörder gefunden und so gut wie dingfest hatten, aber immer noch war das Motiv für die Taten nicht gefunden. Hatte der alte Carboni etwa still und heimlich mit seinen krummen Geschäften weitergemacht und war jemandem in die Quere gekommen? Aber der Mord an den Habermanns passte dann überhaupt nicht ins Bild.

Der Schlüssel zu allem war Karel Frantisek. Aber man musste sich wohl auf schwierige, lange Verhöre einstellen. Frantisek war mit Sicherheit eine harte Nuss.

Kapitel 21

Im „Grünen Jäger“ wollte Lübbing sich am Donnerstagabend in Gesprächen mit Bekannten ablenken. Aber seine Gedanken kehrten immer wieder zu Ulla zurück. Für den kommenden Montag hatte er einen Beratungstermin bei der Drogenhilfe vereinbaren können. Würde Ulla wirklich mitkommen? Würde sie ihr Versprechen halten? Er hatte Angst. Noch vier Tage.

Spätestens am Sonntagabend wollte Warnecke die Observation von Frantisek beenden. Dann würden sie den mutmaßlichen Mörder verhaften, und für ihn wäre diese Geschichte endlich vorbei. Würde er dann so etwas wie Genugtuung empfinden, an der Aufklärung des Falles mitgeholfen zu haben? Er gestand sich ein, dass die Trauer um seinen ehemaligen Lehrer und Freund hinter seine Sorgen um Ulla zurückgetreten war. Nichts und niemand war für ihn wichtiger.

Zu Hause stellte er den Fernseher an, um sich abzulenken. Er entschied sich für einen Film mit Gudrun Landgrebe, zappte aber nach 15 Minuten weiter. Er hatte wirklich schon Besseres von ihr gesehen. Auch der Rest der Programme war nicht unterhaltsam, am wenigsten die Comedies. Eine platter als die andere. Fand er jedenfalls. Oder war er schon zu alt? Er dachte an wirkliche Komödianten wie Peter Frankenfeld, Loriot oder Heinz Erhardt. „Nein“, entschied er, „Qualität ist keine Frage des Jahrgangs.“

Seufzend stellte er den Fernseher ab und stand dann einige Zeit vor seiner CD-Sammlung. Nichts Rockiges heute, und Blues würde ihn nur an Ulla erinnern. Sein Blick fiel auf die CDs von Mary Chapin Carpenter. Intelligente, gefühlvolle Texte, verpackt in leicht verdauliche, aber schöne Melodien mit leichten Reminiszenzen an das Country-Genre. Ja, das war das Richtige für heute Abend. Er wählte eine ihrer CDs aus und legte sich auf die Couch. Roch das Kissen immer noch nach Ulla? Blödsinn, sagte er sich und versuchte, den Geruch noch tiefer in sich aufzunehmen. Nach einigen Liedern schlief er traurig ein.

*

Acht Stunden Schlaf! Unglaublich! Das war seit Jahren für ihn ein Rekord. Aber trotzdem fühlte Lübbing sich am Morgen einfach nur miserabel. Als er das Bad betrat, sah er wieder Ulla mit dem Röhrchen vor sich. Zum Duschen und Rasieren musste er sich dann regelrecht zwingen. Statt sein geliebtes ausgiebiges Frühstück zu sich zu nehmen, beschränkte er sich auf einen Tee. Er hatte sogar einen sehnsüchtigen Blick auf die Kiste Jever in seiner Küche geworfen.

Ungewöhnlich früh traf er in der Polizeiinspektion ein und fragte gleich, ob sich etwas Neues ergeben habe. „Noch nichts, aber wir sind ja auch noch ganz am Anfang", versuchte Warnecke optimistisch zu klingen.

Ullas Blick empfand er als kühl. Sofort stieg die Angst wieder in ihm hoch. Hatte sie es sich wieder anders überlegt mit der Therapie, oder war sie nur zu beschäftigt?

Kerkhoff war nicht da, er hatte die Observierung für die nächsten Stunden übernommen. Die anderen werteten weiter die bisherigen Untersuchungsergebnisse aus, versuchten immer noch einen Hinweis auf Auftraggeber und Motiv für die Morde zu finden. Oder schrieben längst überfällige Berichte. Lübbing trug die ersten Ideen für seine Reportage über den Fall zusammen. Er fühlte sich durch die erwartungsvolle Spannung inspiriert, die im Raum stand.

Die Erlösung kam eine Stunde später, durch einen Anruf von Kerkhoff: „Zielperson hat das Hotel verlassen", meldete er geradezu militärisch knapp.

Warnecke sprang aus seinem Bürosessel hoch: „Peter, gib sofort dem Sondereinsatzkommando Bescheid. Aber noch kein Zugriff, wir warten ab, was er macht!"

„Schon geschehen", antwortete Kerkhoff, „aber im Augenblick ist noch nicht viel passiert. Er ist ein paar Meter in Richtung Bahnhof gegangen und steht jetzt an der Ostseite des Hotels. An der Stelle hat er einen guten Überblick auf den Vorplatz des Bahnhofs. Sieht tatsächlich so aus, als ob er auf jemanden wartet."

Warnecke schrie geradezu ins Telefon: „Kerkhoff, nichts unternehmen. Es sei denn, er will verschwinden. Wir sind gleich da." Er knallte den Hörer auf.

Alle schauten ihn gespannt an.

„Es geht los. Er hat das Hotel verlassen. Schnell! Unten steht ein Auto für uns bereit." Lübbing schaute Warnecke fragend an.

„Vergiss es, Lübbing, er könnte dich wiedererkennen. Du bist ihm schließlich in dem Hotel im Venner Moor begegnet."

Er protestierte: „Aber ich kann mich doch im Hintergrund halten."

„Nein, kein Risiko, der Mann ist ein Profi. Ende der Diskussion!"

Damit stürmten die Polizisten aus dem Raum.

Während der Fahrt schaute Schröder in die Liste, in der sie die Bahnverbindungen nach Berlin mit Anschlussmöglichkeit nach Prag zusammengestellt hatten. „In 30 Minuten geht ein Zug."

„Er will weg", stellte Warnecke erregt fest, „er will tatsächlich weg." Dann warnte er noch einmal: „Steigt in Ruhe aus. Zwar kann er uns normalerweise nicht sehen. Er steht an der Ostseite des Hotels und beobachtet den Bahnhofsvorplatz, und wir fahren zum Kasino, der Eingang liegt um die Ecke. Trotzdem, seid vorsichtig, der Mann ist hochgefährlich. Spielt einfach Touristen, die ihr Glück beim Spiel versuchen wollen."

Jeder nickte.

In der Spielbank gab ihnen Kerkhoff den aktuellen Stand wieder: „Er steht immer noch an der Ostseite des Hotels vor dem Café und beobachtet den Bahnhofsvorplatz. Das SEK steht zum Teil in der Eisenbahnstraße, da können sie von der linken Seite zugreifen und falls nötig auch den Nebeneingang des Bahnhofs benutzen, ein Teil sitzt in den Hinterräumen der Post, 75 Meter rechts von uns, gleich neben McDonald's. Eine dritte Staffel hält sich im Bahnhof verborgen, in den Räumen hinter den Fahrkartenschaltern und direkt auf einem Bahnsteig im Häuschen der Bahnhofsmission. Außerdem haben wir Zivilbeamte im Bahnhof, und zwei sitzen als Taxifahrer getarnt in der ersten Wagenreihe."

„Gut vorbereitet", lobte Warnecke, „eigentlich kann nichts mehr schief gehen."

*

Karel Frantisek hatte früher aus dem Hotel ausgecheckt, als es nötig gewesen wäre. Er wollte sicher sein, den Überbringer des Geldes nicht zu verpassen. Der Mann hatte zuletzt am Telefon sehr nervös geklungen. Eventuell war er früher am Treffpunkt als geplant, verlor während des Wartens die Nerven und fuhr einfach wieder ab.

Alles Überflüssige war im Schrank seines Zimmers geblieben. Er hatte nichts als seinen Rucksack dabei, der nur das Notwendigste enthielt. Er sah den Wagen tatsächlich pünktlich kommen. Wie vereinbart fuhr er vor die Taxireihe, direkt neben die Bushaltestellen. Er hielt auch den nötigen Abstand ein, um das erste Taxi nicht an der Abfahrt zu hindern.

Dutzende von Augenpaaren verfolgten den Mörder, als er sich in Bewegung setzte. Er ging zwischen den Sitzgruppen des Cafés hindurch, die in der Hoffnung auf sonnenliebende Gäste draußen aufgestellt worden waren, überquerte die Fahrbahn dort, wo die Reihe der wartenden Taxis begann. Die Beamten konnten beobachten, wie er auf seinen rechten Schuh schaute, stutzte und sich direkt neben einem parkenden Wagen hinunterbückte, wohl um sich einen Schnürsenkel zuzubinden, und sich so für einige Sekunden aus ihrem Blickfeld entfernte. Dann richtete seine Gestalt sich wieder auf, und er strebte auf die Bushaltestellen zu.

Warnecke befürchtete schon, dass er in einen Bus einsteigen würde, der gerade dort einfuhr. An die Möglichkeit hatten sie tatsächlich nicht gedacht. Aber Karel Frantisek ging weiter in Richtung des Bahnhofseingangs.

Dann rief Kerkhoff plötzlich: „Was für ein Paket hat er da jetzt unter dem Arm?"

Alles erstarrte einen Augenblick.

Dann schrie Warnecke hektisch los: „Der Wagen, der geparkte Wagen, an dem er sich die Schnürsenkel zugemacht hat. Da sitzt ein Komplize drin." In diesem Augenblick setzte sich das Auto in Bewegung. Es fuhr an ihnen vorbei und hielt an der nächsten Kreuzung vor der roten Ampel am Hotel.

Eine Person, deren Gesicht durch die Spiegelung der Seitenscheiben nicht zu erkennen war, saß allein darin. Der linke Blinker war gesetzt. Warnecke funkte die SEK-Staffel in den Hinterräumen der Post an: „Schwarzer Audi, steht jetzt an der Kreuzung vor dem *Hohenzollern*, will links auf den Konrad-Adenauer-Ring. Zugriff!"

Die Beamten stürmten hinten aus dem Gebäude, eine kleine Straße entlang, die in südlicher Richtung vom Bahnhof wegführte. Einige sprangen in den Mannschaftswagen, andere liefen zu Fuß die wenigen Meter am Gewerkschaftshaus vorbei bis zur nächsten Kreuzung.

Der Fahrer des schwarzen Audis kam bis zum August-Bebel-Platz. Sein Pech war, dass auch hier die Ampel wieder auf Rot stand. Während er wartete, wurde plötzlich die Fahrertür aufgerissen, und er schaute fassungslos auf eine vermummte Person, deren Maschinenpistole auf seine Brust zielte. Vor ihm fuhr ein grüner Kleinbus mitten in die Kreuzung und blockierte seine Fahrbahn. Auch aus ihm sprangen vermummte Männer.

Einige entgeisterte Passanten und erschrockene Autofahrer hatten die Szene beobachtet. Nun sahen sie, wie ein Mann aus dem Audi stieg und die Hände hob. Er wurde ziemlich grob herumgerissen und gezwungen, seine Hände auf das Autodach zu legen. Dann durchsuchte man ihn. Handschellen klickten, und er wurde zu einem zivilen Fahrzeug gebracht, das sofort losfuhr.

Bruno, der gute Geist der Carbonis, war verhaftet.

*

Karel Frantisek hatte von alledem nichts mitbekommen. Er stand in der Bahnhofshalle und schaute auf die große Anzeigetafel über den Aufgängen zu den Bahnsteigen. Er hatte noch ein wenig Zeit und beschloss, in den Zeitungskiosk zu gehen. Vielleicht hatten sie in der internationalen Abteilung tschechische Zeitungen. Wenige Minuten später verließ er den Laden mit der „Ceske Noviny" unter dem Arm.

Plötzlich fühlte er sich beobachtet. Es war nur ein Instinkt, nichts Konkretes. Aber seine jahrelange Erfahrung sagte ihm, dass er sich auf dieses Gefühl meistens verlassen konnte. Er schaute sich unauffällig um, tat so, als suche er noch nach einem weiteren Geschäft. Er bemerkte zwei Männer, die sich leicht wegdrehten, als sein Blick in ihre Richtung ging. Sie hatten weder das Gepäck eines Reisenden dabei, noch machten sie Anstalten zum Meeting-Point zu gehen, dort, wo man normalerweise Ankommende begrüßte. Die Sache gefiel ihm nicht. Er ging bewusst um die Ecke des Zeitschriftenladens, trat vor eine gläserne Werbevitrine, tat so, als betrachte er die Auslagen. In der Spiegelung der Scheibe konnte er sehen, dass die Männer ihm gefolgt waren.

So dicht waren sie ihm also auf der Spur. Er fühlte einen leichten Anflug von Panik, atmete ein paar Mal tief durch, um ruhiger zu werden. Ein Blick auf die Uhr sagte ihm, dass es noch acht Minuten bis zur Einfahrt des Zuges waren. Er überlegte. Er musste die Zeit bis zur Abfahrt überbrücken und dann verhindern, dass sie mit ihm in den Zug einstiegen. Dazu gab es nur eine Möglichkeit: Er würde sie täuschen.

Er stellte seinen Rucksack auf eine Bank, verstaute sein Päckchen darin und legte ganz oben seine Waffe bereit, die er unter Wäsche verborgen hatte. Dann ging er langsam die Treppe zum Bahnsteig eins hoch.

Gleich nach seinem Eintreffen in der Stadt hatte sich Karel Frantisek mit dem Osnabrücker Bahnhof vertraut gemacht. Dieser Kreuzbahnhof, in dem die Durchfahrt der Hauptstrecken auf verschiedene Ebenen gelegt worden war, hatte ihn zunächst genauso verwirrt wie viele ortsunkundige Touristen oder Durchreisende. Verblüfft hatte er festgestellt, dass die West-Ost-Strecke Amsterdam-Moskau unter der Nord-Süd-Strecke Bremen-Basel entlangführte. Und er hatte sich gemerkt, dass man erst hoch zum Bahnsteig eins der Nord-Süd-Strecke gehen musste, wenn man die Verbindung Amsterdam-Moskau benutzen wollte. Dann wandte man sich circa 20 Meter nach links und stieg die Treppe runter zu den richtigen Bahnsteigen der West-Ost-Strecke.

Karel Frantisek stand auf Bahnsteig eins und wartete.

*

Vom Casino aus fragte Warnecke wieder seine observierenden Leute ab: „Wo ist er jetzt?"

Einer seiner Beamten antwortete ihm: „Auf Bahnsteig eins, er wartet."

„Wo seid ihr genau?"

„Zwei im südlichen Bereich des Bahnsteigs, zwei im nördlichen. Außerdem Männer vom SEK im Häuschen der Bahnhofsmission."

„Wann hat der nächste Zug auf dem Bahnsteig Einfahrt?"

„Moment, ich guck mal auf die Anzeige. Da, ich hab's, in elf Minuten."

„Danke."

Schröder konsultierte wieder die Fahrpläne. Er liebte schriftliche Unterlagen, Statistiken und Tabellen. Fahrpläne waren auch nicht schlecht. „Das kann ich nicht verstehen. Was macht der denn jetzt bloß auf Bahnsteig eins? Wenn Lübbing mit seiner Vermutung Recht hat, dass er nach Prag will, muss er doch runter zur West-Ost-Strecke. Der Zug nach Berlin müsste jeden Augenblick kommen."

„Scheiße", entfuhr es Warnecke. Hektisch nahm er wieder Verbindung mit den Beamten auf Bahnsteig 1 auf: „Wo steht die Zielperson genau?"

„Na, immer noch hier auf dem Bahnsteig."

Warnecke schrie fast: „Ich will wissen, wo genau auf dem Bahnsteig?"

„Ungefähr dort, wo es runtergeht zu den tieferen Bahnsteigen."

Jetzt schrie Warnecke wirklich: „An alle. Zugriff, sofort Zugriff!"

Dann stürmte er auf die Ausgangstüren des Kasinos zu und rief, einen schnellen Blick über die Schulter werfend, seinen Leuten zu: „Mitkommen!"

Karel Frantisek hörte den einfahrenden Zug unter sich und atmete erleichtert auf. Er würde es wieder einmal schaffen. Gerade wollte er sich umdrehen, als er rechts Unruhe bemerkte. Er sah, wie Wartende schnell an die Seite sprangen – und dann wie mehrere vermummte Personen bewaffnet auf ihn zustürmten. Die SEK-Staffel hatte das Häuschen der Bahnhofsmission verlassen. Blitzschnell drehte er sich zur Treppe um. Ihm blieb keine Zeit mehr, um die Pistole aus dem Rucksack zu ziehen. Es wäre auch nutzlos bei so vielen Gegnern.

Von der anderen Seite kam ein Zivilist auf ihn zugestürzt, wollte ihn packen. Ein Schlag mit dem Ellenbogen gegen seinen Kehlkopf und der Mann brach gurgelnd zusammen. Frantisek rannte die Treppe hinunter. Sein Zug hatte schon auf dem linken Bahnsteig gehalten. Die Türen öffneten sich, und gerade als er die letzten Stufen nahm, quollen Dutzende von Teenagern aus den Waggons. Sie hatten einen Schulausflug zu einem Vergnügungspark an der holländischen Grenze gemacht und freuten sich, wieder daheim zu sein. Plötzlich war er zwischen etlichen Halbwüchsigen eingekeilt.

Die Kripobeamten und die Männer des SEK waren etwa zwanzig Meter hinter ihm. Keiner wagte es, in der um sie herumwogenden Menschenmasse zu schießen.

Frantisek merkte, dass seine alte Panik in ihm hochkam, wie immer, wenn er von großen Menschentrauben in seiner Bewegungsfreiheit eingeengt war. Er schlug wahllos um sich, sah wie Jugendliche umfielen, andere erschreckt vor ihm wegsprangen. Endlich hatte er eine Waggontür erreicht, sie war allerdings schon geschlossen. Er setzte seinen linken Fuß auf das Trittbrett – und rutschte ab. Gerade noch konnte er sich mit der linken Hand an der Klinke festhalten.

Dann merkte er, wie ihm der Rucksack von der rechten Schulter rutschte. Das Geld! Er versuchte noch nachzufassen, zwecklos. Der Rucksack fiel über die Bahnsteigkante und blieb im Schotter neben den Gleisen liegen. Frantisek machte sich lang, hielt sich weiter mit der linken Hand an der Tür fest und hangelte mit der rechten nach dem Rucksack. In diesem Augenblick fuhr der Zug an. Er konnte die Klinke nicht mehr halten. Stürzte zwischen Zug und Bahnsteig. Das letzte, was er spürte, war ein unerträglicher Schmerz, als die Räder der Bahn über seine Unterschenkel fuhren.

*

Als Warnecke und seine Leute die Treppe zu den West-Ost-Bahnsteigen hinunterliefen, blieben sie auf halber Höhe entgeistert stehen. Das Bild, das sich ihnen ein paar Meter weiter unten bot, konnte man nur als chaotisch beschreiben.

Schreiende Jugendliche, die zum Teil auf dem Bahnsteig herumirrten, zum Teil an ihnen vorbei nach oben stürzten. Dazwischen lagen einige auf dem Boden. Eltern, Lehrer und Polizeibeamte kümmerten sich um sie, versuchten, die Panik etwas in den Griff zu bekommen. Einige Meter vom linken Ende der Treppe hatte sich eine Gruppe gebildet, mehrere Personen beugten sich zu den Gleisen hinunter, zwei waren sogar in den Spalt zwischen Bahnsteigkante und der Seitenwand des Zuges gestiegen.

Der Leiter der SEK-Gruppe, die aus der Bahnhofsmission gestürmt war, erblickte Warnecke mit seinen Leuten und kam zu ihnen die paar Stufen herauf. Auf die Gruppe an der Bahnsteigkante deutend fragte Warnecke ihn: „Liegt da unser Mann?"

Der Beamte nickte.

„Und?"

„Er lebt noch, aber wenn Sie mich fragen, nicht mehr lange. Die Unterschenkel sind fast durchtrennt, und auch sonst sieht er nicht gut aus. Ist ein Stück mitgeschleift worden. Gott sei Dank, hat ein Bahnbeamter schnell reagiert und den Zug sofort stoppen lassen. Hatte noch nicht viel Fahrt drauf, er stand ganz schnell. Sonst wäre der schon jetzt hinüber."

„Wir fahren zurück ins Büro." Warnecke nickte seinen Leuten zu. „Hier können wir nichts mehr machen."

Im Gehen wandte er sich noch einmal zu dem SEK-Leiter um. „Und geben Sie mir bitte Bescheid, in welches Krankenhaus er gebracht wird."

Kapitel 22

Frustriert saßen die Beamten und Lübbing im Büro der Polizeiinspektion. Obwohl es im Moment nicht für alle etwas zu tun gab, der festgenommene Audi-Fahrer wurde noch erkennungsdienstlich behandelt, wollte keiner nach Hause gehen. Warnecke führte immerzu Telefonate, die anderen beschäftigten sich irgendwie. Kerkhoff starrte auf seinen geliebten Computer, Schröder hatte sich wieder in irgendwelchen Akten vergraben, Jeschke blätterte in seinem Lieblingsmagazin „Jagd und Hund". Ulla trommelte nervös mit ihren Fingern auf einer Untertasse, sie hielt sich aber an das Rauchverbot in diesem Raum.

Lübbing war kurz mit ihr in der Kantine gewesen, um den Montagstermin bei der Drogenhilfe zu besprechen. Sie hatte ziemlich unwirsch reagiert: „Lübbing, wir haben gesagt, erst dann, wenn das hier vorbei ist."

„Ist es doch praktisch."

„Nein, überhaupt nicht. Es fehlt uns noch der Auftraggeber, der alles veranlasst hat." Aggressiv fügte sie hinzu: „Ich will ihn haben, verstehst du, ich will ihn haben." Dann, wieder sanfter: „Ich verspreche dir, ich will bis zum Beginn einer Therapie clean bleiben. Zumindest will ich es versuchen. Das musst du mir glauben."

„Ich glaube dir ja", log Lübbing.

Ohne ein weiteres Wort waren sie wieder zu den anderen gegangen. Resigniert betrachtete Lübbing sie. Er hatte das schlechte Gefühl, dass das Kokain doch gewinnen würde. Einen Moment überlegte er, ob er nicht die ganz harte Methode anwenden und ihre Sucht vor ihren Kollegen einfach herausposaunen sollte. Dann könnte sie einer Therapie nicht mehr aus dem Weg gehen, aber ihre Karriere als Kripobeamtin wäre auch beendet. Und sie liebte anscheinend diesen Beruf. Was hatte sie vorhin in der Kantine gesagt? „Ich will ihn haben". Nicht „wir" sondern „ich". Sie war wirklich mit Herzblut bei der Sache.

Warnecke hatte die Telefonate beendet und räusperte sich, er wollte etwas sagen. „Zum Stand der Dinge. Frantisek ist in der

Klinik am Finkenhügel und wird immer noch operiert. Der Leiter des SEK hat veranlasst, dass nach der Operation zwei Beamte auf der Intensivstation Posten beziehen. Das Geschehen auf dem Bahnhof sah schlimmer aus, als es war. Einige Schüler haben kleinere Platzwunden, Schürfungen oder auch mal eine Verstauchung. Der Kollege, der den Schlag auf den Kehlkopf bekommen hat, ist für einige Zeit dienstunfähig. Es sind aber keine bleibenden Schäden zu befürchten."

Er griff zu einem nächsten Blatt mit Notizen. „Der Rucksack von Frantisek enthielt einige Wäschestücke, einen Kulturbeutel und eine Pistole. Zum Glück ist er nicht dazu gekommen, sie zu benutzen. In dem Paket, das er vor dem Bahnhof übernommen hat, waren 300.000 Euro. Ein kleines Vermögen."

„Klein ist gut", ließ Lübbing verlauten.

„Wer war eigentlich der Überbringer, den das SEK festgenommen hat?", wollte Kerkhoff wissen.

„Oh, ein flüchtiger Bekannter", antwortete Warnecke, „jedenfalls für Lübbing und mich. Er heißt Bruno Venzke und ist so etwas wie der Hausdiener der Carbonis."

Jeder schaute überrascht. „Also steckte doch Carboni dahinter, der Alte fischte weiter im Trüben."

„Sieht ganz so aus." Warnecke nickte.

Jeschke schüttelte energisch den Kopf: „Das passt doch nicht! Wenn Carboni der Auftraggeber von Frantisek war, warum sollte der eine so gut sprudelnde Geldquelle umbringen. Und anschließend bekommt er sein Honorar auch noch vom Diener seines gerade ermordeten Geldgebers. Nein, das passt überhaupt nicht." Warnecke schaute ihn an. Bei allem Unmut musste er doch zugeben, dass Jeschke immer mal wieder in Eigeninitiative etwas Brauchbares zum Fall beitrug, das er nur bestätigen konnte: „Knuts Argument ist nicht von der Hand zu weisen."

Ulla mischte sich ein: „Und was machen wir jetzt? Den Mörder haben wir ja wohl, aber wie kommen wir an den Mann im Hintergrund?"

„Nun", erinnerte Warnecke sie, „wir haben zwei Personen, die uns mit Aussagen weiterhelfen könnten. Frantisek, von dem allerdings überhaupt nicht feststeht, ob er durchkommt. Auf jeden Fall wird er wohl eine ganze Zeit lang noch nicht verhörfähig sein. Und weiter Bruno Venzke, den werden wir uns ohne Unterbrechung vornehmen. Die erste Schicht mache ich mit Jeschke. Die zweite Schicht ihr anderen drei. Aber erst will ich noch mal kurz ins Krankenhaus zu Frantisek." Dann wandte er sich an Lübbing: „Wir sehen uns dann am Montag. Mal sehen, ob wir den Vogel bis dahin zum Singen gebracht haben."

„Bin schon weg", versicherte Lübbing eilig. „Aber könnte ich vorher noch von deinem Büro aus telefonieren?"

*

Als Warnecke in der Klinik am Finkenhügel eintraf, musste er ein wenig auf den behandelnden Arzt warten, der auch die Operation durchgeführt hatte. Man sah ihm seine Übermüdung an. Warnecke zeigte ihm seinen Ausweis, erklärte freundlich, er sei der ermittelnde Beamte. Der dunkelhäutige Doktor Sirhan blickte ihn ziemlich unwirsch an. „Und was wollen Sie?"

„Ich möchte wissen, wann wir den Mann befragen können."

„Befragen? Wir können froh sein, wenn er die nächsten 24 Stunden überlebt. Wir mussten beide Unterschenkel amputieren und wegen seiner inneren Blutungen den Brustkorb öffnen. Er hat es nur seiner wirklich enormen Kondition zu verdanken, dass er das überhaupt überlebt hat. Und Sie sprechen von einer Befragung!"

„Entschuldigung, Doktor. Ich wusste nicht, wie schwer er verletzt ist. Gibt es denn überhaupt eine Chance, dass er überlebt?"

„Wohl kaum, aber wie ich schon sagte, er hat eine enorme Kondition. Ist optimal durchtrainiert. Alle nicht vom Unfall betroffenen inneren Organe sind gesund. Wenn er das Wochenende überlebt, gibt es eine Chance."

„Wie groß?"

„Ich würde sagen, zwanzig, vielleicht dreißig Prozent."

„Scheiße!", entfuhr es Warnecke.

Der Doktor blieb stehen: „Warum ist der Mann für Sie so wichtig?"

„Der Mann ist ein Mörder. Wahrscheinlich ein vierfacher. Ein eiskalter Profikiller. Und das heißt, dass er im Auftrag gehandelt hat. Ohne seine Aussagen kommen wir wahrscheinlich nicht an die Hintermänner heran. Es hängt mit den Morden in Kalkriese zusammen, aber das haben Sie wohl nicht gelesen."

Der Blick des Arztes wurde spöttisch, bevor er antwortete: „Herr Kommissar, ich bin zwar ein Ausländer, wie Sie wohl bereits gemerkt haben, aber Ihrem Scharfsinn wird es auch nicht entgangen sein, dass ich der deutschen Sprache durchaus mächtig bin. Und ich lese auch die Zeitungen."

Warnecke blickte beschämt auf den Boden.

„Dieser Mörder", fragte Sirhan, „ist er wirklich so schlimm, oder ist es nur ein Verdacht?"

„Wir haben sehr viele Beweise."

Der Arzt überlegte einen Augenblick: „Was wollen Sie tun?"

Warnecke atmete tief durch: „Ich möchte, dass Sie genehmigen, Kripobeamte an sein Bett zu setzen. Ich verspreche, sie werden ihn nicht verhören. Sie sollen nur dasitzen und hören, ob er eventuell etwas sagt. Wir brauchen jeden Hinweis. Würden Sie das erlauben?"

Der Arzt überlegte einen Augenblick: „Ja, das wäre akzeptabel. Aber der Mann ist, soweit ich weiß, Tscheche. Er wird in seinem Zustand wohl kaum deutsch sprechen."

„Deshalb möchte ich auch, dass Sie ein Aufnahmegerät an seinem Bett genehmigen. Der Staatsanwalt wird dem zustimmen."

Der Arzt nickte. Warnecke war erleichtert. „Danke, Doktor Sirhan, dann hätten wir wohl die Kuh vom Eis", meinte er launig.

„Lieber Kommissar Warnecke. Ein ziemlich deplatzierter Spruch. Ich komme aus Indien, da sind Kühe heilig."

Warnecke stöhnte auf. Kaum hatte er ein Fettnäpfchen umschifft, trat er schon wieder in das nächste.

Doktor Sirhan schaute ihn amüsiert an. Er legte vertraulich eine Hand auf Warneckes linken Unterarm: „Nun machen Sie sich mal keine Sorgen. Erstens haben wir in Indien kein Eis, und zweitens ist es unwahrscheinlich, dass Sie da jemals hinkommen. Guten Abend."

Der Arzt ging den Gang hinunter und ließ einen ziemlich verblüfften Polizeibeamten zurück.

Vor dem Klinikgebäude telefonierte Warnecke. Nach zehn Minuten hatte er die Zusage, dass Kripobeamte rund um die Uhr am Bett Frantiseks sitzen würden. Mit einem Aufnahmegerät.

*

Lübbing wusste nicht, was er mit den nächsten zwei Tagen anfangen sollte. Die letzten Wochen hatten ihn so mit dem Mord an den Habermanns und dann auch mit seiner Beziehung zu Ulla beschäftigt, dass er bis auf die wenigen Begegnungen mit Helen alles andere völlig vernachlässigt hatte.

„Es wird wohl mal wieder ein einsames Wochenende."

Er ging durch die Fußgängerzone, schaute gewohnheitsmäßig bei seiner Buchhandlung vorbei, ohne sich wirklich für etwas zu interessieren. Am Nikolaiort gab er es schließlich auf, den sorglosen Flanierer zu spielen. Er ging noch kurz in das Feinkostgeschäft Hünefeld und kaufte dort ein Schälchen Fleischsalat mit Kräutern, diese unvergleichliche Delikatesse. Er brauchte einfach etwas Positives.

Auf dem Heimweg dachte er daran, Helen anzurufen, überlegte es sich aber wieder. Seine jetzige Stimmung wollte er ihr nicht zumuten. Missmutig ging er nach Hause, in ein Wochenende, dessen einziger Lichtblick ein Schälchen Fleischsalat von Hünefeld sein würde.

*

Karel Frantisek brauchte noch 48 Stunden, um zu sterben. Sein durchtrainierter Körper, Medikamente und die moderne Intensivmedizin verhinderten ein früheres Ende. Die sich an seinem Bett abwechselnden Kripobeamten waren bald genervt. In unregelmäßigen Abständen gab immer wieder eine der Apparaturen, an die der Patient angeschlossen war, aufgeregt-schrille Warntöne von sich. Sie hatten Anweisung, dann sofort die Zentrale der

Intensivstation zu verständigen, obwohl die den Alarm ohnehin separat empfing. Außerdem hatten sie unzählige Male das Aufnahmegerät eingeschaltet, nur weil der Mann hustete, sich räusperte oder irgendein anderes Geräusch von sich gab.

Frantisek bekam von alledem nichts mit. Vollgepumpt mit Medikamenten wehrte sich sein Körper gegen das Erlöschen. Der Fieberwahn ließ alte Erinnerungen in seinem Gehirn wieder auftauchen. Tage der Kindheit und Jugend. Unbeschwertes Baden im Dorfteich, seine Freundin Lidia, mit der er den ersten scheuen Kuss teilte, das Räuberspielen in den Wäldern rund um sein Heimatdorf, süße Zuckerstangen, bunt bemalt, an denen er und seine Freunde stundenlang schleckten.

Sein Gehirn schlug seltsame Kapriolen. Plötzlich waren die Bilder aus Jugoslawien da. Die Schweinefarm, in die sie die Leute aus dem Krankenhaus gebracht hatten. Das Machtgefühl. Die verängstigten Leute brutal rauszutreiben zu den Gräbern, die sie auf den umliegenden Äckern ausgehoben hatten. Sie am Rand aufzustellen, um dann den Abzug der Maschinenpistole durchzuziehen. Manche waren still und ergeben, starben in Würde, andere jammerten laut, was bei ihren Mördern nur Gelächter hervorrief. Einige versuchten zu entkommen, was keinem gelang. Viele schissen sich in die Hose. Gefühle ausgeschaltet, er tat, was die anderen auch taten. Und dann sah er wieder diese junge Frau vor sich, um die sie geknobelt hatten. Er verlor, zwei seiner Männer im Vergewaltigungsrausch, aber er brachte sie anschließend zur Grube. Ihre stoische Ruhe, mit der sie wissend alles ertrug, und zum Schluss ihre Frage, während sie – ihn anschauend – mit der Hand an ihrem Körper hinunterfuhr: „Vierundzwanzig, warum?" Er musste sie erschießen, schon wegen seiner Kameraden.

Irgendwann tauchten auch Bilder von seiner Familie auf. Seine Kinder. Seine Frau. Sie war das Beste, was ihm je widerfahren war. Treu, geduldig, aber auch selbstbewusst. Sie wusste, was sie wollte. Warum hatte sie gerade ihn ausgewählt, einen kleinen Agenten im STB, eine Nullnummer, die sich gerade erst zu einem Lehrgang für spezielle Aufgaben gemeldet hatte? Das Lokal, in dem sie hinter der Theke arbeitete. Der westliche Diplomat, den er dort beobachten sollte. War er schwul? Konnte der Geheimdienst ihn erpressen? Er achtete nicht mehr auf ihn, verlor ihn aus den Augen. Zwei Wochen Ärger, aber ihre Adresse und Telefonnummer.

*

Am Sonntagnachmittag wachte Karel Frantisek für einen Moment aus seinen Fantasien auf. Er spürte keine Schmerzen, war ganz ruhig, war völlig Herr seiner Sinne. Er wusste nicht genau, was die Ärzte mit ihm gemacht hatten. Das Fallen unter den Zug war das Letzte, woran er sich erinnern konnte. Sein Blick wanderte an seinem Körper hinunter. Sein Brustkorb war eingehüllt in einen großen weißen Verband. Am unteren Ende seiner Beine war etwas wie ein Baldachin über seine Unterschenkel gestellt. Man hatte sie also amputiert, er kannte das aus Jugoslawien. Sein Traum von einem friedlichen Leben im Kreis der Familie war ausgeträumt. Er würde Jana und die beiden Jungen nie wiedersehen. Alles war schief gegangen, nur weil sein Auftraggeber nicht pünktlich gezahlt hatte.

Dann spürte er, wie sein Bewusstsein die Realität wieder verlassen wollte, sich auf das Sterben vorbereitete. Er wusste, es blieb ihm nicht mehr viel Zeit.

Er griff eine Hand des Beamten, der an seinem Bett wachte. Der fuhr erschreckt aus seinem Halbschlaf auf, bemerkte, dass der Sterbende ihn ansah. Sein Blick aus dem eingefallenen Gesicht war seltsam klar. Seine Lippen bewegten sich, schnell schaltete der Polizist das kleine Aufnahmegerät ein und hielt es Frantisek an den Mund. Der hatte den Kopf leicht erhoben, die damit verbundene Anstrengung ließ seine Ader am Hals hervortreten.

„Dodavka – do lesa –vyzednuti“, kam keuchend, aber überraschend deutlich aus dem Mund des Mörders. Dann wieder Stille, der Kopf fiel zurück, Frantisek hatte alles gesagt. Er verlor wieder das Bewusstsein.

Der Kripobeamte nahm sein Handy und ging vor die Tür des Zimmers. Er wählte Warneckes Privatnummer.

„Er hat mir etwas mitgeteilt. Nein, habe ich nicht, es war auf tschechisch. Nein, war ganz klar, kein Fiebergeschwafel. Ja, ich übergebe es ihm."

Karel Frantisek starb 50 Minuten später.

Kapitel 23

Lübbings Wochenende verlief doch noch völlig anders, als er erwartet hatte. Am späten Sonntagvormittag meldete sich Ulla Hufnagel überraschend bei ihm.

„Lübbing, lass uns bitte heute etwas gemeinsam unternehmen. Wir haben die Befragung von Venzke bis Montag unterbrochen. Sein Anwalt wird pampig. Sein Mandant sei kurz vor einem Zusammenbruch. Bisher hat er geschwiegen wie ein Grab."

Sie sprach eindringlich: „Jetzt sag nicht nein. Wir wissen doch gar nicht, wann wir das nächste Mal Zeit haben werden. Einfach rausfahren. Ich bitte dich wirklich." Man merkte, wie wichtig es ihr war.

Lübbing hatte eigentlich den Kontakt etwas zurückfahren wollen bis zum Beginn der Therapie. Andererseits war das Angebot verlockend, sie fehlte ihm. Und wenn er mit ihr zusammen wäre, würde sie nichts von dem Teufelszeug nehmen können, darauf würde er schon achten. Und welche Alternativen boten sich ihm denn? Wahrscheinlich würde er in einer Kneipe landen oder sich den Riesling auf der Couch reinziehen. Er sagte zu.

Eine Stunde später stand Ulla mit ihrem kleinen Wagen vor der Tür. Als Lübbing einstieg, fragte sie munter: „Alles dabei, Zahnbürste nicht vergessen?" Lübbing musste lachen.

Sie fuhr östlich aus der Stadt hinaus durch Belm, Lübbings Geburtsort, und weiter in Richtung Ostercappeln. „Will sie etwa nach Kalkriese?", dachte er beunruhigt. Ließ sie dieser Fall auch jetzt nicht los?

„Wo soll es denn eigentlich hingehen?"

„Lass dich doch einfach überraschen."

Er war froh, als sie an der „Leckermühle" nicht links Richtung Venne/Kalkriese abbog, sondern weiter geradeaus durch Bohmte fuhr.

20 Minuten später waren sie in Lembruch am Dümmer See. Sie wanderten am Ufer entlang, fanden eine kleine, gemütliche Gaststätte, in der es ausgezeichnetes Essen gab, sahen den Seglern zu.

Ihre entspannte Zweisamkeit wurde am Abend gestört. Ullas Handy klingelte. „Ja, kein Problem. Den brauchst du nicht anzurufen, der ist hier. Ich sage es ihm. Bis morgen."

„Wer war das denn?"

„Warnecke. Wir sollen morgen schon um sieben in der Direktion sein. Es hat sich was getan. Frantisek ist gestorben, hat aber vorher noch ausgesagt. Warnecke will dich auch mit dabei haben, soll ich dir ausrichten."

Lübbing musste schmunzeln: „Da hat sich die Kriminalbeamtin aber gerade verplappert."

„Wieso?"

„Na, du hast Warnecke soeben mitgeteilt, dass ich mit dir zusammen bin."

Achselzuckend antwortete sie: „Na und. Wir haben doch so etwas wie ein Privatleben. Das waren vor ein paar Tagen deine eigenen Worte."

Dann wurde sie grüblerisch, starrte hinaus auf das Wasser, in Gedanken versunken.

*

Gespannt hatten sich die Mitglieder der Sonderkommission am Montagmorgen in der Polizeiinspektion eingefunden. Warnecke kam gleich zu Sache.

„Frantisek ist gestern am frühen Abend gestorben. Vorher hat er dem Kollegen vor Ort noch etwas auf das Aufnahmegerät gesprochen. Nur wenige Worte, natürlich auf tschechisch. Ich habe es über private Kanäle noch gestern schnell übersetzen lassen."

Er stellte den kleinen Recorder an, und sie hörten Frantiseks raue, entzündete Stimme.

„Und was bedeuten diese Worte nun?", fragte Jeschke ungeduldig.

Warnecke nahm einen Zettel und las vor: „Sinngemäß: Lieferung im Wald ? Abholung."

Sie schauten alle ziemlich ratlos. Niemand hatte eine Idee, was das heißen sollte.

Warnecke versuchte, die Diskussion anzustoßen: „Ich weiß, das ist sehr vage, aber ich bin davon überzeugt, er wollte uns einen Hinweis geben. Eine Lieferung kommt an oder wird abgeholt, was auch immer, in irgendeinem Wald."

Lübbing überlegte: „Lieferung im Wald", dachte er, „Lieferung im Wald, aber in welchem?"

Dann hatte er es.

„Kurt, es gibt da etwas Merkwürdiges. Ich war zwischendurch mal in Kalkriese. Während ich auf den Bus gewartet habe, bin ich ein wenig spazieren gegangen. Außerhalb des Museumsparks auf der anderen Straßenseite. Da gibt es einen Waldweg, der führt zu einer Erhebung, die Schmittenhöhe heißt. Im Wald war ein kleineres Areal abgesperrt, versehen mit einem Hinweisschild, dass es Ausgrabungsgelände des Museums sei."

„Ja, und?"

„Ein paar Tage später habe ich durch Zufall von Professor Rodenheim erfahren, dass dort überhaupt nicht gegraben wird. Und das ist auch für die nächsten Jahre noch nicht vorgesehen. Also, warum sollte man schon jetzt ein derartiges Gebiet absperren?"

Gespannt hatte jeder seinen Worten gelauscht. Warnecke reagierte als erster, er vibrierte förmlich: „Du meinst, dort könnte besagte Lieferung schon liegen, und nicht erst ankommen?"

„Eine Möglichkeit ist es doch."

Warnecke griff zu einer Straßenkarte für das Osnabrücker Umland, Lübbing zeigte ihm die Stelle.

„Wir fahren sofort dahin."

Alles sprang auf, aber Jeschke hielt sie zurück: „Was ist, wenn wir denen, falls Lübbing Recht hat, ausgerechnet in die Arme laufen? Wir wissen doch überhaupt nicht, mit wem wir es zu tun haben. Aber vier Leichen sprechen eine deutliche Sprache."

„Du hast Recht, Knut. Aber sie werden die Lieferung, was immer es ist, wohl nicht am helllichten Tag abholen. Lass uns erst mal gucken, ob wir was finden, vielleicht ist das Nest ja schon ausgehoben." Warnecke griff zum Telefonhörer. „Aber ich will die Kollegen vor Ort dabeihaben."

Er informierte Gerhard Frantz, den er so schätzte, und bat ihn, Grabungswerkzeuge mitzubringen. Dann sprang er auf.

„Jetzt geht es los!" Warnecke verspürte so etwas wie Jagdfieber.

*

Als die Osnabrücker Beamten am Treffpunkt ankamen, war Frantz mit seinen Leuten schon da.

„War was?", fragte Warnecke ihn und deutete zum Wald.

„Nein, still ruht der See. Niemand gekommen."

Die Gruppe, Lübbing vorneweg, machte sich auf den Weg. Die Streifenbeamten trugen verschiedenes Gerät zum Ausgraben. Nach etwa 300 Metern hatten sie die Stelle erreicht, Lübbing bestätigte: „Dahinten ist es."

Bei näherer Betrachtung des etwa fünf Quadratmeter großen Areals erkannte man, dass hier vor nicht langer Zeit etwas ein- oder ausgegraben worden war. Warnecke hoffte auf Ersteres.

Er winkte den Polizisten zu. „Fangt an einer Stelle an, aber vorsichtig."

Sie mussten nur einen halben Meter tief graben, dann stießen sie auf einen sorgfältig mit Plastik umhüllten und verklebten Karton. Warnecke, der sich inzwischen Handschuhe übergestreift hatte, öffnete ihn vorsichtig und fand eine Tablettenpackung. Die Beschriftung war kyrillisch. Warnecke bat die Kollegen, noch einmal an einer anderen Stelle zu graben, wieder wurden sie fündig. Wieder ein Karton, nur war die Beschriftung anders. Einen halben Meter weiter förderten sie noch einmal ein Paket zutage, dann hörten sie auf.

Warnecke gab weitere Anweisungen: „Wir nehmen aus jedem Karton eine Packung mit. Bitte vorsichtig wieder verschließen und dann wieder hinein in das Lager. Frantz, schicken Sie die Tabletten mit einem Wagen nach Osnabrück ins Labor. Ich rufe da an. Ich muss schnellstens wissen, was das für ein Zeug ist."

*

Gelangweilt saßen Kerkhoff, Schröder und Lübbing in einem Nebenraum der Gastronomie des Museumsparks. Drei Tage warteten sie nun schon.

Das Loch am geheimen Depot war sorgfältig wieder zugeschüttet worden. Die Beamten hatten sich sehr bemüht, ihre Spuren zu verwischen. Im Wald hatten Männer des SEK Stellung bezogen. Warneckes Team hatte beschlossen, sich alle vier Stunden abzulösen, zur Zeit war der Chef zusammen mit Ulla Hufnagel und Knut Jeschke draußen. Lübbing war ausdrücklich verboten worden, im Wald aufzutauchen. Es war ihm aber gestattet, sich in den Bereitschaftsräumen auf dem etwas entfernt liegenden Museumsgelände aufzuhalten.

Vor zwei Tagen war der Laborbericht eingetroffen. Bei den Tabletten, die sie im Depot gefunden hatten, handelte es sich um anabole Steroide, Amphetamine und anderes Teufelszeug aus verschiedenen osteuropäischen Ländern, alles Dinge, die sich auf dem illegalen Markt des Westens mit beträchtlicher Gewinnspanne bestens verkaufen ließen.

Lübbing schaute gelangweilt aus dem Fenster auf den Museumsturm, der jetzt in der Dämmerung von Scheinwerfern angestrahlt wurde. Seit Tagen saß er nun in diesem Raum, immer nur abwechselnd die Freischicht des Teams um sich. Es war fast wie ein Zwangsaufenthalt, unterbrochen von einigen Gängen über das Museumsgelände und -gebäude. Sein berufliches Interesse, eine spannende Reportage abliefern zu können, vor allem aber die Hoffnung, dass der Fall bald abgeschlossen sein könnte und damit seine Zukunft mit Ulla beginnen würde, ließen ihn hier ausharren. Aber man war praktisch nie unbeobachtet, zum Schlafen diente ihm ein Feldbett, und er fühlte sich stark an seine Bundeswehrzeit erinnert.

Mehrmals hatte er bei Warnecke protestiert und wollte wenigstens hin und wieder im Wald Stellung beziehen. Doch der blieb unerbittlich: „Nicht diskutierbar, Lübbing. Das ist nun wirklich unsere Sache und die des SEK."

Anfangs hatte er sich noch auf die Stunden gefreut, in denen Ulla abgelöst wurde und frei hatte. Aber nach dem ersten Tag war sie völlig geschafft und wurde immer wortkarger. Bestimmt fehlte ihr Stoff. Er ließ sie nicht aus den Augen, auch deshalb wollte er auf keinen Fall zurück nach Osnabrück.

Als Schröder und Kerkhoff nun hinausgingen, um Ulla und Jeschke abzulösen, blieb Lübbing zurück. Er beschloss, sich allein im Museumspark ein wenig die Beine zu vertreten. Draußen vor der Tür atmete er tief die frische Abendluft ein.

*

Gegen neun Uhr kam ein geländegängiges Fahrzeug den Waldweg zur Schmittenhöhe hinauf. Die Scheinwerfer abgeblendet. In der einsetzenden Dunkelheit erkannte Warnecke, dass drei Personen im Wagen saßen. Er gab seine Beobachtung im Flüsterton durch das Funkgerät an Krämer weiter, den Leiter des SEK.

„Haben wir auch schon gesehen, wir arbeiten uns von beiden Seiten an den Weg heran. Der Rückweg wird ebenfalls abgesperrt. Sobald sie anfangen zu graben, erfolgt der Zugriff."

Langsam kam der Wagen näher, hielt am Depot. Warnecke zuckte zusammen, als er eine Hand auf der Schulter spürte, er drehte den Kopf und schaute in das Gesicht von Krämer. Verdammt, er hatte nicht mit ihm gerechnet.

Die Türen des Wagens öffneten sich fast gleichzeitig, und die Insassen stiegen aus. Schaufeln wurden verteilt, dann gingen sie zur Absperrung, bückten sich unter dem Band hindurch. Zwei der Männer begannen zu graben, und nach kurzer Zeit war der erste Karton aus dem Loch geholt. Krämer flüsterte in sein Mikrophon: „Zugriff. Ich wiederhole, Zugriff."

Die Männer erstarrten, als plötzlich ein höllischer Lärm um sie herum losbrach, gleichzeitig wurden sie von Scheinwerfern aus dem Wald geblendet. „Hände hoch. Polizei. Nehmen Sie die Hände hoch!" In ihrer Verwirrung folgten sie automatisch diesem Befehl. Sie wurden von den Kriminalbeamten und den Männern des SEK umzingelt, die mit gezogenen Waffen vor ihnen standen.

Warnecke erkannte, dass ihre Blicke den Fahrer des Wagens suchten. „Das ist dann wohl der Chef", kombinierte er.

Krämer ließ die Männer nach Waffen durchsuchen. Anschließend klickten Handschellen. Warnecke ging auf den Fahrer des Autos zu. Knut Jeschke hatte ihm gerade die Fesseln angelegt.

„Sagen Sie uns bitte Ihren Namen", forderte er ihn auf.

Er erhielt keine Antwort. Stattdessen sagte der Mann ganz ruhig: „Ulla, würdest du dich bitte darum kümmern."

Zur Überraschung aller und bevor überhaupt jemand reagieren konnte, ging Ulla Hufnagel ohne zu zögern hinüber zu ihm, hielt Jeschke ihre Pistole an den Kopf und sagte zu Warnecke: „Ist wohl besser, ihr lasst uns gehen." Dann fasste sie in Jeschkes Jackett und zog ihm die Waffe aus dem Schulterholster.

Warnecke löste sich aus seiner Erstarrung. „Dass wir eine undichte Stelle haben, dachte ich mir schon. Auf dich wäre ich nicht gekommen", bemerkte er mit einem kurzen Blick auf Jeschke.

„Ulla, wir müssen weg", mischte sich der gefesselte Mann neben ihr ein.

Sie blickte ihn nur kurz an, schaute wieder zu Warnecke und fragte: „Wie bist du darauf gekommen?"

„Das war so schwer nun wirklich nicht. Frantisek konnte sich doch denken, dass wir ihm auf den Fersen sind. Trotzdem hat er sich nicht abgesetzt, besaß sogar die Dreistigkeit, noch einmal in einem Hotel in Osnabrück einzuchecken. Dann sein Verhalten vor dem Bahnhof, er witterte förmlich jemanden. War übervorsichtig, als wenn er gewarnt worden wäre."

Sie blickte Warnecke noch einmal an. „Bist ein wirklich kluger Mann, Kurt. Tut mir Leid, dass ich nicht mehr mit dir zusammenarbeiten kann."

Dann drehte sie sich wieder zu Jeschke: „Nimm Valentino die Handschellen ab!"

Valentino, Valentino Carboni! Warnecke glaubte, nicht richtig zu hören. Der smarte Geschäftsmann, der die Firma seines Vaters in die Legalität geführt hatte. Und er hatte ihm geglaubt.

Carboni zischte Ulla an: „Scheiße, du hast meinen Namen genannt."

„Das ist egal", antwortete sie trocken. „Sie hätten es in kürzester Zeit ohnehin rausgekriegt. Jetzt geht es nur noch darum, hier wegzukommen. Jeschke, nun mach schon die Handschellen los."

In diesem Moment kamen Schröder und Kerkhoff den Weg hoch, um ihre Kollegen abzulösen. Sie blickten auf eine Situation, die sie im ersten Moment nicht einschätzen konnten. Ulla umringt von den Leuten des SEK, fremde Gesichter, Männer in Handschellen, Ullas Waffe am Kopf von Jeschke, der sich gerade an den Handgelenken eines Unbekannten zu schaffen machte.

Schröder realisierte die Lage als Erster und stürmte los. Ulla hörte ihn, drehte sich nur kurz um und schoss. Schröder ging zu Boden, erhob sich aber und hielt seinen rechten Arm. Ulla hatte die Waffe sofort wieder auf Jeschkes Kopf gerichtet. Zu Warnecke und Krämer sagte sie: „Nur damit ihr seht, ich meine es ernst."

Carboni, endlich von seinen Fesseln befreit, mischte sich ein: „Los, schnell, wir verschwinden. Nur wir beide." Für seine Leute hatte er nur einen kalten Seitenblick übrig. „Wir können sie nicht mitnehmen, und ich brauche sie auch nicht mehr. Aber der da", er deutete auf Jeschke, „fährt zur Sicherheit mit!"

Carboni setzte sich ans Steuer seines Wagens, Jeschke wurde auf den Beifahrersitz bugsiert, immer von Ullas Pistole bedroht. Bevor sie einstieg, wandte sie sich noch einmal an Warnecke: „Lübbing wird verstehen, was hier passiert. Frag ihn." Nach einer kurzen Pause fügte sie noch hinzu: „Bitte sag ihm, dass ich es ehrlich mit ihm gemeint habe. Sag ihm, dass ich die Stunden mit ihm geliebt habe ... und sag ihm, dass er einen Blues für mich spielen soll."

Dann stieg sie in den Fond des Wagens ein. Carboni fuhr sofort los.

Warnecke schrie herum: „Sofort alle Dienststellen im Umland benachrichtigen. Freie Fahrt für das Auto, aber ich will jederzeit wissen, wo sie sind. Und keine optische Präsenz. Wir dürfen Jeschke nicht gefährden."

*

Der Wagen fuhr rückwärts den Waldweg hinunter. Das SEK gab befehlsgemäß den Weg frei. Carboni nahm die B 218 in Richtung Engter. Er kannte sich einigermaßen aus, wusste, über Bramsche konnte er die Autobahn erreichen. Er wollte so schnell wie möglich nach Rotterdam. Dort hatte er Geschäftspartner, die ihm auch kurzfristig finanziell unter die Arme greifen würden. Ihm war klar, dass seine Zeit in Deutschland abgelaufen war. Aber das war jetzt nicht wichtig. Nur schnell weg hier. Er gab mächtig Gas.

Die Rehe waren zur denkbar ungünstigsten Zeit auf der Straße. Carboni nahm sie erst wahr, als der Wagen aus der Kurve fuhr. Fast wäre alles gut gegangen, die Rehe rannten in panischer Hast nach rechts in ein Feld. Nur ein großer Bock schaffte es nicht mehr. Es wurde vom Wagen erfasst, hochgeschleudert, über die Kühlerhaube geworfen und landete an der Frontscheibe. Carboni verlor die Kontrolle über das Fahrzeug. Der Wagen brach aus. Die Beifahrertür öffnete sich, als der Wagen über den Straßengraben schoss, und Jeschke wurde hinausgeschleudert. Nach weiteren zehn Metern prallte das Fahrzeug gegen eine mächtige alte Eiche. Fast augenblicklich ging es in Flammen auf.

*

Lübbing stand immer noch draußen. Er blickte sich um. Aus den Niederungen westlich des Museumsgeländes stieg der abendliche Nebel hoch. Er stellte sich vor, wie vor fast 2.000 Jahren hier ein römisches Heer durchzukommen versucht hatte. Über 20.000 Krieger, dazu noch der ganze Tross. Die Frauen und Kinder der Legionäre, die Huren für die Unverheirateten, die Edelhuren für die Befehlshaber, deren Frauen natürlich in Rom geblieben waren. Dann gab es wahrscheinlich Hunderte von Handwerkern. Korbflechter, Stellmacher, Schmiede, Töpfer und andere mehr. „Solch ein Heer muss eine funktionierende Gemeinschaft gewesen sein“, dachte er, „wenn auch eine unfreiwillige und absolut gewalttätige.“

Dann fielen ihm die Germanen ein. „Sozusagen meine Vorfahren", dachte er, keineswegs ironisch.

Arminius hatte es verstanden, die vielen Stämme, die sonst oft zerstritten waren, zusammenzubringen und ihnen eine überzeugende Strategie zu bieten. Aber es war auch sein Schicksal, einige Jahre nach dem großen Sieg vergiftet zu werden, wahrscheinlich durch rivalisierende Stammesfürsten. Eigentlich ein römischer Tod.

Ein Knall schreckte Lübbing aus seinen Gedanken. Konnte es ein Schuss gewesen sein? Er sprang die Treppen zum Museum hinauf, die Tür war noch nicht verriegelt. Rechts des Eingangs saß der nette Nachtwächter, mit dem er sich schon einmal unterhalten hatte, und kaute genüsslich an einer dicken Käsestulle. Er freute sich offensichtlich, Lübbing zu sehen.

„Na, ist Ihnen auch langweilig?"

Lübbing war jetzt nicht nach einem unverbindlichen Gespräch zumute. „Kann ich mal kurz auf den Turm rauf?"

„Der ist derzeit gesperrt. Wegen des fehlenden Sicherheitsgitters."

„Ich will ja auch nicht runterspringen. Nur beobachten, was hier so passiert."

Der schon recht bejahrte Nachtwächter schmunzelte: „Hat mir Ihr junger Kollege, dieser Kerkhoff, auch schon gesagt, dass Sie keine Ruhe geben. Na, dann kommen Sie mal mit, ich entriegele den Fahrstuhl."

Als Lübbing oben war, schalt er sich einen Narren. Natürlich war die Dunkelheit schon viel zu weit fortgeschritten, um auf diese Entfernung etwas sehen zu können. Trotzdem versuchte er einzuschätzen, wo etwa das Depot liegen könnte. Dann entdeckte er in Richtung Engter einen hellen, flackernden Schein. Da brannte etwas. Direkt neben der Straße, vermutete er.

Plötzlich sah er dort, wo sich ungefähr der Waldweg zur Schmittenhöhe befinden könnte, die Scheinwerfer mehrerer Autos. Sie bogen in hohem Tempo Richtung Feuer auf die Bundesstraße ein. Lübbing wurde unruhig. Irgendwas lief offensichtlich anders, als von Warnecke geplant. Eilig fuhr er mit dem

Fahrstuhl wieder nach unten und stand aufgeregt-ratlos herum. Dann hatte er eine Idee. „Haben Sie zufällig ein Mofa, das ich mir mal ausleihen kann?"

„Tut mir Leid", erwiderte der Nachtwächter. „Ich kann Ihnen nur mit einem Fahrrad dienen."

„Ja, gern, das geht auch."

Der Nachtwächter fasste in seine Hosentasche und hielt ihm einen kleinen Schlüssel hin. „Es steht gleich links neben dem Haupteingang."

In knapp zehn Minuten hatte Lübbing die Strecke zurückgelegt. Er sah ein fürchterliches Durcheinander. Die Bundesstraße war auf seiner Seite durch einen quergestellten Mannschaftswagen abgesperrt. Mit Handscheinwerfern warnten die Polizisten herankommende Autos, einige warteten schon am Straßenrand. Links an einem Baum stand ein ausgebranntes Autowrack, daneben einige Polizisten mit Feuerlöschern. Die Fensteröffnungen waren zur Straßenseite hin mit Decken verhängt worden. Dann entdeckte er Warnecke, der sich ein Stück vor dem Wrack über eine am Boden liegende Person beugte, auf die er beruhigend einsprach. Kerkhoff machte ihn auf Lübbing aufmerksam. Er blickte auf und kam ihm entgegen.

„Lübbing, es ist besser, wenn du dir das hier nicht ansiehst."

„Wer ist das da am Boden?"

„Knut Jeschke. Hat ziemliche Prellungen und wahrscheinlich auch einige Brüche. Wir warten auf den Krankenwagen."

Lübbing schaute ziemlich verständnislos, dann fragte er: „Wo ist Ulla?"

Warnecke fasste seinen Arm: „Sie war in dem Auto."

„Ich meine, wo ist sie jetzt?"

Der Griff Warneckes wurde härter, sein Blick ging zur Seite. „Sie ist immer noch in dem Auto", und nach einer Pause, „es ist wohl sehr schnell gegangen. Der Wagen muss unmittelbar nach dem Aufprall Feuer gefangen haben. Lübbing, es tut mir so Leid."

Es dauerte lange, bis er begriff. Die Sirene der Ambulanz nahm er nicht wahr.

*

Die nächsten Stunden erlebte Lübbing wie in Trance. Er beobachtete das Geschehen um sich herum, ohne es richtig zu begreifen. Er notierte nur am Rande, wie Ulla und eine andere Leiche unter einem Tuch und festgeschnallt auf einer Bahre, abtransportiert wurden. Er schaute teilnahmslos der Arbeit der Spurensicherung zu, die sich um das kümmerten, was vom Wagen übrig geblieben war. Ein Mann, der Notarzt, sprach ihn an, er verstand kein Wort. Schröder kam, den verwundeten Arm nun schon in einer Schlinge, legte ihm die Hand des gesunden Armes auf die Schulter, um Trost zu spenden. Lübbing merkte es nicht. Peter Kerkhoff wich die ganze Zeit nicht von seiner Seite.

Schließlich tauchte Helen auf. Irgendjemand hatte ihre Telefonnummer herausbekommen und sie angerufen. Sie nickte Kerkhoff dankend zu. Dann schaute sie auf Lübbing, streckte die Hand aus und sagte schlicht: „Komm, Lieber." Gehorsam ergriff er die Hand und ging mit ihr zum Auto.

*

In den folgenden Tagen erwies sich der in Osnabrück gefasste Bruno Venzke als eine schier unversiegbare Quelle des Wissens. Nachdem die Kripobeamten ihm eindringlich klar gemacht hatten, dass eine gute Kooperation sich auf sein Strafmaß auswirken würde und dass der Staatsanwalt sich ansonsten gut auf ihn als derzeit einzig verfügbaren Mittäter stürzen könnte, sprudelten die Worte nur so aus seinem Mund.

Alles war Valentino Carbonis Idee gewesen. Sein Vater hatte sich keineswegs völlig zurückgezogen, aber er wollte nicht akzeptieren, dass sich die „Firma" immer mehr den schmutzigsten Geschäften zuwandte. Als Bandit alter Klasse gab es für ihn Grenzen, die ein „Ehrenmann" nicht überschritt. Er wusste nicht, wie sehr er mit seinen Eingriffen den Sohn in Schwierigkeiten brachte. Dessen neue Geschäftspartner fackelten nicht lange, wenn Zusagen nicht eingehalten wurden.

Das im Wald gefundene Depot war eine Art Zwischenlager, bevor eine Lieferung in mehreren Margen nach Skandinavien oder in die Niederlande geschickt wurde. Es war sogar die Idee des alten Carboni gewesen, es in der Nähe seines Campingplatzes zu lagern, der wunderbar ruhig gelegen war und trotzdem eine gute Verkehrsanbindung hatte, und er konnte immer mal nach dem Rechten sehen. Nur hatte sein Sohn ihm den wahren Inhalt des Depots verschwiegen. Carboni senior war in dem Glauben, dass es sich um große Mengen geschmuggelter Zigaretten handelte.

Problematisch wurde es, als Carboni das Depot irgendwann doch auf seinen Inhalt kontrollierte, es war bloße Neugier des alten Banditen gewesen: die Qualität der „Ware" überprüfen. Was er fand, wollte er nicht glauben. Die Tatsache, dass er von seinem eigenen Sohn derart hinters Licht geführt worden war, brachte ihn zur Weißglut. Er stellte ihn zur Rede, was in einem Riesenkrach endete.

Jetzt saß Carboni junior in der Klemme. Sein Vater hatte in Unterweltkreisen noch immer Einfluss genug, um ihn aus dem Geschäft zu drängen. Valentino Carboni beschloss, ihn aus dem Weg zu räumen. Die Benutzung alter Waffen sollte Verwirrung stiften. Carboni junior wollte Spielraum gewinnen, um das Depot zu gegebener Zeit aufzulösen.

Pech war nur, dass Valentino Carboni nichts von dem Streit zwischen seinem Vater und Habermann um den Stellplatz mitbekommen hatte. Er nannte Frantisek schlichtweg ein falsches Ziel. Deshalb mussten die Habermanns sterben. Ermordet aus Versehen.

Ulla Hufnagel hatte gegenüber ihrer Dienststelle ihr Drogenproblem verbergen können. Aber einige Dealer wussten, dass sie eine koksende Polizistin war. So etwas ließ sich in dem Milieu auf Dauer nicht verheimlichen. Spätere Recherchen ergaben, dass sie ihren Bedarf zum Teil bei Theis deckte, was ihr Erschrecken erklärte, ihn auf einem Foto als Wasserleiche wiederzusehen.

Durch seine Drogengeschäfte hatte Carboni junior ebenfalls Kontakt zur Osnabrücker Szene, und es wurde ihm gesteckt, dass ausgerechnet ein Mitglied der gebildeten Sonderkommission rauschgiftabhängig war. So wurde Ulla Hufnagel zur Verräterin.

Bruno Venzke wurde später zu zwölf Jahren Haft verurteilt. Es gelang der Polizei, die drei tschechischen Kumpane Frantiseks aufzuspüren. Einer von ihnen entzog sich der Festnahme durch Selbstmord. Die anderen in Kalkriese festgenommenen Männer erwiesen sich als kleine Fische. Sie waren ausschließlich für das Ausheben des Depots angeheuert worden.

Eine Woche nach ihrem Tod wurde Ulla Hufnagel beerdigt. Es fanden sich nur wenige Trauergäste ein. Kurt Warnecke war unter ihnen – und Lübbing mit Helen.

Epilog

Helen stand am Abend nach Ulla Hufnagels Beerdigung unschlüssig vor Lübbings Wohnung in der Katharinenstraße. Sollte sie aufschließen? Sie ging noch einmal um das Gebäude herum zur Veranda, die zu Lübbings Wohnung gehörte. Aus dem gekippten Fenster hörte sie Musik. Es war ein Lied aus dem Zyklus „Selmasongs“ der isländischen Sängerin Björk. Ein trauriger Song.

"I've seen it all, I've seen the dark.
I've seen the brightness in one little spark.
I've seen what I choose and I've seen what I need,
And that is enough, to want more would be greed.
I've seen what I was and I know what I'll be.
I've seen it all – there is no more to see!"

Lübbing trauerte auf seine Weise. Allein mit seiner Musik. Sie wollte ihn nicht stören und beschloss, auf einige Biere zu Fricke-Blöcks zu gehen. Später war immer noch Zeit, ihn in die Arme zu nehmen.

Zwei Stunden danach betrat sie Lübbings Wohnung. Er lag auf dem Sofa. Als er sie hörte, öffnete er die Augen, sie waren verweint und rotgerändert, aber er lächelte. Helen ging zur Anlage und legte eine neue CD ein. Lübbing fragte: „Welche?“

„Einfach nur etwas Schönes.“

Dann legte sie sich neben ihn und hielt ihn fest.

„You'll remember me, when the west wind moves
Upon the fields of barley.
You'll forget the sun in his jealous sky
As we walk in the fields of gold."

Sie merkte, wie Lübbing sich in ihren Armen ein wenig entspannte. Die klare, reine Stimme von Sting tat ein Übriges.

ENDE

Danksagung

Auch dieses Mal haben mich wieder beim Schreiben des Buches Menschen wohlwollend begleitet und mich mit ihren aufmunternden Ideen und Vorschlägen an den Rand des Wahnsinns getrieben.

Mein Dank gilt:

Anne	vom Meyerhof in Belm.
Bärbel	„same procedure as last time“.
Dieter	für “sachdienliche” Hinweise.
Heiko	der diesem Buch über Monate „auf den Zahn gefühlt“ hat.
Volker	Mitglied der „legendären“ Redaktion für Sondervorhaben.
Wilhelm	wieder einmal.

Weiterhin danke ich:

Mike	Mitglied der „Blues Company“ und musikalischer Begleiter bei den Lesungen.
Toni	der „Dunni“, noch ein musikalischer Begleiter. Hervorragender Pianist, Bio-Bauer aus Überzeugung, Exilschwabe und, endlich, aufgrund der unermüdlichen Überzeugungsarbeit seines Sohnes, auch Besucher der Spiele des VfL Osnabrück.

Zitierte Liedtexte:

„Auld Lang Syne“ ist ein Traditional und Klassiker. Es wird zu den verschiedensten Anlässen gesungen. Viele Versionen sind bekannt. Als Chor, folkloristisch, verrockt. Sehr gelungen ist die Interpretation des amerikanischen Sängers Chris Isaak (CD „Christmas“).

Ähnliche Popularität genießt „Carrickfergus“. Wunderschön ist die Aufnahme von Bryan Ferry (CD „The bride stripped bare“).

Das Lied „Fields of Athenry“ ist aus der irischen Folklore nicht wegzudenken, wird aber besonders im Westen des Landes viel gespielt. Athenry ist eine Kleinstadt im County Galway. Das Lied handelt von den Hungersnöten in den Jahren 1846 bis 1849. Eine junge Frau beklagt die Verbannung ihres Mannes nach Australien. Er hatte aus Verzweiflung seinem Gutsherren Getreide gestohlen. Die wohl bekannteste Aufnahme stammt vom Sänger Paddy Reilly, aber selbst Punk-Bands, wie die „Dropkick Murphys“ haben es im Repertoire. Auch die Fans des schottischen Fußballclubs Celtic Glasgow stimmen das Lied oft an. Dieses ist in den Wurzeln des Vereins begründet, der von irischen Arbeitsimmigranten ins Leben gerufen wurde.

Der Song „Vincent“ („Starry, starry night“) von Don McLean ist auf der CD „American Pie“ zu finden.

Die beste Version vom Thin Lizzy-Klassiker „The boys are back in town“ ist die Live-Version auf der CD „Live and dangerous“.

„I've seen it all“ von der isländischen Sängerin Björk ist auf der CD „Selmasongs“.

„Fields of Gold“ von Sting findet man auf der Compilation „Fields of Gold – Best of Sting“.

Reif für die Insel?

Inselkrimis im Prolibris Verlag

Antje Friedrichs
Letzte Lesung Langeoog
Inselkrimi
6. Auflage 2005
Paperback, 184 Seiten, ISBN: 3-935263-00-7

Antje Friedrichs
Letztes Bad auf Norderney
Inselkrimi
2. Auflage 2005
Paperback, 204 Seiten, ISBN 3-935263-17-1

Birgit Lautenbach · Johann Ebend
Hühnergötter
Hiddensee Krimi
Originalausgabe 2005
Taschenbuch, 144 Seiten, ISBN 3-935263-29-5

Birgit C. Wolgarten
Und es wurde Nacht
Rügen Krimi
2. Auflage 2005
Paperback, 251 Seiten, ISBN 3-935263-24-4

Birgit C. Wolgarten
Der Tod der Königskinder
Rügen Krimi
Originalausgabe 2005
Paperback, 190 Seiten, ISBN 3-935263-32-5